脇坂《わきざか》安治《やすはる》

七本鑓《やり》と水軍大将

近衛龍春

実業之日本社

目次

『脇坂安治
七本鑓と水軍大将』
関連地図（戦国期）
一乗谷
越前
金ヶ崎
敦賀
柳ヶ瀬
余呉湖
木之本
賤ヶ岳
小谷
若狭
美濃
伊吹山
姉川
横山
田辺
琵琶湖
長浜
関ヶ原
大垣
岐阜
近江
佐和山
小牧
丹波
彦根
安土
清洲
長久手
延暦寺
坂本
和田山
箕作
観音寺
愛知川
長島
亀山
京都
宇佐山
日野
勢多
尾張
本能寺
大津
土山
勝龍寺
峯
亀山
摂津
山崎
淀
茨木
淀川
山城
上野
有岡
伊賀
石山本願寺
松ヶ島
天王寺
郡山
堺
伊勢
志摩
河内
高取
和泉
大和
紀伊
城
戦場

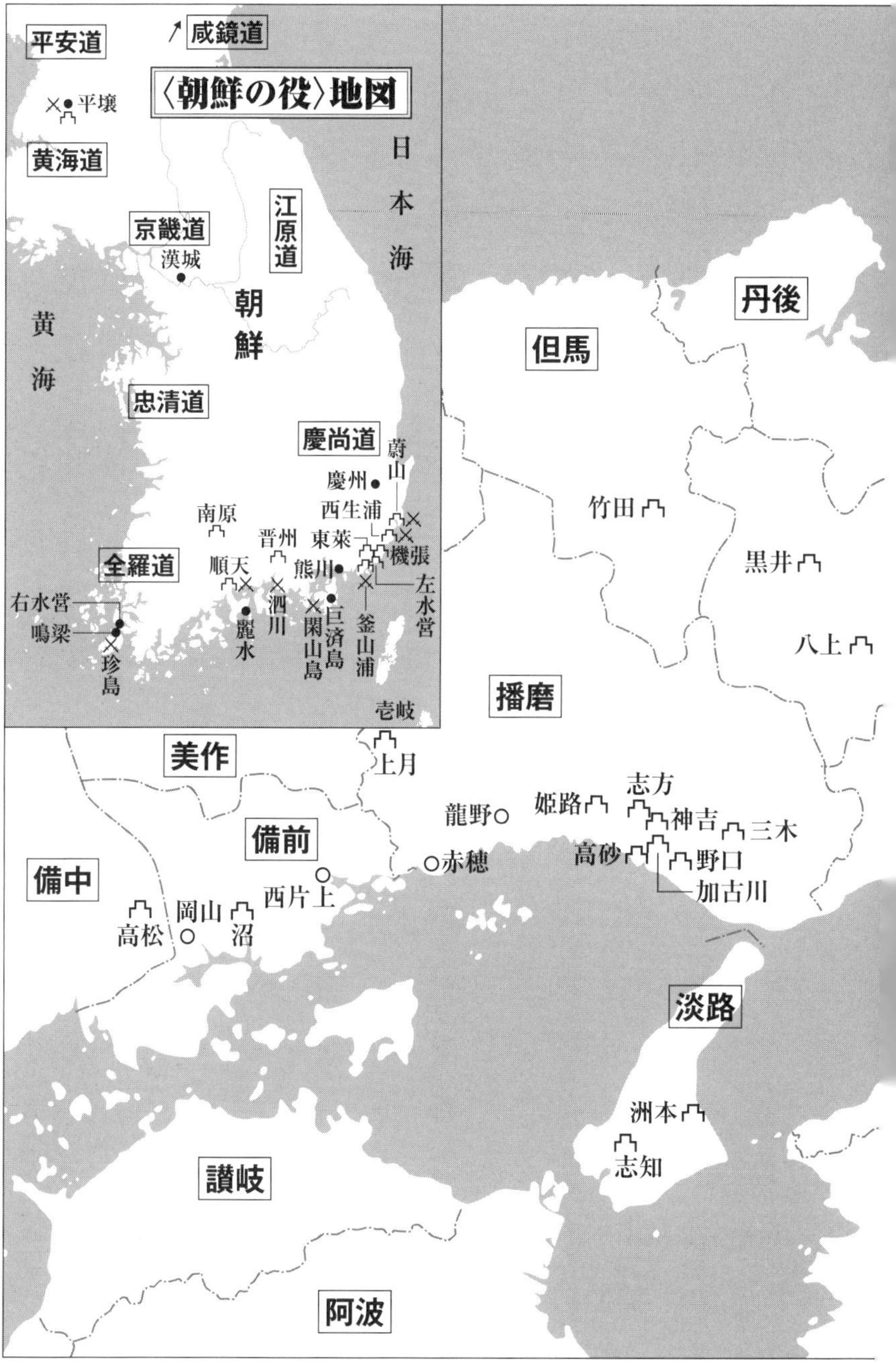
〈朝鮮の役〉地図
平安道
咸鏡道
平壌
黄海道
日本海
江原道
京畿道
漢城
朝鮮
黄海
忠清道
慶尚道
蔚山
慶州
西生浦
南原
晋州
東萊
機張
全羅道
順天
熊川
左水営
右水営
鳴梁
泗川
麗水
閑山島
巨済島
釜山浦
珍島
壱岐
丹後
但馬
竹田
黒井
八上
播磨
美作
上月
志方
龍野
姫路
神吉
三木
備前
赤穂
高砂
野口
備中
西片上
加古川
岡山
高松
沼
淡路
洲本
志知
讃岐
阿波

脇坂氏 略式系図

═══ 養子

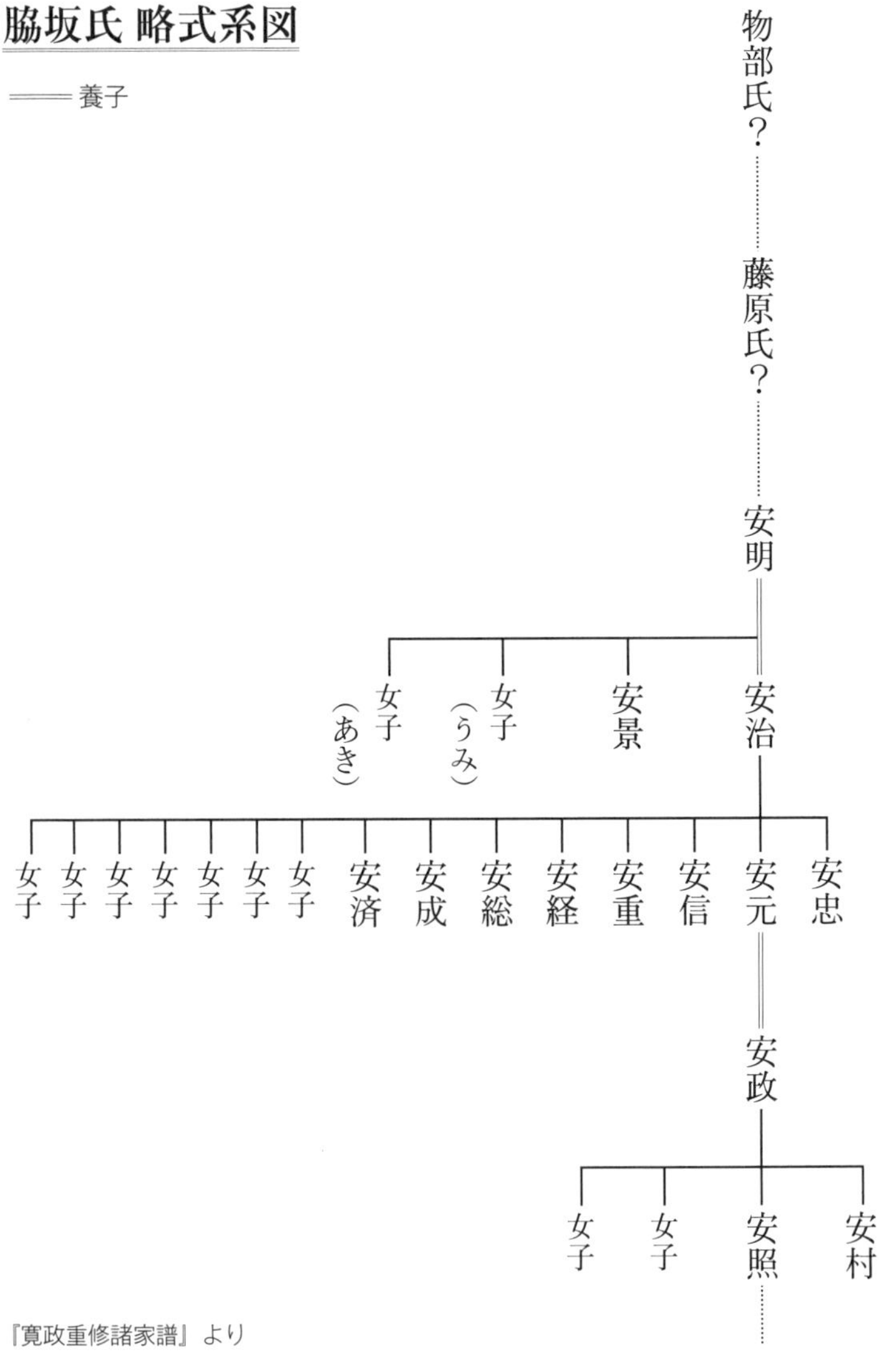

『寛政重修諸家譜』より

序章　老将の回想

秋だというのに煩《うるさ》いほどの蟬が鳴いている。風がないので熱気が籠ったままである。毎年ながら都の残暑は厳しいものである。

家督を嫡子の脇坂安元《わきざかやすもと》に譲った安治《やすはる》は、出家して臨松院《りんしょういん》と号し、二人目の正室の信《しん》と所縁《ゆかり》のある都の西洞院《にしのとういん》に住んでいた。

臨松院は縁側で一人、碁を差していた。

「申し上げます。この七月十三日、福島左衛門大夫《ふくしまさえもんのたいふ》（正則《まさのり》）様、お亡くなりになられたとのことにございます」

従者の田兵衛《たへえ》が告げる。福島正則は高齋《こうさい》と号しているが、誰も出家号では呼ばず、嘗《かつ》ての官途名《かんどな》で呼んでいた。

「なに、市松《いちまつ》が」

思わず臨松院は白石を落とした。臨松院は福島正則が元服する前から知っており、鑓《やり》の稽古をつけたこともある。

同じ賤《しず》ヶ岳《たけ》七本鑓の福島正則は、関ヶ原の戦いで先陣を務め、安芸《あき》広島で四十九万八千石を与えられた。大坂の陣では豊臣恩顧の大名として臨松院らと江戸に止め置かれた。家は存続を認められて順風満帆に暮らしていたが、幕府の許可なく城の修築を行ったことで武家諸法度《ぶけしょはっと》に触れ、信濃の高井野《たかいの》四万五千石に減移封されたのは五年前のことであった。

「戯《たわ》けめ、儂《わし》よりも若いではないか」

臨松院は肩を落とす。正則の享年は六十四。七歳も若い。

賤ヶ岳七本鑓も糟屋武則《かすやたけのり》、加藤清正《かとうきよまさ》、片桐且元《かたぎりかつもと》が既に鬼籍に入っていた。

「あのような者でも、共に戦場を駆けた男がいなくなると寂しいの」

正則は豊臣秀吉《とよとみひでよし》の親戚でもあるので石高や支配地で優遇され、嫉妬したものであるが、口に出したことは本音で寂寥《せきりょう》感に包まれる。

一見、粗暴者だけの印象しかない正則であるが、移封させられた高井野では領内の総検地を行い、用水の設置と治水工事、新田開発を行い、領主としての功績も残している。

「福島家はどうなるのか。確か嫡子（忠勝《ただかつ》）は早世していたの。弟（正利《まさとし》）がいるか」

「夏場ゆえ左衛門大夫殿のご遺体の腐食が激しく、公儀（幕府）の検使の堀田《ほった》（正吉《まさよし》）殿が到着する前、家臣（津田四郎兵衛《つだしろべえ》）がご遺体を荼毘《だび》に付したところ、公儀はこれを咎《とが》め、所領を没収。改めて跡継の市之丞《いちのじょう》（正利《まさとし》）殿に三千余石を与え旗本に格下げしたようにございます」

「なんと公儀も連れないことをするものじゃ。家康《いえやす》殿が生きておれば、今少しの恩情をかけられたであろう。公方様も戦《いくさ》を知らぬゆえの」

臨松院は嘆く。前年、秀忠《ひでただ》は征夷大将軍職を嫡子の家光《いえみつ》に譲っている。

「当家も隙を見せぬようにせねばの」

大坂ノ陣以降、松平忠輝《まつだいらただてる》、田中忠政《たなかただまさ》、織田長益《おだながます》、本多正純《ほんだまさずみ》などが無嗣《むし》や謀叛《むほん》の疑いをかけられて廃絶させられている。幕府は将軍の一族にも容赦しない。安元は粗暴な振るまいをする武将ではないが、既に四十歳。子に恵まれていないことが心配だった。

（脇坂家、存続のためには、どこかの段階で公儀の宿老《しゅくろう》に養子を申し出るしかないの）

血の継承は諦め、家の継続を考えねばならぬのは残念で仕方ない。

（そうか市松が逝《い》ったか。儂も七十一、ようここまで生きてこられたの。のみならず、足軽風情《ふぜい》から大名になった。養父上《ちちうえ》との約束は果たした。満足しておられよう）

養父・安明《やすあきら》の最期を思い出し、臨松院は改めて手を合わす。

（儂は儂なりに精一杯戦った。箕作城《みつくりじょう》、黒井の陣、賤ヶ岳、朝鮮、関ヶ原、佐和山……矢玉が具足を掠《かす》め、刃が皮膚を裂いたことが何度あったか。危なかったのう。一歩間違えば、いつ命を失っても可笑しくはなかった。それも儂は生き延びた）

一つの戦を回想するたびに、思わず身震いしてしまう。

（奉行とはあまり仲良くはなかったが、唯一、同じ近江出身の紀之介《きのすけ》とは、なんとのう話ができた。最期にあのような形になるとはのう）

関ヶ原の戦いにおいて、唯一の心残りである。

「臨松院様、近所の子供たちが、戦の話を聞かせてくれと申しております」

「左様《さよう》か。かまわぬ。これへ通せ」

天下静謐《せいひつ》となり、血で血を洗う戦国時代の話は、もはや夢物語となっている。戦国を生き抜いた武将の数も減り、存命している武将の話は、上下を問わずに好まれた。

臨松院は時折、江戸城に呼ばれ、家光に語ったこともあった。

許可すると子供たちが数人、庭先に訪れた。皆、戦の話が聞けると目を輝かせている。

「爺様《じいさま》、今日はなんの戦？」

「これ、こちらにおわす臨松院様は、嘗《かつ》て賤ヶ岳七本鑓に数えられた武将じゃぞ。言葉に気をつけよ」

田兵衛が窘《たしな》める。

「よいよい、今はただの爺じゃ。そうじゃな、こたびは我が初陣《ういじん》を話してやろう」

今や好々爺《こうこうや》となっている臨松院は、遠くを見ながら話しはじめた。

時に寛永元年（一六二四）七月下旬のことである。

第一章　主家滅亡

一

先ほどまでは梟《ふくろう》が鳴いていたが、人の気配に気づいて鳴りを潜《ひそ》めた。

目の前には箕作城《みつくり》が聳《そび》えている。暗くてよく見えないが、昼間、一度攻めて下調べはしているので、造りは把握している。

箕作城は清水山（標高三百二十五メートル）から南の箕作山にかけて築かれた山城で、重要箇所を石塁《せきるい》で固め、切岸《きりぎし》、堀切《ほりきり》を設けて山全体を要塞としていた。

「木下《きのした》殿が、夜討ちを致すと告げてきた。早急に支度せよ」

組頭の大野木茂俊《おおのぎしげとし》が角張った顔を顰《しか》めながら告げる。

「よもや多勢の我らが夜討ちをするとは思いませんでしたな」

麓《ふもと》の樹木に寄り掛かり、城を眺めていた脇坂安治《わきざかやすはる》は声を潜めて言う。

「昼間、押し返されたのじゃ。致し方なかろう」

義父の安明《やすあきら》は当然だという顔で答えた。

永禄十一年（一五六八）九月十二日、織田、浅井《あざい》連合軍は箕作城を攻めたが、建部秀明《たてべひであき》ら数百の兵が籠り、固く守っていたので攻略することはできなかった。

「夜討ちは寄手《よせて》全軍でしょうか？　左様な多勢では露見するのではありませんか」

箕作城の東に丹羽長秀《にわながひで》と浅井新八郎《しんぱちろう》、西は佐久間信盛《さくまのぶもり》、南は滝川一益《たきがわかずます》、北は木下秀吉《きのしたひでよし》が布陣。

脇坂親子は浅井長政《ながまさ》の家臣で、大野木茂俊らとともに秀吉と行動を共にするように命じられている。箕作城攻撃に参ずる兵は七千余であった。

「判らん」

安明は首を横に振りながら腰を上げた。

大野木茂俊の許に集まると、夜襲は木下勢だけだという。

「木下殿の組だけですか。抜け駆けだと責めを負わされませんか」

「木下殿は足軽から侍大将になったそうな。型に囚われぬのであろう。お陰で我らは功名を挙げる好機に出くわした。これまでの恨みを晴らして、一石二鳥じゃ」

安明は乗り気だ。浅井氏と六角《ろっかく》氏は何度も戦いと和睦を繰り返してきた仲である。

「功ならば、堂々とお天道様の下で挙げたいものです」

「初陣ゆえ判らんではないが、所詮、戦は命の奪い合い。運が悪ければ流れ矢に当たることもある。逆に躓《つまず》いた敵が、突き出した鑓に刺さりに来ることもある。それゆえ、堂々であろうが、卑怯であろうが、なんとしても生き延びて敵を倒すことを考えよ。さすれば恩賞にありつける」

「承知致しました」

養父の実体験に初陣の安治は頷《うなず》いた。

この年、安治は十五歳。仮名《けみょう》は甚内《じんない》。太い眉で頬骨が張り、若年にも拘《かか》わらず額に皺《しわ》があるのが特徴である。中肉中背だが幼い時から武芸に明け暮れていたので、腕が太く、膂力《りょりょく》が強い。黒い陣笠をかぶり、黒い足軽具足を身に着け、十文字鑓を手にしていた。

美濃を制した織田信長は安治らの主君・浅井長政と同盟を結び、足利義昭《あしかがよしあき》を奉じて上洛の途に就いたのは五日前の九月七日のこと。軍勢は尾張、美濃、伊勢、三河から動員され、三万七千を数えている。

上洛の途中に居城を持つ武将には、軍勢に加わるように促したが、足利十四代将軍の義栄《よしひで》を擁立する三好三人衆に与《くみ》する六角承禎《じょうてい》・義治《よしはる》親子は拒否し、領内の城の城門を固く閉ざし、抗戦の構えを見せた。

信長は六角氏攻めを決断し、九月十二日の早朝、浅井、六角領の国境ともいえる愛知川《えちがわ》を渡った。

まずは一番東の和田山《わだやま》城を安藤守就《あんどうもりなり》、稲葉良通《いなばよしみち》、氏家卜全《うじいえぼくぜん》らの美濃三人衆が包囲。

六角承禎らの観音寺《かんのんじ》城は柴田勝家《しばたかついえ》、池田恒興《いけだつねおき》、森可成《もりよしなり》、坂井政尚《さかいまさひさ》らが囲んだ。

観音寺城から十四町（約一・五キロ）ほど東の箕作城には木下秀吉らが当たる。

秀吉は昼間の戦いを反省し、三尺の大松明《おおたいまつ》を用意し、山の麓から中腹までの間数十ヵ所に積み置いた。

「木下殿は、追い払われた時から夜討ちを考えていたのでしょうか」

「そうかもしれぬ。頭の廻る御仁じゃの」

戦功の挙げ時だと、安明は嬉しそうな声で言う。

子ノ刻《ねのこく》（午前零時頃）になった途端、秀吉は一斉に火をつけさせたので、その一帯が明るくなった。士卒はそれぞれ松明を手に清水山を登る。安明も左手で握った。火の粉が飛火するように上昇する。

途中には堀切があり、昼間はこれに阻《はば》まれたところに矢玉を浴びせられたが、敵は昼間追い払っているので警戒していない。あるいは多勢で行う夜襲は、思案の外だったのかもしれない。寄《よせ》手《て》は梯子《はしご》を架けて渡り、やがて城門近くに達した。

「敵じゃ。敵の夜討ちじゃ！」

夜警の城兵は、慌てて城内の味方に報《しら》せる。

急報を受けた城兵は城壁に張り付き、鉄砲の引き金を絞り、弓弦を弾いた。当然、寄手も想定の内。顔を出した敵を下から狙い撃ちにしていく。

後《のち》の月（十三夜）の光が照らす中、城門、城壁を隔てて攻防戦が繰り広げられる。城門には秀吉の寄騎《よりき》となった蜂須賀小六《はちすかころく》（正勝《まさかつ》）が殺到する。

大野木組は城門から半町ほど西を進む。樹の陰に隠れ、矢玉を躱《かわ》しながらよじ登る。急傾斜なので手足を滑らせながら這うように進んだ。

「頭を低くしろ。敵が矢玉を放っている時は絶対に上げるな」

安明の指示に従い、安治は急斜の地面に頬を摺りつけながら鑓を片手に蜥蜴《とかげ》のように這い登っていく。

蜂須賀勢が丸太を抱えて城門を打ち破ろうとしているので、城兵は突破されることを阻止しようと城門に集中している。

「好機じゃ」

真上の城兵が手薄になり、降る矢玉も少なくなってきたので、安明は勇んで登りだす。一番乗りを果たそうと必死だ。

「儂に続け」

「承知」

安明の言葉に応じて安治は続く。養父が蹴った土を陣笠に浴びながら、ずり落ちないように手足を確実に土にめり込ませる。時折、矢玉が笠や具足を掠めるが、戦場の興奮状態にあるので、それほどの恐怖感はない。敵に鑓をつけるために上を目指した。

とにもかくにも一番乗りを果たすため、鑓の柄《え》を土にめり込ませ、これを足場に登っていく。ほどなく城門のほうで喊声《かんせい》が聞こえた。どうやら蜂須賀勢が打ち破ったようである。

周辺が手薄になってきたので、安治は焦りながらもなんとか城壁の天辺に手をかけ、よじ登った。すでに安明は先に壁を越えていた。

遅ればせながら安治も城内の地を踏んだ。その時である。数本の矢が放たれた。

「危ない」

安明は安治の前に立ちはだかると、そのうちの一本が安明の喉《のど》に突き刺さった。安明は血飛沫《しぶき》を上げて倒れた。

「義父上！」

安治は駆け寄って跪《ひざまず》く。安明の喉から矢を抜こうとするが、止めどなく鮮血が流れ、口からは血を吐いている。苦悶の表情でのたうち廻っているので、矢を引き抜いた。

「ゆ、油断する……な。じ、甚五郎《じんごろう》を頼む」

苦しそうに、空気がもれるような声で告げると、安明は動かなくなった。

甚五郎は五歳離れた異母弟である。

「義父上！　目を開《あ》けてくれ。目を覚ませ」

安治は義父の体を揺さぶるが、安明が目を開くことはなかった。

「儂のせいで」

激烈な罪悪感が身を包むが、掠める矢で我に返った。

「おのれ！」

安明を失った怒りで身が熱くなり、安治は十文字鑓を手に敵に向かう。弓、鉄砲が放たれ、矢玉が掠るが恐ろしいという感じはない。忿恚《ふんい》は恐怖を超越できるのかもしれない。

「義父上の仇《かたき》」

地を蹴った安治は数人いる弓衆の中に飛び込み、正面の相手に鑓を突き出した。

「ぐあっ」

敵は呻《うめ》き声を上げる。手応えは十分。穂先は胴の上の胸を抉《えぐ》り、鈍い感触が伝わった。途端に敵は血を噴き、がっくりと膝を折った。

「うおおーっ！」

鑓を引き抜いた安治は、次の敵に向かうというよりも、敵を近づかせないように振り廻す。敵を討った喜びよりも、人を殺した後ろめたさのようなものを感じての行動だった。

味方が城門を打ち破ったので、寄手は続々と城内に雪崩《なだ》れ込んでくる。城兵は瞬く間に血祭に上げられた。安治の周囲には既に敵はいない。夜襲は成功。城は寄手が占拠し、木下勢は逃げる敵を追っていた。

安治は追撃には加わらず、目の前に横たわる安明を見ていた。

（義父上が申したとおり、たった一本の流れ矢で命を失うとは。義父上は儂を庇《かば》って）

安明の言葉を思い出しながら、安治はがっくりと項垂《うなだ》れた。城を陥落させるという大仕事に少なからず貢献し、敵も一人討った。目的を果たし、満足して然るべきところであるが、優しい義父を失っては功名を得た気もしない。しかも安治を守るために身を呈しての死である。また、討った首が、仇討ちになったのかも判らないことが罪の意識を重くしている。

「よう働いた。外介《がいすけ》（安明）は残念じゃったの」

組頭の大野木茂俊が労《ねぎら》いの言葉をかける。有り難いとは思うものの、虚《むな》しいばかり。安治は無言のまま頷いた。

「されど、これが戦じゃ。明日は我が身。武士を続けるならば覚悟することじゃ」

厳しい現実を告げた大野木茂俊は、ほかの組下に声をかけはじめた。

（無論、止めるわけがない。もっと功を挙げて一城の主になる。それで許してくれ）

安治は安明の遺体に誓いを立てた。

夜襲によって城が陥落したことを知った佐久間信盛らは慌てて箕作城に殺到し、秀吉の抜け駆けを抗議するが、秀吉には巧みに躱されて悔しがるばかりであった。

落城の報せを受けた信長は、まだ暗いうちに箕作城に入った。

金小札色々威《きんこざねいろいろおどし》の具足を身に着けた信長は月の光を浴びているせいか神々しく見えた。敵を畏怖させるような強面ではなく、戦場が似つかわしくない端整な顔つきだった。安治ら末端の武士、しかも他家の者は遠くから眺めるばかり。

（あの御仁が東海一の弓取りと謳われた今川治部大輔《いまがわじぶのたいふ》〈義元《よしもと》〉を田楽狭間《でんがくはざま》で討ち、美濃の齋藤《さいとう》を滅ぼしたのか。お屋形様〈浅井長政〉が朝倉を差し置いて盟約を結ぶのも仕方ないか）

信長を遠望しながら、安治は感心していた。

城の攻略を果たしたので、安治らは大野木茂俊とともに主君の許《もと》に足を運んだ。

「甚内、こたびの戦功、大儀じゃ」

安治が跪くと、床几に座す浅井長政は満足そうに労いの言葉をかけた。

脹《ふく》よかな顔で額が広い。背はそれほど大きくないが、筋肉太りの体軀でこの年二十四歳。

浅井氏の出自は三条氏や物部《もののべ》氏説など諸説あって定かではない。奈良時代には近江の浅井郡に有力豪族として浅井氏は存在していたので、氏名と土着性は古いことが窺える。

戦国時代、浅井氏は北近江守護・京極《きょうごく》氏の被官から身を起こし、長政の祖父・亮政《すけまさ》の代では主家を凌《しの》ぎ、同国の国人衆から頭一つ抜け出して、周囲を支配するようになった。

「有り難き仕合わせに存じます」

当主から直に声をかけられた。これ以上の誉れはない。安治は額を地に摺《す》りつけながら歓喜した。

「義父が討ち死にしたそうな。冥福を祈ろう。脇坂の家はそちが継ぐがよい」

情の篤《あつ》い長政である。

「身命を賭《と》して励む所存です」

礼を述べて安治は長政の前を下がった。

浅井家の所領は狭いので、敵を一人討った程度では扶持《ふち》が増える恩賞は貰えない。感状《かんじょう》が与えられるほどであるが、安治は満足している。

（儂が脇坂家を継ぐのか。お屋形様の下知ゆえ問題はなかろうが、一悶着起きるやもしれぬな）

起伏の激しい甚五郎を思い浮かべ、安治は素直には喜べなかった。

入城した信長は、早速、六角氏の諸城を攻撃するように命じた。

箕作城が陥落したことを知ると、六角承禎・義治親子らは観音寺城を捨てて甲賀《こうが》の山奥深くに逃亡。主君に見捨てられることになった六角氏の家臣たちは相次いで降伏したので、翌十三日、織田家の諸将は無血で諸城を掌握した。これによって東近江の大半が織田家の支配下になった。

信長は六角親子の捕獲と六角旧臣の残党狩りをさせながら、二十二日、観音寺城から七町（約七百六十メートル）ほど西の桑實寺《くわのみでら》に足利義昭を迎えた。

抵抗する者もいなかったので、二十六日、信長は遂に上洛を果たし、都を制圧した。浅井長政も従っている。安治も入洛した。

都は北から東は比良《ひら》山地、北から西を丹波《たんば》高地に囲まれた盆地にある。まだ周囲の山は紅葉していないが、思いのほか山から吹き下ろす風は涼しく感じられた。

「これが都か……」

初めて都を目にし、安治は感激した。おそらく長政が信長と同盟を結んでいなければ、単独で上洛を果たすことはできなかったであろう。お陰で安治は見ることができた。

都は瓢箪《ひょうたん》のような形で上京と下京に分かれている。惣構《そうがまえ》と呼ばれる土塀で外敵から守る城塞都市を形成。上京には天皇や将軍、公家衆や裕福な商人たちが住み、下京には職人や下層階級の者たちが暮らしていた。

「人が多いですな。小谷《おだに》の町の比ではございませんな」

周囲を見廻しながら、安治は大野木茂俊にもらす。

着ている服装は華やかで、路上に並ぶ珍品は多数に及ぶ。普通の町家なのに瓦を並べる屋根が多く、寺町かと思わせるほどに寺院が無数にある。碁盤の目のように区切られた町割りに、所狭

し と立ち並ぶ建物。耳に入るのは聞き慣れぬ京言葉。まるで異国にいるようでもあった。

（養父上にも見せてやりたかったのう）

今さらながら悔やまれて仕方なかった。

「都にも裏があるようじゃ」

大野木茂俊が指を差す。一歩裏道に入ると、浮浪者が道の端に寝転がり、物乞いをしている。横たわる人の中には生死が定かではない者もおり、腐敗した遺体なども転がっている。戦乱で焼け、復興、再建できていない寺院、公家屋敷、武家屋敷なども多々あった。

都を押さえた信長は、三好三人衆らに追い討ちをかけ、隣国の摂津《せっつ》、和泉《いずみ》、河内《かわち》まで追討を行い、瞬く間に周囲を席巻《せっけん》。

十月十八日、義昭は参内して室町幕府十五代将軍に補任され、信長は目的を果たすと、佐久間信盛、丹羽長秀、木下秀吉らを都に残して帰途に就いた。

六角氏の所領を掌握した信長であるが、長政には一反の田も分け与えなかった。信長にすれば、六角氏の脅威をなくしてやっただけ有り難く思え、といったところか。

結果的に長政は、位攻めの駒にされただけ。義昭に供奉《ぐぶ》しただけで恩賞はなく、持ち出しの兵糧を消費したに過ぎない。只《ただ》働きさせられた恨みが長政の胸に深く刻みつけられたことになった。

安明の遺体は箕作城近くの寺で荼毘《だび》に付し、安治は遺骨を持ち帰った。

脇坂家の屋敷は長政の居城の小谷城の西麓に位置している。脇坂家は半士半農の家であるが、一応、城下の長家ではなく、独立した家を持っていた。

「返せ！　お前が父上を殺したのじゃ。父上を返せ」

帰宅した安治に異母弟の甚五郎が涙を拭きながら怒号を浴びせる。さらに、幼い二人の異母妹も号泣していた。

「申し訳ないと思っておる」

安治を助けるために安明が死んだのは事実。安治は胸を締め付けられた。

「甚五郎殿の心中を察しますが、安治も命がけで働いたのだから……」

安治の実母の照《てる》が前髪の甚五郎を宥《なだ》めようとする。

「煩《うるさ》い。お前らは脇坂家を乗っ取る気であろう。父上が死んで喜んでいようが、そうはさせぬ。脇坂家の嫡男は儂じゃ。お前らには渡さぬ」

先妻の息子の甚五郎は憤怒の形相で言い放つ。

主君の長政からは家督を継ぐことを許されているが、今は口にすべき時ではないと安治は口を噤《つぐ》んだ。

安治は天文二十三年（一五五四）、浅井氏の領内である近江浅井郡脇坂で生まれた。幼名は寅千代。母の照は田付景治《たつけかげはる》の妹で、従兄弟の孫左衛門に嫁いだものの、孫左衛門は安治を残して早くに死去。照は安治を伴って脇坂安明に再婚したというのが経緯である。

二

「なかなか敵も動きませんな」

風もなく蒸し暑い元亀元年（一五七〇）六月二十七日、安治は横山《よこやま》城の北ノ郭から周囲を眺めてもらす。

横山城は小谷城から二里弱（約七キロ）ほど南東に位置しており、横山（標高三百十二メートル）に築かれた山城で、南北の城郭に別れている。土塁と堀切が城を守り、組頭の大野木茂俊らのほか三百の兵が籠っていた。安治らの役目は敵を横山城に引き付けておく役目もあった。

これを木下秀吉ら一万の兵が数日前から囲んでいた。兵の損失を危惧してか、遠間から弓、鉄砲を放つのみで、力攻めのようなことは行わなかった。

織田氏と同盟を結んでいた長政であるが、信長は長政に手伝い戦を強いるのみで、恩賞として所領を与えることはなかった。戦続きで借財が膨らんだ浅井氏は、疲弊して首が廻らない。そこへきて信長は浅井氏と親交の深い越前の朝倉氏攻めに転じた。

朝倉氏が滅んでしまえば、浅井氏は信長に所領を囲まれてしまう。弟や叔父たちを滅ぼした信長のこと、妹の婿を斬るなど雑作もないことであろう。苦悩した長政は信長に叛《そむ》いて朝倉氏に与し、越前の金ヶ崎《かねがさき》に兵を向けた。

挟撃されることを知った信長は急遽、供廻を連れて陣を発ち、朽木峠《くつきとうげ》を越えて帰京。一旦、帰国したのちに、今度は浅井長政を攻めるために出陣したところである。

織田勢三万に徳川家康の八千が加わり、横山城から三十町（約三・三キロ）ほど北西、姉川《あねがわ》を前に陣を布き、そのうちの数千を横山城に向けているところである。横山城を餌に堅固な小谷城から長政を誘い出す策であった。

精強な浅井兵を擁する長政も、さすがに単独で三万八千を相手にするのは分が悪い。長政は朝倉氏に援軍を要請し、自身は横山城と小谷城の中間地点にある大依山《おおよりやま》（標高二百五十二メートル）に布陣。

昨二十六日、求めに応じた朝倉景健《かげたけ》率いる一万の援軍も同山に合流した。

「お屋形様が大依山を下りられれば、周囲の敵はそちらに向かい、かなり兵数も減ろう。さすれば城を打って出る」

大野木茂俊が告げる。

「木下勢が残っていたならば、気をつけるべきかと存じます」

箕作城の夜襲を思い出しながら安治は言う。

木下秀吉は上洛後、京都で奉行を務め、先の金ヶ崎の退口《のきぐち》と呼ばれる撤退戦では見事に殿軍《しんがり》の役を果たし、信長から称賛されている。

どんな仕事もこなせる。逆に、木下秀吉はなにをするか判らないというのが安治の考えである。

「承知しておる」

大野木茂俊も判っているようであった。

城の内外では睨み合いが続けられた。

動きがあったのは夜半のこと。浅井、朝倉連合軍は姉川の北岸に進み、浅井勢六千は野村《のむら》、朝倉勢一万は、その南の三田村《みたむら》に布陣した。

龍ヶ鼻《りゅうがはな》と呼ばれる山にいた信長は、長政らの移動を撤退だと勘違いをし、夜明けとともに横山城への総攻撃を命じた。ところが、明るくなるに従い、姉川の北に浅井、朝倉連合軍が布陣していることを知った。

信長は、連合軍が姉川を渡河して背後を突いてくる危機感を持ち、迎え打つために龍ヶ鼻を下り、川の南に向かった。家臣たちは慌てて主を追う。半刻（約一時間）ほどすると、横山城を包囲していた兵も姉川方面に移動しはじめた。

「追い討ちをかけようぞ」

一緒に城を守る三田村左衛門尉《さえもんのじょう》が提案する。

「敵はまだ数千はいよう。儂らが城を打って出るのを手ぐすね引いて待っている。今少し移動してからではないと城を出ることはできぬ」

大野木茂俊は首を横に振る。包囲陣には木下秀吉のほか柴田勝家もまだ残っていた。

「寄手が姉川に移動すればお屋形様が不利になり、多勢がここに残れば我らが不利になる。いずれも厳しい戦いですな」

安治が言うと大野木茂俊らは頷いた。

姉川の陣では卯《う》ノ刻（午前六時頃）、徳川勢の酒井忠次《さかいただつぐ》が川中で朝倉景紀《かげのり》と干戈《かんか》を交えると、浅井勢の磯野員昌《いそのかずまさ》が、信長の馬廻衆に攻めかかり、戦いの火蓋が切られた。

織田勢の陣形が整っていないこともあり、磯野員昌は坂井政尚、池田恒興、森可成らを次々に蹴散らし、信長の本陣に迫った。

「寡勢のお味方が圧しておりますな」

安治は山頂の城壁から身を乗り出し、遠望しながら喜んだ。横山城から姉川の陣はおよそ半里(約二キロ)。旗指物の動きで戦の優劣を目にできた。

「織田の弱兵は有名じゃ。お屋形様が打ち破ってくれようぞ」

大野木茂俊も期待に目を輝かせている。

さらに半刻が過ぎると、横山城を囲む木下秀吉、柴田勝家も信長を救援するために北に移動しはじめた。

「好機ぞ。敵に追い討ちをかけて、お屋形様と挟み撃ちにするのじゃ」

ここぞとばかりに大野木茂俊は下知《げち》を飛ばす。

「うおおーっ!」

安治らは十文字鑓を手に城門を開き、雄叫びを上げながら北ノ郭を打って出た。山を下ると包囲を継続する木下勢が待っていた。秀吉は麾下《きか》全てを移動させてはいなかった。

「あれは、確か」

見覚えのある武士が采《さい》を握っていた。秀吉の異父弟の小一郎《こいちろう》である。小一郎は鉄砲衆を集め、横山城の兵が出撃してくるところを待ち受けていた。

「まずい」

と思った途端、木下勢の筒先が火を噴き、安治より数間（約九メートル）前を走る兵数人を倒した。すかさず安治は足を止めた。周囲では土埃が上がる。

敵との距離は、おおよそ五十五間半（約百メートル）。安治が少し後退すると、竹束《たけたば》を持つ足軽と、鉄砲衆十数人が駆けてきた。

竹束とは一間ほどに切り揃えた青竹を、人が隠れられるほどの太さに纏《まと》めて縄で束ねたもの。時代を経ると紐に針金を通したものを使用した。当時の鉄砲は銃身内に螺旋《らせん》が切られていないので、銃弾の回転が弱く、竹束でも充分に弾くことができた。

「放て」

横山勢は竹束を並べた後方に身を隠し、大野木茂俊の号令とともに轟音を響かせた。

互いに鉄砲を放ちながら、突撃する時期を窺っている。一気に突き崩したいのは両軍とも同じ。

半刻（約一時間）ほど放ち続けると、鉄砲の銃身が熱で膨張し、命中率が下がってきた。

「押し立てよ！」

時期好しと大野木茂俊は叫び、安治らは地を蹴った。木下勢も鉄砲の筒先を降ろしている。互いに鑓や刀で戦おうという、暗黙の了解のようなものがあった。

安治の正面に向かってきたのは、髭が濃く、大柄で熊のような武士であった。

「おりゃーっ！」

双方の間合いが近づくや、安治は気合いとともに十文字鑓を突き出した。途端に金属音が鳴り、火花が散った。敵の力が強く、弾かれそうになるが、素早く引き戻して強く突く。だがまだ少し遠い。穂先は相手に届かない。

「おっ」

逆に相手の穂先が伸びてきて、安治の胴を掠った。少々臆していたところもあるが、胴に傷をつけられたので怒りを覚え、恐怖感が消えた。

「おのれ！」

安治が鑓を突き伸ばすと、敵は横に弾きにかかる。安治はこれを鎌刃と呼ばれる横の刃に引っ掛け、横に捻《ひね》ると、敵の鑓を巻き上げて抛《ほう》り捨てた。

「うりゃーっ！」

敵はすかさず刀の柄に手をかけたが、それより早く安治は突き込み、喉元を抉った。

「ぐえっ」

喉を押さえ、敵は血反吐《へど》を噴きながら案山子《かかし》のように倒れた。

一人を討ち、安堵の溜息を吐いた時、木下勢の後方にいた信長の親族の津田勢が押し出してきた。

「退け」

大野木茂俊が命じるので、安治は首を取らぬまま引き上げた。

「後方に兵を隠しているとは、敵は曲者じゃな」

城に戻り、大野木茂俊は愚痴をもらす。

「指揮は木下藤吉郎《とうきちろう》の弟。勝つためにはなんでもやります」

危機感を覚えつつも、安治は半ば感心しながら告げた。

「そのようじゃ。気をつけぬとな」

汗にまみれた大野木茂俊は、柄杓で桶の水を呑みながら頷いた。

その後は出撃することなく、睨み合いが続けられた。

姉川のほうでは、徳川勢の本多忠勝らがとった迂回策が功を奏して形勢は逆転。朝倉勢は退却しはじめた。浅井勢は信長の本陣を崩すも壊滅には至らず、息切れをしたところで稲葉良通（一《いっ》鉄《てつ》）らの美濃衆らが横腹を突いたことによって戦況は織田勢が盛り返す形になった。こうなれば兵数の多寡がものを言う。

「お味方が退いておりますぞ」

白地に黒の『亀甲』を染めた旗指物が北に遠退《とおの》いていく様を見て、安治は落胆する。

「い、今に盛り返すわ。狼狽《うろた》えるでない」

周囲に叱責するが、大野木茂俊の顔は引き攣《つ》っていた。

浅井、朝倉勢は反撃することなく姉川の陣を去った。戦は領地の奪い合い。死傷者の多寡はあくまでも全体の一部に過ぎない。姉川の戦いは織田・徳川連合軍が勝利した。

「まずいですな」

味方が見えなくなり、安治は不安にかられた。

「なんの、この城はちょっとやそっとのことでは落ちぬ。臆するでない」

大野木茂俊は安心させようと力説するが、城兵の表情は落胆していた。

戦に勝利した信長は改めて秀吉らに横山城を囲ませた。

再び数千の兵に包囲された。しかも敵は戦勝軍で勢盛ん。寄手の大将を務める秀吉は降伏勧告をしてきた。

「城を開けば、城兵全ての命は助ける。小谷に戻りたい者は許そう。追い討ちはかけぬ」

秀吉の使者は口上を述べて戻った。

「いかがするか」

大野木茂俊をはじめ、主だった者が集まり、評定《ひょうじょう》を行った。

「騙し討ちであろう。城を出たところを一網打尽にされるのではなかろうか」

面長の野村直定は敵方の勧告を信じていない。

「確かに。金ヶ崎の恨み、簡単に消えるとは思えぬ」

彫の深い三田村左衛門尉の顔も疑念に満ちている。

「されば、このまま敵対し続けるか？　戦に敗れたお屋形様の後詰《ごづめ》はまいろうか」

重い空気の中で大野木茂俊が問うと、皆は瞬時に項垂れた。

大野木茂俊と行動を共にしていたので安治も評議の場にいた。小間使いの者として端座していたというのが正しいかもしれない。

「土佐守（茂俊）殿は降伏に応じるつもりでござるか」

場違いとは思いつつも、沈黙の中で安治は問う。

「後詰がまいらねば、儂らは討ち死にするか飢え死にするしかない。兵糧は十日ともつまい。降伏してもお屋形様はお許しになられよう。死ぬならば小谷で死にたいものよ」

大野木茂俊が言うと皆は涙ぐむ。

「お屋形様は朝倉の後詰を受けて敗れた。次は小谷で織田の兵を待ち受けるのか」

言いにくそうに三田村左衛門尉が告げる。

「されば汝は織田に仕えると申すのか」

眉間に皺を刻んで野村直定が迫る。

「儂は皆に聞いておるのじゃ。そちは小谷で戦う気か？」

「当たり前ではないか」

野村直定は答えるが、迷っている面持ちであった。

「されば、降伏に応じることに反対する者はおらぬか」

大野木茂俊が改めて問う。皆は無言のまま頷いた。

「致し方ないが、降伏と決まった。そこで儂の提案じゃが、小谷に戻る者と、織田に仕える者に分かれてはいかがかと思う」

「なに、汝はお屋形様に返り忠（背信）致すと申すのか」

野村直定が唾を飛ばして嚙みつく。

「浅井のため。ひいて申せば北近江のため。勢いのまま織田が勝利致せば、浅井の家臣は撫で斬り（皆殺し）に遭《あ》わず、ここにいる者を頼って下《くだ》ることができる。浅井が勝てば帰参もできよう。

いかがか」

　大野木茂俊が皆を見廻した。

「左様なことなれば」

　皆は頷くが、織田家に仕えることには反対した。そこで籤《くじ》引きとなり、三田村左衛門尉ら百人が城に残ることになった。

「甚内をはじめ若い者は仕えた年数も浅いゆえ、そちも横山城《こ こ》に残れ」

「忠義に年数は関係ござらぬ。城下には母もおります。織田になど下れません」

　安治は身を乗り出して抗議した。

「条件は皆一緒じゃ。それゆえ悩んでおる」

「されば、せめて籤引きで決めさせてください」

　安治は涙ながらに訴えた。

「若者の帰参はしやすいが、長年仕えた者の帰参は柵《しがらみ》があってしづらい。それゆえ申しておる。とにかく生き残ることじゃ。そちは義父を失っておる。そちが小谷に戻り異母弟と一緒に死ねば脇坂の家名は無くなる。武士は家を残さねばならぬ。判るの」

「脇坂の家」

　家名を指摘され、急に異母弟の顔を思い出した。

（お屋形様は儂に脇坂家を継げと仰せになられた。これに叛いて織田に属《つ》いていいものか。されど、もともと脇坂家は甚五郎の家。脇坂が二家あってもよいのでは）

安治は困惑するが、それもありだと思うようになった。

「さっ、若い者は左衛門尉に任せ、他の者は城を出る支度をせよ」

結局、明確な結論を出せぬまま、安治は横山城の残留組に入れられてしまった。

「甚内、命を無駄にするな。死ぬことはいつでもできる。生き延びてこその武士じゃ」

言い残した大野木茂俊は三田村左衛門尉に後を任せて、城を出ていった。

代わりに木下秀吉が入城した。安治らは敵に跪かねばならない。屈辱である。

「おう、随分と残っておるの。そちたちは先の見通せる者たちじゃ。自《おの》が目を信じて儂についてこい。織田は公方（将軍）様の下知を受け、全国を平定する。自が腕次第で恩賞は思いのままじゃ。励むがよい」

満面の笑みを安治らに向けて秀吉は言う。体は童のように小さいが、声は大きい。

秀吉は敵だった者というよりも、新たな領主として領民に対するような大らかな口調であった。

ただ今は単なる城将に過ぎないが。

（これが木下藤吉郎秀吉か）

箕作城攻めの時は夜だったのでよく顔は見えない。安治はまじまじと秀吉を見た。

皺くしゃな顔は猿に似ているが、どこか親しみやすさがある。噂によれば信長の草履取りから身を起こし、侍大将になったという。事実ならば憧れの存在である。通説ではこの年三十四歳であった。

「そちは箕作城攻めの時にもおったの。名はなんと申す？」

「脇坂甚内安治にございます」

いきなり声をかけられて驚いた。安治は慌てて跪く。

「よいよい楽に致せ。左様か。こたびも当家に属した兵を討ったそうじゃの。期待しておるぞ」

秀吉は気さくに言う。

「はい。励む所存です」

秀吉は鷹揚に声をかけるが、言われてみれば確かに木下勢の兵を討っている。周囲の憎しみに満ちた視線が突き刺さる。

(儂はこの中で生きていかねばならぬのか)

安治は先行きの不安を感じた。さらに。

(母上は無事におられようか。儂が織田に下ったゆえ、斬られることはなかろうか)

母の照が心配でなからなかった。

三

「おい、そこの新参、磨いておけ」

秀吉の寄騎を務める生駒正成《いこままさなり》(のちの親正《ちかまさ》)が命じる。四十五歳の正成は大柄で、生駒氏は信長の母の土田《どた》御前の親族だという。

「この城では、そちのほうが新参ではないか」

「なんか言ったか」

小声で愚痴をもらしたが、聞こえてしまったようである。

「いえ」

織田家では新参の安治なので、仕方なしに馬具を雑巾《ぞうきん》で磨きだした。

水汲み、馬の餌やり、厩《うまや》の清掃などなど、尾張、美濃衆の雑用ばかりの日々である。武芸や馬術の稽古など、織田家の麾下になってからしていなかった。

午後になり、物見に出ていた同じ脇坂出身の与助《よすけ》が戻ってきた。

「城下は至って静かであった。ただ、人止めはしていた。村には入ることも出ることもできねえ」

小柄で狸顔の与助はすばしっこい長所を持っていた。

「誰か斬られたりはしてねえか」

母のことが気掛かりでならない。

「今のところはねえようだ。ただ、この先のことは判らん」

「左様か」

胸が締め付けられそうな中で、限定つきではあるものの安治は僅かに安堵した。

翌日の辰《たつ》ノ下刻《げ》（午前九時頃）、厩に飼葉を入れていた時、秀吉が近習とともに現れた。

「これは」

「よいよい。そちは確か脇坂の甚内であったの」

一度聞いたら人の名は絶対に覚えるというだけあって、秀吉は安治を忘れていなかった。

「はい」

敵の足軽を記憶していてもらい、安治は感激した。

「今から、様子見に出かけるところじゃ。そちは儂の轡《くつわ》をとれ」

「承知致しました」

安治は秀吉の轡をとって横山城を出た。付き従う者は十数人と少ない。走ることはなく、ゆっくりとした馬脚で、まさに周囲の見廻りといったところである。

「……そうか、そちの母は城下で質になっておるのか。心許ないのう。されど、領民はそう簡単に斬られはせぬ。気を強く持つがよい。さすれば良きほうに廻るはずじゃ。儂は常々良きほうに考えておる。さもなくば、生きていてつまらんからの」

馬上の秀吉は楽観的に言う。この明るさには引き込まれる。

一行は南に向かって馬脚を進め、午後には横山城から三里（約十二キロ）ほど離れた佐和山の城下に達した。

「ここは」

佐和山を見上げ、安治はもらした。

「左様《さよう》。磯野丹波守《たんばのかみ》（員昌）が守る城じゃ」

身内の城でも紹介するように秀吉は言う。

「磯野丹波守は猛将。かような寡勢で、城に近づくのは危のうございます」

安治は諫《いさ》めた。磯野員昌は姉川の戦いで織田家の本陣を突き崩し、もう少しで信長に鑓を付《つ》けるところまで攻め込んだ勇士である。

「大事ない。儂を討つ気ならば、とっくに兵を向けていよう」

度胸がいいのか、どこか抜けているのか、秀吉には警戒感がなかった。

一行は佐和山から五町ほど南西に位置する彦根寺に馬脚を止めた。門前には武士が数人おり、見れば寺の中にも十余人が見えた。あるいは寺の外にも控えているかもしれない。

「木下様」

戻ったほうがいいと言おうとした時、磯野員昌の家臣の高野左馬助《たかのさまのすけ》が寺内から出てきた。

「お待ちしておりました。殿は中でお待ちです」

高野左馬助が丁重に出迎えた。左馬助が言うからには、寺内で待っているのは磯野員昌であろう。

「そちたちは、外におれ」

秀吉は二人の近習を連れて寺の中に入っていった。

（戦が終わってすぐにも拘わらず、木下様と丹波守が顔を合わせるとは、調略が進んでいるということか。木下様は動きが早いの。それゆえ百姓から侍大将になれたのか。されど、ここは浅井領。斬られるのではなかろうか。儂も）

安治は秀吉の行動力に感心すると同時に、自身の身の危険も感じた。

一刻ほどして秀吉は出てきたので、安治は安心した。

「ご無事でなにより。安堵致しました」

「儂が斬られるとでも思ったのか？　丹波守は左様な戯けではない。儂を斬れば、織田の兵が小谷に向かう前に佐和山を囲むことになる。されど、一筋縄ではいかぬの」

騎乗しながら秀吉はぼやく。安治はすかさず轡をとった。

「内応せぬということですか」

「あくまでも浅井の家臣だと言いよった」

横山城内での決定とはいえ、織田家に従うことになった。秀吉の言葉が胸に突き刺さる。

「頭の固い輩じゃ。先が見えておらぬ。まあ、いずれ気づくであろう。気づかねば死ぬだけじゃ。死んでは花実は咲かぬ。生きてこそ忠義も貫けると申すもの。とっとと下り、重臣たちを説いて味方に引き込めば、備前守（長政）も屈することになる。さすれば浅井の名も残るのじゃ。まあ、そのうちに下ろう。下らせてみせる」

自信を持って秀吉は言いきった。

（木下様は浅井様を滅ぼす気がないのか）

秀吉の言葉を聞いて安治の気は少し楽になった。

残暑厳しい八月二十日、信長は横山城に立ち寄り、三好三人衆を討つため再び出陣していった。秀吉は浅井長政を牽制するため、横山城を守るように命令されていた。

都の周囲にいた三好勢は摂津に逃れ、信長はこれを追って摂津の天王寺《てんのうじ》に本陣を構えた。すぐ北には一向宗（浄土真宗）の総本山石山本願寺がある。信長は野田・福島両城に籠る三好勢とともに本願寺と対峙する形になった。

九月六日になり、信長が一向宗の聖地、石山の略奪を企てていることを知った本願寺第十一代法主《ほっす》の顕如光佐《けんにょこうさ》は、檄文を各地の門徒に向かって発した。

「野田と福島城が落ちれば、大坂は滅亡する。己を捨てて、法敵信長と戦え。応じない者は破門する」

同じ内容の檄文《げきぶん》が紀伊の門徒をはじめ、九月十日には小谷城の浅井親子にも届けられた。すでに朝倉義景の娘・三位《さんみ》と、顕如光佐の嫡子・教如《きょうにょ》との婚約は結ばれている。

檄文を受けた浅井・朝倉連合軍の三万は琵琶湖の西を廻り、都を目指した。

時を同じくして三好、本願寺勢も信長を攻撃。都を守らねばならない信長は横山城の秀吉と佐和山近くの百々《どど》にいた丹羽長秀に出陣命令が出された。

「お願い致します。某《それがし》もお供させてください」

厩から走り寄った安治は縁側の下に跪き、秀吉に懇願した。

「甚内か。こたびは軽く捻る戦じゃ、大した働きはできぬ。次を楽しみにしておれ」

秀吉は笑みで答えながら、浅井・朝倉連合軍に備えるために出立した。

「くそっ、勝てる戦だというのに留守居か」

兵が少なくなった城で安治は吐き捨てる。

「小谷のお屋形様が陽動をせんとも限らぬ。気を抜くまいぞ」

組頭の役割をする三田村左衛門尉が注意する。

（左衛門尉殿も浅井の殿様をお屋形様と呼ぶか、まあ仕方のないことじゃの）

確かに安治自身、まだ浅井氏の家臣という認識から抜けきれないでいる。

（左様なことでは木下様のようにはなれぬ。織田家は形にこだわらぬと聞く。軍法に反してでも参じぬとな）

安治は城を抜け出して参陣しようと思った。

丹羽長秀と合流した秀吉は琵琶湖の東を通って都を目指したところ、本願寺の意を受けて一揆が蜂起し、神崎郡の建部《たてべ》城や先に攻略した箕作城に立て籠った。

秀吉ら五千の兵は、これを十日ほどで攻略し、二千余を討って都を目指した。報せは横山城に届けられた。

「某は物見をしてまいります」

我慢できず、安治は十文字鑓を摑むと、一人で横山城を飛び出した。

秀吉らが陸路を通って都を目指す中、安治は佐和山の湊《みなと》から出る舟に乗ることにした。

「浅井の殿様からの使いです」

懐の中にある懐紙を船頭にちらりと見せ、小声で告げた。

船頭は黙ったまま頷いた。まだ琵琶湖の制湖権は浅井氏が握っていた。

十人ほどを乗せた舟は大津《おおつ》に向かって岸を離れた。

一方、顕如の要請を受けた浅井・朝倉連合軍は十九日、近江の大津に築かれている織田方の宇《う》佐山城を攻め、森可成など大半の籠城兵を討ち取った。　攻撃には比叡山延暦寺の僧・日承が協力していた。

浅井・朝倉連合軍は勢いのまま二十一日には山城の国に侵攻。醍醐《だいご》、山科《やましな》を焼き払い、都の周囲に迫った。

信長が三好・本願寺勢の追撃を躱して上洛したのは二十三日の夜中であった。

安治が大津に達したのは二十三日の夕刻で、兵はそれほど多くいなかった。

（木下様らは上洛したのであろうか。いや、浅井の旗が見えるゆえ、まだやもしれぬ）

湖岸に生える蘆《あし》の中に身を隠し、周囲を窺いながら安治は探ることにした。

陽が落ちても状況は変わらない。安治は藪蚊に刺されながら茂みの中で一夜を過ごした。

二十四日の朝になると、大津周辺にいた連合軍の兵が比叡山のほうに動きはじめた。

（摂津にいた織田様が上洛したのであろうか。あるいは木下様らが来るのか）

安治は、まだ秀吉らが上洛していないと判断し、瀬田橋のほうに移動した。

橋の袂《たもと》で待っていると、東山道《とうさんどう》（中仙道）を進んでくる軍勢を目に出来た。先頭を進んでくるのは白地に黒の『卍』。蜂須賀小六の旗指物である。

（やはり、まだ上洛しておらなんだ）

喜んだ安治は頬を綻《ほころ》ばせ、秀吉が来るのを待った。

秀吉は軍列の半ばあたりで騎乗していた。

「お待ちしておりました」

安治は跪いて出迎えた。

「そちは、留守居ではなかったのか！」

雷鳴のような怒号が轟《とどろ》き、肩ごしに電撃のようなものが走った。下馬した秀吉が近習の鐺を奪い取り、安治の肩に一撃喰らわせたのである。

「畏れながら、城で惰眠を貪《むさぼ》るよりも、木下様の下《もと》で戦いとうございます」

まさか殴打されるとは思わず、安治は痛みよりも驚きながら答えた。

「戯け！　城兵の多くが汝《うぬ》のようなことを致せば、城が落ちるわ」

「畏《おそ》れながら、浅井、朝倉は大津にあって留守居は少なく、東近江の一揆は木下様らが討ちましたので、横山城に向く兵はおらぬかと存じます」

「判ったようなことを抜かすな！　まだ六角承禎は捕まえておらぬ。警戒は必要じゃ」

二度目の殴打が安治を襲う。今度は痛かった。確かに六角承禎のことは頭になかった。

「下知を破ることは軍法に叛くこと。打ち首は覚悟していような」

普段の優しさからは考えられない腹の底に響く声がかけられた。

（戦場で討たれるのは致し方ないが、儂はこんなことで斬られて死ぬのか。死は仕方ない。いつ訪れるか判らぬもの。されど命乞いは脇坂の姓に泥を塗るゆえ絶対にできぬ）

背中に冷たいものが走るが、このまま黙っているわけにはいかない。

「下知に従わなかったこと、申し訳ないと思っております。死は恐れません。叶うならば、敵の矢玉の楯となり、役に立って死にとうございます」

覚悟を決めて安治は返答をした。

「よう申した。我が楯となって轡を取れ」

安治の言葉を喜び、秀吉は罪を許した。

「有り難き仕合わせに存じます」

すかさず安治は地面に額を擦り付けて礼を言い、秀吉の轡を取った。

（これで後戻りはできぬ。儂は木下様の楯となって死ぬのじゃ）

そう思うとなんとなく胸に閊《つか》えていたものが落ちていくような気がした。言わされたような感じもするが、真の意味で浅井の家臣から織田の家臣になる時なのかもしれない。

安治は堂々と秀吉の斜め前を歩いた。

既に信長は上洛しており、秀吉が到着すると、建部、箕作両城の攻略を称賛した。

秀吉らを加えた織田軍三万余は比叡山の麓に陣を移し、同山に籠る浅井、朝倉軍と対峙した。

時折、小競り合いが行われるものの、姉川の戦いのような合戦には発展しなかった。

睨み合いが続く中でなんとか和睦が整い、十二月十四日、信長は兵を引いた。

横山城に戻って驚いたのは、三田村左衛門尉が浅井氏に帰参していたこと。左衛門尉の屋敷は平城形式で姉川の北に位置し、横山城への橋頭堡《きょうとうほ》となる位置にあり、家族が捕縛されたという報せが届けられたからだという。

（儂は足軽の倅《せがれ》。母は斬られることはなかろう。いや、ない）

秀吉に忠誠を誓った安治であるが、懸念は拭い去れなかった。

翌年、信長は浅井、朝倉に与した比叡山を攻め、根本中堂をはじめ、山王二十一社など悉《ことごと》く焼き払い、僧俗三、四千人を殺戮《さつりく》した。伝教大師最澄《さいちょう》が開いて以来、七百八十余年、聖域として崇められてきた地は地獄絵図と化した。山を燃やし尽くす炎は都からも遠望できたという。

これには安治も参じた。諸将が女子供も容赦なく殺害したが、秀吉は武器を持って敵対した者は斬り捨てたものの、ほかは密かに逃していた。

(儂が仕えるのは織田の殿様ではなく木下様じゃの)

情のある秀吉に安治は惹かれていった。

四

天正元年(一五七三)八月九日、信長は姉川北の月《つき》ヶ瀬《せ》城に入城した。同城は浅井長政の小谷城まで直線で一里(四キロ)ほど南西に位置している。信長出陣の理由は浅井長政の重臣で山本《やまもと》山《やま》城将の阿閉貞征《あつじさだゆき》が織田家に降ったからである。調略したのは秀吉であった。

この年の四月十二日、信長最大の敵ともいう武田信玄が信濃の駒場《こまんば》で死去した。信長と敵対する将軍義昭《よしあき》は、信玄の死を知らぬままに挙兵。信長は七月十八日、宇治《うじ》で破り、義昭を山城の国から追放した。これにより、二百三十五年続いた室町幕府は終焉《しゅうえん》。義昭は備後《びんご》の鞆《とも》で毛利氏の庇護を受けるばかりになった。

東西の敵が消滅したので、信長は因縁の敵を討つつもりである。その後、続々と家臣は集まり、翌十日には三万を超えた。

浅井家は度重なる寝返りで五千を切るほどに家臣が減少していた。姉川の戦いののちに秀吉が調略の手を伸ばした磯野員昌もその一人である。

これらの功績が認められ、秀吉は羽柴に改姓することが許された。丹羽長秀の「羽」と柴田勝家の「柴」を一字ずつ取ったものである。

秀吉らは小谷城の本丸から十四町半（約一・五キロ）ほど南西に位置する虎御前山《とらごぜ》砦に在し、浅井勢の動向を窺っていた。安治も同城にいた。

「武田や将軍の後ろ楯を失った浅井は滅びるのを覚悟で戦い続ける気でしょうか」

城を遠望しながら安治はもらす。この年、安治は二十歳になった。

「備前守は頑固らしいからの。それより、そちの異母弟が城内にいるそうじゃの。そちが城に突入した際、相対することもあろう。その時、いかがするつもりか？　我らが打ち入ったあとでの降伏は認められないぞ」

秀吉の弟の小一郎が告げる。小一郎も長秀（のちの秀長）と名乗るようになった。

「はあ、降伏の矢文は打ち込んでおりますが、未だ返答はございませぬ。他人に斬られるならば……と思っておりますが。なんとか攻撃前に城を出ることを願うばかりです」

安治の言葉に長秀は頷いた。安治の危惧は深まるばかりである。

八月十日、信長は長政に圧力をかけるため、佐久間信盛と柴田勝家を小谷城から三十町（約三・三キロ）ほど北の山田山《やまだ》に移動させた。

同じ頃、長政から要請を受けた朝倉勢の一万が漸く姿を見せた。山田山に織田勢が布陣しているので、朝倉義景《よしかげ》は北国《ほっこく》街道沿いの余呉《よご》、木之本《きのもと》、田部山《たべやま》で兵を止めた。山田山から一里ほど西であった。

朝倉勢の齋藤刑部少輔《さいとうぎょうぶのしょう》ら八百の兵は佐久間信盛らの目を盗み、山中を進んで、小谷城の詰め城として同城から七町（約七百六十三メートル）ほど北西の大嶽山《おおづくやま》の山頂に築かれている大嶽城と、西麓にある丁野山城《ようのやまじょう》に入城した。朝倉義景本隊は柵を立てて、織田軍へ備えた。

脇坂家の屋敷は大嶽城の麓にある。開戦すれば焼き討ちにあっても不思議ではない。安治の不安は増すばかり。

十一日の夕刻、安治は秀吉に呼ばれた。

「そちは土地に詳しかろう。焼尾城《やけおじょう》に行き、矢文を放て。一刻して返し文がなければ戻ってまいれ。決して敵に見つかるな。こたびの勝敗を決める契機となるやもしれぬぞ」

焼尾城は大嶽城と脇坂屋敷の中間にあり、大嶽城の出城とも呼ばれていた。

「承知致しました」

ただ矢文を打ち込むだけかもしれないが、安治にとっては大役である。喜んだ安治は秀吉から文を受け取り、虎御前山を出発した。五町ほど北に進み、古墳のあるところから東に折れ、大嶽山を登っていく。

（母がいるやもしれぬ。家によってみるか）

茂みを掻き分けながら安治は脇坂屋敷を目指す。二町ほど北東に進んだ。

（あった。焼き討ちにはあっておらぬ）

あばら家であるが、屋敷は存在した。それだけで嬉しかった。貧しい家なので遅くまで明かりをつけていられる余裕はない。勿論、家の中は暗い。だからといって留守とは限らない。安治は周囲を見廻しながら家に近づき、様子を窺う。人の気配はしない。

「母上、おるか？　儂じゃ。安治じゃ。開けるぞ」

囁くように声をかけ、音をたてないように戸を開けた。入ったところは土間。西に板間の囲炉裏があるが、熱気はない。奥に行く。二間がともに誰もいなかった。争ったような痕跡はなかったので、家で斬られたりはしていないと思われる。

（二人とも城か）

一瞬、安心するが、すぐに懸念も深まった。

気を取り直して安治は焼尾城を目指す。脇坂の屋敷から三町ほど北東に登ったところに城はある。安治は樹の間を縫い、倒木を乗り越え、根を跨ぎ、枝を掻き分けながら進んだ。

焼尾城は砦のようなもので、それほど多くの兵を在陣させられないが、麓の敵に対する出城のような役目を担い、大嶽城としては重要な場所にあった。

安治はそれほど弓は得意ではないので二十間（約三十六メートル）ほどのところに近づき、命じられたとおり、矢に文を巻きつけて城内に打ち込んだ。見事、城内に達した。

途端に矢玉が放たれ、周囲で土埃が上がり、矢が樹に刺さった。

「危ねえ、危ねえ」

樹に隠れながら安治は独りごつ。その後も矢玉が樹を折り、木片を飛び散らせた。

四半刻ほどすると弓、鉄砲も鳴りを潜めた。

さらに四半刻ほどすると、矢文ではなく、兵が数人出撃してきた。

（まずいの。返し文はなしか）

瞬時に緊迫感が増す。簡単な遣いだと思っていたので身の危険を感じた。

「木下殿の家臣はまだいるか」

野太い声がかけられた。

（いかがする？　儂を捕らえる罠やもしれぬ。声を出せば所在が即座に知れる）

安易に返答するわけにはいかない。安治は口を噤み、身を固めた。

「儂は焼尾城将の浅見《あさみ》対馬守《つしまのかみ》の弟の次郎左衛門《じろうざえもん》じゃ。話がある」

浅見次郎左衛門は名を明かした。面識はないが、浅見対馬守の名は浅井家の家臣ならば、誰もが知っている。信じていいのではないかと、安治は判断した。

「某は浅井に仕えていた脇坂甚内でござる。姉川の戦いののち、大野木土佐守（茂俊）殿の下知で木下殿に属しております」

樹の陰から姿を見せて安治は名乗った。

「おお、土佐守殿か。されば話が早い。我が兄は木下殿の申し出を受け入れる所存。儂らは約定を守るための質じゃ。木下殿の許に案内致せ」

浅井旧臣と知り、浅見次郎左衛門は気軽に話し掛けてきた。

調略に応じると聞き、安治は安堵した。

「承知しました。その前に一つ。我が母と異母弟が城内にいると思われる。母の名は照。異母弟は甚五郎と申す。なにか聞いてござらぬか」

「女子は本丸の北ノ郭に集められていると聞くが、そこにそなたの母がいるや否やは判らぬ。また、儂は浅井の家臣の総てを知らぬので、そなたの舎弟も然《しか》り」

「左様でござるか」

やや気落ちしながら安治は浅見次郎左衛門らを秀吉の許に案内した。

「ようやった。さすが甚内じゃ」

秀吉は褒めてくれたが、長秀は違う。

「そちの役目は返し文を持ち帰ること。使者を連れてこいとは命じられておらぬ。こたびは開城の使者ゆえ幸運であったが、あれが敵の刺客であれば、我が兄は命を失っていたやもしれぬ。あるいは上様（信長）も。こののちは命令には忠実に従うよう」

秀吉を支える弟として、また木下家の次席として長秀は厳しく言う。

幕府滅亡後、家臣たちは信長を上様と呼んでいる。

「申し訳ありませんでした」

功を否定されたようで不快に思うものの、気づかされる部分もある。安治は頭を下げた。

（長秀殿は木下様を慕われておる。甚五郎も長秀殿のようになれればの）

所在も定かではないが、安治は甚五郎と長秀を比較した。

浅見対馬守への調略が整い、十二日の夜、信長は嫡子の信重《のぶしげ》（のちの信忠《のぶただ》）に虎御前山砦を守らせ、自身は焼尾城に入城。さらに雨にも拘らず、山頂の大嶽城を攻撃した。

雨ということもあり城兵は油断していた。織田勢は瞬く間に二ノ丸、三ノ丸を破って本丸に肉迫すると、朝倉勢は為す術もなく、齋藤龍興《さいとうたつおき》ら五百の兵が降伏した。

十三日の夜が明けると、信長は小谷山の麓にある丁野山城を陥落させ、齋藤龍興らを田部山の朝倉本陣に帰陣させた。

救援に失敗した朝倉軍は夜陰に紛れて退却を開始。予想どおりと信長は真っ先に追撃を始め、家臣たちは主を追った。

秀吉は同陣を願い出たが、信重の補佐を命じられたので虎御前山を動けなかった。

「さて、上様がお戻りになる前に、今少し敵の数を減らしておくか」

秀吉は小谷城の山崎丸や南の伊部《いべ》出丸などに矢文を放たせ、内応を誘った。守りが手薄になれば攻撃しやすく、長政も諦めて降伏するかもしれない。

朝倉軍の撤退などもあり、城兵は不安になり、夜陰に乗じて城を抜け出すようになった。秀吉は逃亡兵を斬らず、さらに城兵を誘わせた。

「上様は備前守様をいかようにするつもりでしょう」

安治は秀吉に問う。

「金ヶ崎の返り忠は腹に据えかねておる。簡単には許されまい」

「ご正室が妹君（お市御寮人《いちごりょうにん》）であってもですか」

「それゆえに、可愛さ余って憎さ百倍ということであろう」

お市御寮人の名を出した途端、秀吉の表情も一瞬、険しくなった。

「大嶽城から山王丸に向かうには、幾つもの砦を落とさねばならぬと浅見が申していた。備前守の父・下野守（久政）がおる京極丸に攻め入る行《てだて》はあろうか」

「京極丸ですか？」

これまた、とんでもないところを攻めるなと、安治は秀吉の発想に驚いた。

「左様。備前守も父が降伏すれば、下《くだ》りやすかろうと思うての」

「されば清水谷から細い一本道がございますが、これは本丸やほかの砦からは丸見えにございます」

「ほう。細い一本道の。詳しく申せ」

秀吉の金壺眼《かなつぼまなこ》が輝いた。

「されば……」

安治は清水谷からの道筋を細かく秀吉に伝えた。

（早めに降伏、開城してくれればいいが。さすれば再び日の目を見ることもあるのでは）

脇坂家の後継を認めてくれた長政なので、安治としてはなんとか生きていてほしいというのが本音である。

朝倉軍を追った信長は刀根山から敦賀までの十一里（約四十四キロ）で三千余りを討ち取り、朝倉義景の在する一乗谷城《いちじょうだに》に向かった。

一乗谷城では支えられぬと朝倉義景は北東に位置する大野郡の山田ノ庄方面に移り、賢松寺《けんしょうじ》に逃れ込んだところ、朝倉一族の景鏡《かげあきら》が信長に内応。

八月二十日、もはや、逃れることは出来ぬと判断した朝倉義景は悔恨の中で自刃して果てた。享年四十一。これにより、戦国大名となった朝倉氏は滅亡した。

朝倉氏を討った信長は二十六日、虎御前山砦に帰陣した。

信長は朝倉氏が滅んだことを伝え、改めて降伏勧告を行ったが長政は拒否した。

二十七日、信長は柴田勝家らに総攻撃を命じたが、堅固な小谷城を崩すことはできなかった。

「畏れながら、越前攻めには参じられませんでした。こたびは城攻めを下知して戴きますよう。叶うならば、下野守《しもつけのかみ》のおる京極丸に仕《し》寄《よ》らせて戴きたく存じます」

秀吉の申し出は許された。

日付けが二十八日に変わろうとしている頃、秀吉は弟の長秀や蜂須賀正勝らを先頭にして清水谷を進ませた。安治は二手の秀吉本隊にいた。

(ついに小谷城を攻めるのか。お屋形様の城を)

母と異母弟が城内にいると思うと、秀吉に忠誠を誓った安治であるが、まだ浅井旧臣であることが捨てきれなかった。

浅井勢は昼間、寄手を排除したせいか、警戒心が欠けていた。羽柴勢は、いつ発見されるかと、ひやひやしながら傾斜を登っていくが、酒盛りでもしているのか、見つけられることはなかった。

そして、ついに城門の手前に達した。

秀吉は先手の蜂須賀正勝らの五百を正面の城門に、秀吉本隊七百は一の木戸口。三手の浅野長《あさのなが》吉《よし》（長政）らはその後方。後詰に生駒親正ら八百を据え、采を振り降ろした。

「かかれーっ！」

秀吉の声が闇夜に響き、羽柴勢は一斉に攻めかかった。

（もはや後戻りはできぬ。儂は羽柴秀吉に仕える脇坂甚内。浅井の家臣ではない）

安治は覚悟を決めた。

「うおおーっ！」

なにかを振り払うように雄叫びをあげながら一の木戸口に向かう。

ところが羽柴勢が接近すると、浅井井規《いのり》が城門を開いて降伏。一緒に京極丸を守っていた浅井政澄《まさずみ》、三田村左衛門尉、大野木茂俊らも、東の裏口から山中に逃亡した。

「なんと！　ここまで手を伸ばしていたのか」

追い詰められている浅井家の家臣たちではあるが、秀吉の調略能力の高さに安治は愕然とした。

羽柴勢は大した戦闘もせずに京極丸に雪崩れ込んだ。

兵の四散を知った久政は、寡勢で京極丸を持ちこたえることはできぬと、二十名ほどの家臣と共に、さらに北の、自身が居館としている小丸に逃げ込んだ。

羽柴勢が京極丸を占拠したことにより、浅井親子は分断された。長政は京極丸を奪い返しに本丸を出たが、すでに時遅し。半刻ほど鉄砲を放って本丸に戻った。

小丸は堅固な砦ではない。久政は腹を切るために入った場所である。久政は家臣たちに周囲を固めさせたのちに自刃して果てた。享年四十八。家臣たちも後を追った。

すかさず秀吉は信長に久政の首を届けた。

翌二十八日、長政は再度の降伏要請を拒み、正室のお市御寮人と三人の娘を信長の許に送り届け、さらに城にいた女子を解放したのちに三度打って出て切腹した。享年二十九。

（御無念でございましょうが、武士の意地を通されたのです。お屋形様は武士の中の武士です。安らかにお休みなされませ）

木下家の家臣となった今、声に出すことはできない。安治は肚裡《とり》で冥福を祈った。

長政の死には万感の思いをかられるが、戦後嬉しいことがあった。脇坂屋敷に戻ったところ、母の照がいた。

「母上」

「安治」

再会した二人は抱き合い、涙を流して喜び合った。二人の異母妹たちも健在であった。

「甚五郎は？　首帳に名は記されておらなかった」

安治は照に問う。

「判りません。無事であってくれればよいが」

照の言葉に安治は頷いた。

戦後、浅井旧領の北近江三郡は羽柴秀吉に与えられ、安治は改めて旧領を安堵された。

　半年ほどが過ぎ、浅井旧臣の残党狩りが終わって北近江三郡が静謐を取り戻した頃、甚五郎が脇坂屋敷に姿を見せた。襤褸《ぼろ》雑巾のような衣を身に纏い、髪は乱れ、顔は泥に塗れ、頬は痩けていた。

「甚五郎、生きておったか」

　別人のような風体に驚くものの、異母弟を見た安治は目を大きく見開いて喜んだ。

「儂の屋敷でなにをしている」

　甚五郎は敵でも見るような目を安治に向けて言う。

「この家は儂が、我が殿から安堵された家じゃ。そちの家ではない。脇坂家の当主は儂じゃ」

　不憫だとは思うが、けじめはつけておかねばならなかった。

「脇坂家は浅井の家臣。汝が織田に走ったゆえ、亡きお屋形様は儂に脇坂の家督を許された。汝のような返り忠が者に脇坂の所領は渡さぬ」

「残念ながら浅井家は滅んだ。新たな領主は羽柴秀吉様。旧主の口約束は無効じゃ。これに従えぬとあれば、そちは浅井の残党として斬られることになる。それに、そちは儂を返り忠が者と申すが、浅井に忠義を示すならば、なにゆえ小谷で討ち死にしなかった？」

「それは浅井のお屋形様が生きろとお命じなされたからじゃ」

　腹の底から絞り出すように甚五郎は訴えた。

「賢明な下知じゃ。されど、世は変わった。浅井の名を出せば斬られる。この家あるいは羽柴の所領内に住みたくば、我が殿に忠誠を誓うしかない。いかがする？」

「浅井を討った織田や、どこぞの百姓（秀吉）になど従えぬ。いずれ、この家を取り返しにまいる。それまで預けておく。首を洗って待っておれ」

怒鳴り散らした甚五郎は家を出ていった。

「お待ちなさい」

照が里芋を手拭いに包んで待たせようとした。

「汝らの施しは受けぬ」

照の手を払い、甚五郎は歩を進めた。

「兄上」

妹たちは膝をついて啜り泣いている。

「戯けめ。公儀（幕府）を潰した織田に勝てる武士がいようか」

甚五郎を危惧しながらも安治は吐き捨てる。

浅井旧領が落ち着いても、二人の確執は埋まらなかった。

第二章　貂《てん》の皮

一

初夏の日射しが琵琶湖に反射して眩《まばゆ》いほどである。それでも湖から吹いてくる風が汗ばんだ体に心地いい。

天正二年（一五七四）、秀吉は琵琶湖の北東、湖に接する今浜の地を長浜《ながはま》と改め、新たな城を築きはじめた。西側の湖を除く三方に新構の城下町が拡張され、賑わいを見せていた。次々に新たな屋敷が建てられ、金槌《かなづち》や鋸《のこぎり》を使用する音が絶え間なく聞こえた。

城は城下町を堀で囲み、湖から引いた水で満たしている。さらに城を取り巻くために二重の堀が設けられ、小舟であれば、湖からそのまま入れる造りになっていた。北西から南東にかけて、北ノ曲輪《くるわ》、本丸主殿と三重の天守閣、南ノ曲輪とそれぞれ島のように湖の中で独立しており、これを橋で渡してある。まさに水城であった。

安治《やすはる》は二十一歳になった。

築城中の長浜城の中庭で鑓の訓練をしているところに、秀吉が少年を連れて現れた。

「甚内《じんない》、此奴《こやつ》の面倒を見てくれ」

安治に紹介したのちに、秀吉は挨拶をしろと少年に命じた。

「市松《いちまつ》じゃ」

ぶっきらぼうに言う。背は秀吉よりも高いが、安治よりも小さく五尺四寸（約百六十四センチ）ほど。痩せていて鼻が大きく目つきが悪い。額の皺が印象的な顔だちをしていた。

市松は尾張の海東《かいとう》郡二寺《ふたつでら》村に生まれ、この年十四歳。まだ、前髪を残していた。市松は星野成《ほしのなり》政《まさ》の子で福島正信《ふくしままさのぶ》の養子になったという。正信の妻が秀吉の母の仲《なか》の姉（従姉とも）ということで秀吉の親戚という扱いを受けている。

「儂は脇坂甚内じゃ。鑓の稽古をしたことがあるか」

「愚弄するな。鑓は得意じゃ」

不快そうに告げた市松は鑓立てから鑓をとると、安治に向かって身構えた。安治も左足を前に中段の構えをとった。訓練用なので先端には鋭い穂先の代わりに丸めた襤褸《ぼろ》がつけられていた。

「おりゃーっ！」

気合いとともに市松は鑓を突き出した。速いが力は不足している。安治は横に弾いて軽く腹を突いた。

「おのれ！」

眉間に皺を寄せた市松は鐺の作法など関係なく、童《わらべ》の喧嘩のように振り廻してくる。

「児戯じゃ」

大きく振れば、それだけ動作も大きくなり隙が生まれる。安治は素早く踏み出し、先ほどよりも深く突き入れ、たんぽ（襤褸）が腹に食い込んだ。

「うぐっ」

市松は体を「く」の字に曲げ、両膝と鐺を持つ右手を地面についた。左手は腹を押さえている。

「戦場ならば死んでいた。鐺は横に振るな。手鐺は突け、長柄は叩け、が鉄則ぞ」

鐺の柄を首に当て、安治は首を刎《は》ねられていたと示した。

「戦場ならば」

突如、市松は脇差を抜いて斬りかかってきた。

「戯《たわ》け！」

安治は脇差を叩き落とし、再び腹を突き、四つん這いになった市松の頭を打ち据えた。基本、鐺と太刀では余程、腕の差がなければ鐺が勝つ。頭を打たれた市松は気絶した。

「なんという餓鬼じゃ。怒ったらなにをするか判らない輩《やから》じゃが、勝負への執念はたいしたものじゃ。少し礼儀を教えぬとな」

まだ若いが末恐ろしい少年だと安治は思わされた。

別の日、また秀吉は新たな少年を連れてきた。

「虎之助《とらのすけ》じゃ。市松同様、面倒を見てくれ」

秀吉と虎之助が並ぶと親子が逆転しているように見える。

加藤虎之助は秀吉と同じ尾張の中村で生まれ、この年十三歳。まだ肉は薄いが、既に身の丈は六尺（約百八十二センチ）を越える偉丈夫で、精悍な面構えをしている。

武士だった父は怪我で歩行が困難になり、刀鍛冶の清兵衛に師事し、清兵衛の娘の伊都《いと》と結ばれ、虎之助が生まれたという。伊都は秀吉の正室のお禰《ね》と従姉妹《いとこ》なので、これを頼って仕官したことになる。

「鑓は使えるか」

「勿論」

不遜な表情で虎之助は鑓を摑み、左足を前に中段に構えた。背が高いので安治を見下している。

虎之助は柄の後ろのほうを持ち、手の長さを利用して連続して突いてくる。鑓が伸びてくる感じである。さらに突きも正確で斑《むら》がない。力も強く、弾いてもすぐに引き戻してしまう。市松のように大きい動作をしないので厄介だ。

（かような相手は）

安治は虎之助の鑓を受けながら後退する。そのうちに虎之助の歩幅が大きくなり、引く動作が遅くなった。追い詰めているのではなく、追い掛けている証拠だ。

「そりゃーっ」

安治は鑓を右に弾いて自身は背中のほうに左廻りに独楽のように回転し、鑓を廻して虎之助の首許でぴたりと止めた。

「一本調子になって敵を追えば引き込まれる。敵の攻めを外して一気に間合いを詰めるか、最初のように細かく突いて追い詰めるように致せ」

助言するが虎之助は頷かない。

「されば組み打ちじゃ」

虎之助は鑓を捨て摑みかかってきた。安治はがっつりと上から押さえ込まれている。虎之助は強力に任せて相撲の上手投げのような投げを打ってきた。ねじ伏せられそうである。

「させるか」

踏み止まった安治は柔術の横車のように左足を出して捨て身技で返した。

「あっ」

今まで、変則的な投げを打たれたことがないのか、虎之助はあっさりと土埃を上げた。すかさず安治は上になり、衣で首を絞めた。

「ぐうっ、うっ」

頸動脈《けいどうみゃく》を絞められた虎之助は、ろくな抵抗もできぬまま気絶した。

安治はすぐに活を入れた。目を覚ましても虎之助は朦朧《もうろう》としている。

「組み打ちは投げだけではない。押さえ付けて首を刎ねるまでが組み打ちじゃ」

言い放ったが、虎之助は上の空であった。

(此奴はこの体じゃ。戦い方を覚えたら儂では勝てぬかもしれぬな)

市松同様、恐ろしい少年だと認識した。

後日、再び秀吉は少年を連れてきた。

「佐吉じゃ。まあ、ほどほどにの」

市松らのように扱うなということか。仏門にでも入っていたのか髪が短く、才槌頭《さいづちあたま》がよく目立つ。

佐吉は近江の坂田《さかた》郡石田《いしだ》村の出身で、浅井旧臣の石田藤左衛門正継《とうざえもんまさつぐ》の次男として誕生した。幼少からもの覚えがよく、近くの観音寺《かんのんじ》で手習いをしていた時、新たな領主となった秀吉が鷹狩りの帰りに立ち寄って顔を合わせたという。この年十五歳。市松らよりも年上だが、体は誰よりも細かった。

「鑓の稽古をしたことがあるか」

問うと佐吉は首を横に振るので、中段の構え方を教えた。

「突いてまいれ」

命じると、佐吉は言われるままに一歩踏み出して突きを入れる。安治に届かなかった。

「当たらぬではないか」

「こちらの鑓が当たれば、敵の鑓も当たる。死んでは殿へのご奉公が叶わぬ」

初めて鑓の訓練をする佐吉が公然と言いきった。

「戦場は生死を賭けて戦う場所。死は望まぬが、死を恐れて戦はできぬ」

「上様は多くの鉄砲を手になされ、弓衆より遠くから敵を倒された。我が殿は城への出入りを絶って幾つもの城を落とされた。儂は、かような戦をしたい」

「人の上に立つためには、必ず前線で戦わねば誰も認めてはくれぬ。若き日の上様然り、殿も然りじゃ」

屁理屈を言う佐吉に安治のほうが苛立った。

「儂は儂を家臣にしてくれた殿のお側でご奉公できればよい。戦で功を挙げたいとは思わぬ」

「我が軍が窮地に立たされた時、必死に戦わねばならぬ。その時、鑓が使えねば、無駄死にするばかりぞ」

「戦うべき時には戦う。左様な戦は愚と『孫子』には書かれている。強なればこれを避けよ。善く兵を用うる者は、人の兵を屈するも、戦うにあらざるなり」

相手が強ければ戦うな。本当の戦上手は、武力を使わずに敵を屈服させるものだ。という意味である。

「左様か。逃げられなかった時はいかがする？」

言うや安治は鑓で軽く佐吉の腹を突く。たんぽ（襤褸）がめりこみ、佐吉はうずくまった。

「……儂は死んでおらぬゆえ次がある」

顔を歪《ゆが》め、苦しそうに佐吉は言い返す。

佐吉が秀吉に見出された切っ掛けは、寺で三献《こん》の茶を出してもてなしたからだという。三献の茶とは、最初は微温《ぬる》い茶を茶碗いっぱいに。二杯目は、ほどよい温度の茶を茶碗の半分。三杯目は熱い茶を少々。これが、一番、喉の渇きがとれるとのこと。秀吉は佐吉の気遣いに感心して家臣にしたというもの。佐吉は算術にも明るいので、秀吉は側から放さないとも伝わっている。

(此奴は市松らとは違う形の武士なのかもしれぬ)

減らず口には腹立たしいが、安治は今まで見たことのない佐吉を評価した。ただ、好きにはなれないが。

腹の立つことはほかにもある。

「そちは親爺(秀吉)様に討たれた浅井の旧臣であろう。我ら尾張の者と一緒にするな」

同郷のみならず、秀吉の親戚筋にあたるので市松や虎之助は、公然と安治に言う。さらに、佐吉と安治を同じ目で見ていることに憤る。

(くそっ、尾張兵は数だけの弱兵であること皆が知っておる。今に見ていよ。浅井の兵がいかに強いか見せつけてやる)

信長や秀吉が尾張出身なので、公然と批難するわけにはいかない。

安治は尾張出身の兵に対抗心を強くした。

この頃、加藤孫六《かとうまごろく》、片桐助作《かたぎりすけさく》、大谷紀之介《おおたにきのすけ》なども秀吉の家臣になっていた。

二

秋も深まった天正三年(一五七五)十月初旬、秀吉は信長からの要請を受け、援軍を丹波に派遣することにした。これに安治も含まれた。

安治のほかは阿閉貞征《あつじさだゆき》や宮部継潤《みやべけいじゅん》、渡辺統《わたなべすぶる》など浅井旧臣ばかりの五百であった。

（殿も浅井の旧臣を蔑《さげす》まれておられるのであろうか。ならば戦功を示すのみ）

沈む気持ちを安治は自ら煽り立てた。

安治らが向かったのは長浜から三十里（約百二十キロ）ほど西に位置する丹波の黒井であった。

丹波攻めの総大将は惟任《これとう》（明智《あけち》）日向守光秀《ひゅうがのかみみつひで》が命じられている。

丹波は山の多い地である。既に周囲は紅葉をはじめ、戦でなければ景観を楽しめたかもしれない。安治らが参じたのは氷上《ひかみ》郡黒井城の陣である。

黒井城は城山（標高三百五十六・八メートル）に築かれた連郭式の山城で、嶮岨な山と東は竹田川、南は支流の黒井川に守られた堅固な城である。

「遠路、大儀でござる」

惟任の本陣に出向くと、光秀が出迎えた。

面長の顔ではあるが、顎から首にかけて肉が厚い。温厚そうな顔つきであるが表情は険しい。

援軍はこんなに少ないのか、と失意を覚えている面持ちである。前頭部が禿《は》げあがっていたことで、信長から「金柑《きんかん》」と渾名されている。それだけ信長に仕えるのは大変なことなのかもしれない。

黒井城は既に光秀に与した丹波勢も加わり、万余の兵で囲んでいる。

（兵糧攻めをしているのに、後詰など必要もなかろう）

安治は働きの場はないのではないかと思わされた。

光秀の出自は諸説あり、一応、土岐《とき》源氏の流れとされている。美濃可児郡《みのかにぐん》の明智城主・光綱《みつつな》（光隆《みつたか》）の嫡子として誕生し、齋藤義龍《さいとうよしたつ》に攻められて美濃を逃れ、幕府奉公衆ののちに朝倉家に寄食し、その後、信長に仕えた。戦場での働きから朝廷との交渉役をこなし、織田家では逸早く城持ちの大名となり、近江の坂本に美しい天守閣を持つ城を構えていた。『當代記《とうだいき》』の記述から逆算すると、光秀はこの年六十歳になる。

「羽柴勢には城の北を固めて戴きたい」

安治ら羽柴勢は光秀の言葉に従った。

黒井城の城主は丹波の赤鬼と恐れられる赤井《あかい》（荻野《おぎの》）直正《なおまさ》。外叔父の荻野秋清《あききよ》を殺害して黒井城を奪ったことから、自ら赤井悪右衛門《あくえもん》と名乗ったとも伝わる。二千ほどの兵で籠っていた。

「日向守様は無謀な力攻めをせぬ方と聞きます。長い対峙になるやもしれませんな」

城を見上げながら安治が言うと宮部継潤らは頷いた。

元は比叡山の山法師だったという宮部継潤は、丸顔でこぢんまりしている。

戦は時折、弓、鉄砲を放つばかりの小競り合いが行われるのみで大がかりな戦いには発展しない。予想どおりの長期戦となった。

動きを見せたのは天正四年（一五七六）が明けた正月十五日、この陣に参じていた同じ丹波衆の八上《やがみ》城主の波多野秀治《はたのひではる》が突如、赤井直正に寝返り、城南にある光秀本陣を襲撃した。

「波多野が返り忠！　日向守殿の本陣は壊乱となり、南に後退しております」

物見が戻り、おののいた表情で報告した。

波多野秀治は赤井直正同様、丹波の有力な国人衆で家臣も多い。東丹波の国人衆が光秀の麾下に属したのは、秀治が早くに信長に誼《よしみ》を通じたことが大きかった。

「なんと！」

誰もがまさに寝耳に水であり、驚愕している。

「なにゆえ波多野が叛《そむ》いたのじゃ」

こわばった顔で宮部継潤が問う。

「日向守様は温厚な方と聞きます。波多野を怒らせる真似をするとは思えませぬ。あるいは、最初から返り忠をするつもりで、波多野は織田に誼を通じてきたのやもしれません」

想像できることを安治が言う。

「とすれば背後で糸を引くのは前公方《さきのくぼう》か毛利か、あるいは本願寺か」

宮部継潤が言うことは十分に納得できるものである。

「ここで返り忠の理由を捜す暇などあるまい。波多野が背けば、ほかの丹波衆も倣《なら》うに違いなし。我らも丹波衆に囲まれるぞ」

阿閉貞征が唾を飛ばして主張する。

「承知、すぐ退こう」

宮部継潤の言葉に、皆は頷いた。

「お待ち下さい。後詰に来て、なにもせずに退けば我らが殿の名折れ。それに、上様から、いかな仕打ちを受けんとも限りません。日向守様を救援致しましょう」

安治は反論した。

「上様か……」

皆の脳裏に過《よぎ》ったのは二年前の正月のこと。信長は浅井長政・久政親子と朝倉義景の髑髏《どくろ》に箔《はく》濃《だみ》を塗り、諸将の前に披露した。自分に叛けばこのようになると。比叡山は焼き討ちにし、長島一向一揆の門徒二万の男女も皆殺しにした。信長の命令は絶対である。

敵と戦って死ぬか、逃げ帰って斬られるか、究極の選択である。

「致し方ない」

敵の追撃を躱《かわ》せば生き延びられる。宮部継潤らはそう判断した。

光秀の陣に駆けつけると既に蛻《もぬけ》の殻《から》で旗指物や陣幕は踏み躙《にじ》られていた。

「惟任勢は栗柄峠《くりから》のほうに向かったようにございます」

栗柄峠は黒井城から三里（約十二キロ）程南西に位置する難所である。

「我らも向かおう。さすれば敵を挟み撃ちにできる」

宮部継潤が言った時、別の物見が報せる。

「申し上げます。新手がこちらに向かっております。赤井の本軍やもしれません」

二手が出撃してきた。その中心には貂《てん》の皮の槍鞘《やりさや》が見える。赤井直正の馬印である。

「相手にとって不足はない。敵の大将を討ち取れば恩賞は思いのままじゃ」

絶好の機会に恵まれた。安治は身震いしながら敵に備えた。

赤井勢は臼井喜兵衛《うすいきべえ》を先頭に安治らがいる惟任の陣跡に雪崩れ込んできた。

「放て！」

宮部継潤が命じると十数挺の鉄砲が火を噴き、数人が倒れた。

「かかれーっ」

敵の足が一瞬止まったので宮部継潤が下知する。

「おりゃーっ！」

安治は十文字鑓を手に敵に迫り、気合いもろとも渾身の力を込めて繰り出した。穂先は敵の喉を捉え、血飛沫《しぶき》が上がる。安治は引き抜くや次の敵に向かう。大柄の兵なので力で勝負するのは不利。足をつかって間合いを図り、敵が突いてくれば左右に躱し、あるいは円の動きで捌《さば》き、隙を見つけて突き込んだ。

脇を抉《えぐ》られた敵は死の舞いを舞いながら土埃を上げた。

「貂の皮の槍鞘」

馬印は一町ほど先に見える。安治は魅入られ、引き付けられるように向かう。

「甚内。退くぞ」

宮部継潤が声をかける。見れば安治らに倍する兵が接近してきていた。

「承知」

赤井直正に鑓をつけることができないのは残念であるが、ここで死ぬわけにはいかない。安治は従った。

羽柴勢は殿軍《しんがり》のような形となり、赤井勢の追撃を受けている。弓・鉄砲を放ち、追ってくる赤井勢の足を止めると、鑓を手にする安治らが攪乱《かくらん》して打撃を与え、引き上げる。これを交互に行い、兵を減らしながら退いていくと、惟任勢を追っていた赤井勢の先手を務める荻野丹後らと遭遇した。羽柴勢は赤井勢に挟撃される形となった。

「躊躇している暇はない。とにかく今は背後の敵の足を止め、前方を突き破るだけじゃ」

宮部継潤らの言葉に頷き、安治の鑓を持つ手に力が入る。荻野丹後らを貫かなければ生きて帰ることはできない。打ち破るしか道がないので、迷いはなかった。

「甚内、そちは先頭に行って敵を破れ。好きなだけ暴れろ」

「承知」

安治は宮部継潤の指示に応じ、先頭に移動した。

「敵は勝ちに乗じて浮かれておる。今が好機。我らは火の塊として突くだけじゃ」

先頭集団に入った安治らは互いに励まし、敵を血祭りに上げることだけを目指した。

荻野丹後らは追撃を行い、惟任勢の首を取ったあとだったので満足の帰路だった。さらに疲労していたので、戦闘への意識が薄らいでいた時だった。

「喰らえ！」

安治らは油断している敵に突き入り、串刺しにした。狭い峠道なので荻野丹後らはすぐに迎撃の形を作ることはできない。羽柴勢は追撃を受け、尻に火がついているので、とにかく前に進むのみ。安治は無我夢中で蹴散らした。

荻野丹後らは急襲を受けることになり、崖から落ちて滝《たき》の尻《しり》川に浸る者や、南の山側に逃れようとして串刺しにされる者などが続いた。羽柴勢の鉾先から逃れるためには川への斜面を滑り落ちるしかなかった。

一刻ほどの戦いで散々に敵を追い払い、なんとか羽柴勢は突破できた。ただ、敵の矢玉、刃に倒れた者、行方不明な者もあり、山城の国に達したのは半分ほどであった。あとから一人、二人と逃れ、最終的に死者は数十人を数えることになった。

安治は返り血と泥や埃に塗《まみ》れ、十文字鑓も両刃が折れて素鑓のようになっていた。

「それでも儂は生きておる。儂には運がある」

地獄から生還した安治は命あることを喜び、また強運を持っていると勝手に思い込むことにした。

「よう戻った。天晴《あっぱ》れじゃ」

長浜に戻ると秀吉は顔をくしゃくしゃにして労いの言葉をかけてくれた。但し、負け戦なので恩賞はない。手伝い戦の厳しさを思い知らされもした。

安治らが黒井城の陣にいた頃、信長は嫡男の信忠《のぶただ》に織田家の家督と岐阜《ぎふ》城を与え、自身は新たな城を築くまで茶道具を持って佐久間信盛《さくまのぶもり》の屋敷に居候した。

信長は、この正月、近江の安土《あづち》に城を築くことを決め、惟住《これずみ》（丹羽《にわ》）長秀《ながひで》を普請役に命じた。

安土は、六角《ろっかく》氏の観音寺《かんのんじ》城から十三町半（約一・五キロ）ほど北西に位置する琵琶湖に突き出た小山にある。

すぐに縄張りが行われ、織田家の家臣たちは当然、手伝わされた。秀吉も同じ。各地から石が集められたが足りず、周囲の墓石や地蔵などの石仏なども参集された。諸将はそれぞれ石に印をつけて管理している。石は貴重品である。

「石の盗人がいるそうじゃ。甚内、石の見張りを致せ。特に夜が危ない」

安治は秀吉に命じられた。

「承知致しました」

安土の城下は定まっておらず、町もまだできていない。諸将は周辺に小屋掛けをして作業の拠点としていた。安治は連日、脇坂から近い丁野《ようの》の者たちと張り込んでいた。

その夜は曇りで月明かりがなかった。とにかく寒くて凍えそうである。安治らは石が集められていた場所に隠れていた。巨大な岩から顔ぐらいの大きさまで数多《あまた》ある。

皆が寝静まった頃、十数人の足音が聞こえた。

（かような真夜中に人とは盗人に違いなし）

息を殺して身を隠していると、案の定、羽柴家が集めた石の前にきた。

「後から刻印を削りとれば判らねえ。とにかく運べるだけ当家に運べ」

頬かぶりをした主格の者がいうと、配下の者たちは頷き、運び出しはじめた。

「待て、いずれの家中じゃ？　儂は羽柴筑前守が家臣・脇坂甚内じゃ」

安治らは岩陰から姿を見せ名乗った。手には龕燈《がんどう》を持っている。龕燈とは携帯用の照明である。

また、前年より秀吉は筑前守の名を名乗ることが許されていた。

「なに」

「皆、出合え」

盗人の人数は多いので、安治がほかにも人がいることを匂わせると、盗人らは慌てて石を捨てて逃げはじめた。

「待て！」

怒鳴ると丁野の者が龕燈で照らす。すかさず安治は手に持つ一間（約一・八メートル）の棒を投げた。棒は盗人の足の間に入り、転がった。即座に取り押さえた。ほかには握り拳ぐらいの石を投げた者がおり、これが頭に当たって倒れた。

安治らは二人を捕縛して尋問したが、口を割らない。仕方なく、翌朝、秀吉の前に差し出した。

「でかしたぞ甚内」

喜んだ秀吉は石泥棒に問う。

「いずれの者か。正直に申せば命は助けてやる。そちたちにも家族はいよう」

秀吉が優しげに言うと、石泥棒たちは惟住家の者だと吐露した。

織田家の家法は厳しい。盗人は死罪であるが、秀吉はこれを公にはせず、内々に惟住長秀に引き渡した。安土城普請の大役を務める長秀の面目は丸潰れ。信長が知ればどんな罰を受けるか判らない。長秀は、顔から火でも噴かんばかりに赤面し、秀吉に謝意を伝えた。

盗人たち全員はその後、捕らえられ首を刎ねられた。

「そちのお陰で惟住殿も喜んでいたぞ」

織田家譜代の惟住長秀に貸しを作り、秀吉は満足の体《てい》である。

「これまでの働きもある。そちには、百五十石を与える」

「有り難き仕合わせに存じます」

安治は歓喜した。これまでは義父の家督、僅か数十人扶持を受け継いで細々と暮らしていたが、こたびは間違いなく戦功も同じ。自らの力で獲得したもの。武士として男として、これ以上の誉れがあろうか。しかも羽柴家では百五十石以上の者に騎乗が許される。武士として認められたのだ。絶叫したい心境である。

非番の日に脇坂の家に戻ると母の照は涙を流して喜んでくれた。

「ほんに立派になって」

「まだまだこれからにございます。我が殿に倣い、一城の主になる所存です」

「大志があることは良きこと。されど現実もまた大事。そなたも早《はや》二十三歳。嫁を娶《めと》らねば脇坂の家は続きません。どこぞに好いた女子《おなご》はおらぬのですか」

いきなり嫁の話をされ、安治は戸惑った。

「いや、これまで、左様な余裕はありませんでした」

「左様ですか。されば、この件、母に任せてもらえませんか。田付《たつけ》の一族に気立てのいい女子がおります。そなたに合うと思います」

田付は照の一族である。

「はあ、左様なことなれば」

今は嫁のことよりも、戦功を挙げることのほうが大事。特別、好きになった女子はいないので、安治は任せることにした。

応じたところ、とんとん拍子に話は進んだ。石高も増えたので脇坂家の敷地の中に、部屋を増設し嫁を迎えることになった。

よく晴れた秋の吉日、脇坂家に嫁が来た。白無垢に身を包み、安治の隣に楚々と座す女子は田付一族で、十五歳になる昌《まさ》という。一応、武家の娘であるが、半士半農の家なので普段は畑仕事に精を出している。日焼けして健康そうである。小柄で丸顔の愛らしい面持ちをしていた。

狭い脇坂屋敷には一族や周囲の者が駆け付け、祝いの言葉を口にし、酒を呷《あお》っていた。

（これが婚儀というものか。家と家が結びついたのじゃな。いいもんじゃ）

賑わいを目にしながら安治は実感した。

（そういえば甚五郎はいかがしておるかのう）

幸福感に包まれながらも、安治には満足できない部分が残っていた。

深夜になり、安治は於昌と寝室で二人きりになった。於昌はより緊張している。

「皆、ただ酒が呑めるゆえ喜んでいたの」

静まり返った部屋の中で安治が告げると、於昌の頬が僅かに緩んだ。

「儂らは夫婦《めおと》になった。これもなにかの縁じゃ。こののち家を空けることが多くなろうが、我が妻として家を守ってくれ。末永く共に過ごそうぞ」

言うや安治は於昌の柔らかな肢体を抱き締めた。

安治は幸せを噛み締めた。

翌年、長男が生まれ、最初の子が男子だったので、安治は欣喜雀躍《きんきじゃくやく》したほどだ。甚太郎《じんたろう》（のちの安忠《やすただ》）と名づけられた。

脇坂家は順風満帆《じゅんぷうまんぱん》であった。

三

天正五年（一五七七）十二月、播磨の陣から帰国する最中のこと。

「丹波の陣に加勢してくれ」

安治ら近江衆は秀吉に命じられ、再び惟任勢が囲む黒井城の陣に参じた。寄手は周囲に付け城《つけじろ》を築き、遠巻きに包囲して兵糧攻めを行っていた。

黒井城から一里少々南西の八幡山に光秀の本陣がある。安治は山の途中で足を止めた。

「相変わらず、黒井城は落ちんな」

城を遠望しながら安治はもらす。二年前と変わらない。

「それでも付け城の効果は覿面《てきめん》。城への兵糧は運び込ませてない」

背後から声をかけたのは惟任光秀であった。

「これは、失礼致しました。羽柴筑前守が家臣・脇坂甚内にござる」

安治は光秀に頭を下げた。

「重畳《ちょうじょう》。そなたは黒井城より撤退する時、本陣跡や栗柄峠で活躍したと聞く。その節は助けられた」

光秀は惜しげもなく秀吉の家臣の安治に頭を下げた。

「いえ、当然のことにござる」

「武士らしい返答じゃ。頼もしい。今しがた兵糧は運び込ませていないと申したが、但し付きじゃ。儂らがいる時はの」

光秀の愚痴である。丹波の平定を命じられた光秀であるが、丹波攻めに専念できず、信長から諸地への手伝い戦を命じられて転戦している。その間、包囲網が緩み、兵糧を運び込まれてしまう。これがなければ、とっくに落とせているとでも言いたげである。

「心中お察し致します」

「せっかくの加勢じゃが、見てのとおり。黒井城は力攻めでは落ちん。敵の兵糧が尽きるのを待つしかない。ただ、それだけでは芸がない。儂らは当然のごとく調略や降伏を勧めておるが、敵は応じぬ。そこでじゃ。こたびはそなたに説得を頼みたい」

「某にですか？」

羽柴家の足軽に降伏勧告の使者を命じられるなど思いもよらぬこと。安治は戸惑った。

「当家の者の顔はだいたい割れておる。それゆえたまには見なれぬ顔もよかろう。播磨の国人も織田に下っていることなど、そなたの口から説明してくれぬか。そなたは侍大将になれると筑前守殿は仰せであった」

光秀は懇願口調で言う。

使者が斬られない、という保証はないが、拒めば秀吉の家臣は腰抜けだと愚弄される。

「承知致しました」

秀吉の名誉ならびに、浅井旧臣の武名を守るため、安治は応じた。安治は具足を脱ぎ、平服になり、同じ脇坂出身の与助と七蔵《しちぞう》を従えて黒井城に向かう。

安治は騎乗の身分である。

「日向守（光秀）殿に乗せられたのではないですか」

轡を取る与助が質問する。

「殿の名を出された以上、拒むことはできん。まあ、城の中を見ることができる。城攻めに繋がるやもしれぬ」

「生きて戻れればいいですが」

鑓を持つ七蔵が言う。七蔵は大柄で顔が長い。

三人は南東の麓から城への山道を登る。道は細く一列になってしか進めない。改めて力攻めは難しいということを思い知らされた。

途中で幾つもの砦がある。安治は使者であることを告げて中に入った。本丸に達した時には、真冬にも拘わらず汗ばむほどであった。大手門で仔細を告げると中に通された。

十間ほど歩いていくと、西側の櫓《やぐら》が目にできた。

（あれは！）

と声を出そうとした時、赤井家の家臣が出迎えた。

「織田の使者でござるな。儂は本庄新左衛門。ご案内致す」

櫓をちらりと見ながら、安治は本庄新左衛門に連れられて本丸に上がった。

安治は一人、板の間の広間で待たされていると、五十歳ぐらいの武士が小姓を従えて入ってきた。

「織田家家臣・羽柴筑前守秀吉に仕える脇坂甚内でござる。惟任日向守の使いでまいりました」

「明智は手伝い戦に来た者の家臣を遣いによこすのか。儂は赤井悪右衛門じゃ」

赤井直正は光秀の改姓や任官を認めていないようである。通説ではこの年四十九歳。悪右衛門を名乗るので、どれほど厳《いか》つい顔をしているのかと思いきや源氏の血を引くだけあって端整な顔をしている。ただ、顔が黒ずんでいる。日焼けとは違う。体調が悪いのかもしれない。

「たまには違う顔も新鮮かと。ご城主自らお会いして戴き感謝致します」

「面白いことを申すの。そういえば羽柴と申したの。珍しい姓じゃな。確か但馬《たじま》に攻め入った者と聞く。いずれの出か」

「尾張でございます。筑前守に任官した時、自ら考えて改め申した」

食い付いてきたな、と思いながら安治は答えた。

「ほう自ら姓を作り出すとは面白き男じゃな。信長に取って代わるつもりか」

まさかとは思うものの、赤井直正の言葉が突き刺さる。

「とんでものうございます。殿は上様の天下統一のため、身を粉にして働いております。それゆえ赤井様もご尽力願えませぬか。既に播磨の大半も織田に下っております」

「天下統一とは片腹痛い。明智は何年も前からこの城を崩せぬではないか。しかも織田は前年、毛利の水軍に大敗したであろう。本願寺も健在。また、上杉も然り」

前年七月、織田水軍は村上水軍をはじめとする毛利水軍に大坂《おおさか》の木津《きづ》川沖の海戦で完敗している。

「畏《おそ》れながら、この三月、織田は紀伊を攻め、本願寺に加担していた根来《ねごろ》、雑賀《さいか》を降伏させております。こののち本願寺が下るのは刻の問題にございます」

信長は根来衆を降伏させたが、雑賀衆は攻めきれず和議を結んで兵を退いた。雑賀衆は信長に敵対しないことを約束したので信長は、雑賀衆が降伏したと公表していた。

「そうやって儂を騙し討ちにする気か？　その手には乗らん」

「決して、左様なことは」

「説得は失敗したようじゃの。覚悟しているな」

言うや戸が開き、武装した家臣たちが姿を見せた。

「無論、できてござる。その前に、赤井殿にはお子がおられるか？」

「この期に及んで命乞いか」

「どう受け取るかは赤井殿次第。某にも子が生まれ、これがまた愛しくてたまりません」

と顔を綻《ほころ》ばせた安治は素《す》に戻す。

「見たところ赤井殿は病の様子。薬師《くすし》はなんと申しておられるか」

「儂は至って健やかじゃ。薬いらずで過ごしておる」

赤井直正は気づいたのか、といった少々驚きの目で見る。

「左様ですか。されば某の独り言をお聞きください。勘違いしておられるやもしれませんが、上様は返り忠をした者でも使える者ならば過去を水に流す寛容さがございます。されど、限界はございます。公方様然り、松永弾正《まつながだんじょう》然り。赤井殿は最初から敵対してござる。有力な御仁であることは承知しておられる。下るならば今しかござらぬ」

「独り言はそれで終《しま》いか」

「まだです。この城に知り合いを見ました。質《ただ》せばすぐに判りましょう。赤井殿が下らぬならば、上様は寄手の大将を何度代えても包囲は解きませぬ。赤井勢が精強でも、万が一、赤井殿が病に倒れた時、この城はいかに。赤井の姓をこの世から消されるおつもりか？　上様は一人ずつ寄手と刺し違えさせても、この城を落としにかかります。その時、我が知り合いにお子を託して逃《のが》れさせませ。さすれば赤井の血筋は残りましょう」

ここが鍵だと、安治は身を乗り出して力説する。

「そちの知り合いがおるのか。斬らねばの」

「それも赤井殿の意の儘《まま》に。我が主の筑前守は比叡山を焼き討ちした時、女子や童、抵抗せぬ僧侶は密かに逃しました」

「信長に伝えてやりたいの」

赤井直正の表情から殺意は消えている。

「おそらく上様はご存じのはず。されど我が主を播磨や但馬攻めの大将に抜擢《ばってき》なされておられる。それは羽柴筑前守が使える武将だからです。万が一の時、惟任殿が嫌でしたら、我が主を頼られませ、悪いようにはしないものと存じます」

「随分と長い独り言じゃの」

迷っている面持ちになった。

「一つお頼みしたい。赤井殿の馬印になされておる貂の皮の槍鞘を拝領致したい」

「そちは、なにを申しているのか判っておるのか」

馬印を敵に渡すことは、敗北を意味している。赤井直正の面差しが険しくなった。

「足軽風情がとお思いでしょうが、某は一廉《ひとかど》の大将になる所存。その時、赤井悪右衛門は先見の明があったと後世語られることになりましょう」

「口は達者なようじゃの」

「主譲りにございます。貂の皮の槍鞘は雄と雌があると聞き及びます。某は雄の方で構いませぬ」

赤井直正から険しさが消えたので、安治は初めて笑みを浮かべた。

「図々しい輩じゃ。羽柴筑前守か、一度会ってみたいの。されど、今はできぬ。我が敵は明智。いや、信長じゃ」

と言った赤井直正は家臣に命じる。

「誰ぞ、雄の貂の皮の槍鞘を」

「畏れながら、此奴の口車に乗られるおつもりですか」

安治を案内してきた本庄新左衛門が顔を引き攣らせる。

「構わん。もう一つは直義《なおよし》に譲る。馬印を賭けて戦うのも一興」

赤井直正は、なにかが吹っ切れたような清々しい表情をしている。

「脇坂と申したの、以前、明智は評定衆の誼で、と儂に遣いを送ってきた。彼奴《あやつ》には足利の世を願っている思いが残っておる。鞆におられる公方様が再び立った時、信長に叛くやもしれぬ。また、信長には従えぬが、信長の命に叛くそなたの主は面白そうじゃ。機会があれば酒でも酌み交わそうと申しておけ」

そう告げた赤井直正は貂の皮の槍鞘を安治に差し出した。

「有り難き仕合わせに存じます。当家の馬印にさせて戴きます」

安治は恭しく受け取った。

「お体を大事になされますよう」

労りの言葉をかけた安治は本丸を出た。

「待て」

背後から呼び止められた。安治は振り向いた。

「甚五郎か。大きゅうなったの」

安治の目の前にいるのは総髪を結った若武者。十九歳の甚五郎である。

「よもや汝がこの城にまいるとはの」

相変わらず甚五郎は安治を兄だと思っていない。

「儂も、ここでそなたに会うとは思っていなかった。仔細は赤井殿に申してある。ほどほどのところで城を抜けよ。いずれ、この城は落ちる。羽柴は織田の下で大きくなる。そなたが望むならば、別の脇坂家を立てることを申し上げてやる」

「なにを偉そうに。真の脇坂家は儂じゃ。汝ではない。父の所領もその貂の皮の槍鞘も奪い返すのみ。それまで大事にしておれ」

言い捨てるや甚五郎は櫓のほうに戻っていった。

「その意気じゃ。決して死ぬではないぞ」

背に告げた安治も黒井城を後にした。

その後、大掛かりな戦闘はなく、羽柴勢は帰国の途に就いた。


東に聳える伊吹山は白く染まっている。この冬は降雪が多い。風が強く、琵琶湖の湖面に白波が立っている。氷魚《ひうお》や鮎《あゆ》漁の船はまばらだが、人と物を乗せた船が多く行き交っていた。長浜城の桜が皆の目を和ませるのは、まだ先であった。

北国街道を城下に通しているので人の往来が多く、物の流通も盛ん。城下は旧主の浅井氏時代よりも賑わいを見せていた。

旧領の脇坂のほかにも安治は城下に屋敷を建てることが許されていた。

「申太郎、こっちじゃ」

安治は屋敷の庭で手を叩くと、二歳になった申太郎はよちよち歩きで安治のほうに向かって歩いてくる。これが楽しくて仕方ない。

「もう、毎日、毎日、それほど変わりありますまい」

縁側で於昌が窘《たしな》める。

「これも修行のうち。脇坂家を背負って立つ嫡男じゃ。今のうちから鍛えておかねばの」

赤子と戯れたいが、半分は本音である。人使いの荒い信長は、使える武将を疲弊するまでこき使う。秀吉は休みなく出陣を命じられるので、安治も帰宅できる日数は少ない。せめて戻った日には申太郎と遊び、於昌の柔肌に触れたかった。

「あとのことは頼む」

楽しい期間は短い。天正六年（一五七八）二月中旬、安治は秀吉に従って長浜城を出立した。向かう先は播磨である。

信長の命令で、秀吉が播磨に出陣するのは二度目のこと。一度目は四ヵ月前の天正五年十月中旬。無断で加賀の陣から退陣した一ヵ月後のことである。

秀吉は予《かね》てから誼を通じてきた小寺官兵衛孝高《こでらかんべえよしたか》（のちの黒田孝高）が居とする姫路《ひめじ》城に入城した。この時、官兵衛は御着《ごちゃく》城主の小寺政職《まさもと》の家老であった。

小寺官兵衛が説いて廻った結果、東播磨の大半は織田家に帰属することを誓ったので、秀吉は余裕の体で西に兵を向け、岩洲《いわす》城、上月《こうづき》城、福原《ふくはら》城などを落とし、上月城を尼子勝久《あまごかつひさ》らに預けて一旦、長浜に帰城した。

安土と長浜を往復して正月を過ごした秀吉は、西播磨を制圧するために出陣。二月二十三日、糟屋武則《かすやたけのり》の加古川《かこがわ》城に入り、有力国人衆の別所《べっしょ》氏と今後の方針を話し合いながら、姫路の北に位置する書写山《しょしゃざん》に移動し、宇喜多氏、毛利氏に備えていたところ、突如、三木城主の別所長治《ながはる》が織田氏から離反し、毛利氏に鞍替えした。別所氏は播磨東八郡に勢力を持つ豪族で、武則は長治の麾下《きか》である。

泡を喰ったのは秀吉である。姫路の東に突如敵が出現した。三木氏に続く国人衆が出ても不思議ではない。姫路城をはじめ上月城なども孤立しかねない。秀吉は即座に三木城を攻撃することを命じた。但し、毛利氏の動向もあるのですぐに移動できない。

羽柴勢が書写山から移動したのは三月下旬。

「今や上様は将軍を上廻る存在。なにゆえ三木は織田を叛いたのでござろうか」

与助が問う。

「殿の麾下にされたことが気に喰わなかったのかのう」

馬に揺られながら安治はもらす。

加古川城に入った秀吉が別所長治の叔父の吉親《よしちか》や家老の三宅治忠《みやけはるただ》らと会談した時だった。吉親が赤松氏の系図から、代々の軍功を述べていたところ、秀吉が静止し、別所氏は織田家の直臣ではなく、秀吉の寄騎であり、秀吉の指示で働くことを命じた。

「これは殿の一存ではなく、上様のご意向でございましょう」

七蔵が不服そうに言う。

「別所は上様の上洛に逸早く誼を通じ、自身も謁見して直臣を許され、前年には紀州攻めに参じておる。確か毛利討伐の暁には播磨一国が与えられると約束したとか。これを覆されたゆえ腹を立てたのではなかろうか」

思い出すように安治は言う。

「播磨一国与えられるどころか、播磨の平定がすめば、用済みだと切り捨てられると思ったのやもしれません」

与助が言うと、七蔵も続く。

「前年の上月城の撫で斬りや、このたびの書写山円教寺《えんぎょうじ》における乱暴狼藉が警戒心を強くさせたとも考えられるのでは」

「それは口にするな」

信長の命令とはいえ、秀吉がやったことなので安治は注意する。

「毛利や本願寺からの調略もあろう。確か別所の奥（妻）は波多野《はたの》（秀治《ひではる》）の娘。波多野からの誘いもあったのではないか」

と安治は言うが、本当は秀吉の出自が気に入らないのではとも思う。別所氏は播磨守護赤松《あかまつ》氏の庶流。加古川城で評議を行った時も名門意識が高かった。

いずれにしても別所長治は周辺の領民、地侍を含む八千の兵で三木城に立て籠った。

三木城は小高い丘（標高二十メートル）に築かれた丘城ではあるが、すぐ北を流れる美嚢川《みのうがわ》が天然の濠となり、南を除く三方が崖。城郭は川寄りの東に本丸、西に二ノ丸と三ノ丸、南の新城からなり、さらに城の西には支城の鷹尾《たかお》城が隣接するなど、思いのほか攻めにくい要害であった。

秀吉は三木城の東、美嚢川と志染川《しじみがわ》が合流する地を見下ろす平井山に本陣を置いた。北には有馬則頼《ありまのりより》、杉原家次《すぎはらいえつぐ》、谷衛好《たにもりよし》、城の南に浅野長吉《あさのながよし》、宮部継潤、荒木村重《あらきむらしげ》、城の西に蜂須賀正勝《はちすかまさかつ》らを置き、一万の兵で遠巻きに包囲した。

「ちと城兵は多いの」

城攻めは三倍をもって同等とし、五倍をもって優位とするという。城の中に立つ旗指物などの数から察し、秀吉は信長に援軍の要請を行った。

寄手が弓、鉄砲を放っても城兵は出撃することはなかった。そこで、秀吉は本陣で白い『輪違い』の紋が描かれた赤い母衣《ほろ》を出し、麾下の者に向かう。

「誰ぞ、母衣が欲しい者はおるか」

母衣衆は秀吉の親衛隊で、時に先陣、時に殿軍と秀吉に命を捧げることを意味している。危険ではあるが、身分の低い武士の憧れの職でもあった。

「某が戴きます」

間髪を容れずに安治は応じると赤い母衣を手にし、背負った。それだけで強くなった気がする。母衣は背後からの矢を防ぐ機能も持っていた。

母衣を背負った安治は馬に乗り、平井山を下り、城の南東の宿原《しゅくはら》から三木城へ疾駆する。走る風で靡《なび》く母衣の音が心地よく、与助や七蔵がいることを忘れていた。

安治が城に近づくと、抜け駆けは許さんとばかりに浅野勢が続く。これを見た城兵は、城門を開いて打って出てきた。寄手は城兵よりも少ないので叩く機会だと見たに違いない。

「好機」

城に籠るだけと思っていたので安治にとっては有り難い。馬上で太刀を抜き、鑓を手にする城兵に斬りかかる。まだ兜も具足も安物であるが、母衣衆を討てば恩賞は堅い。城兵は次々に安治めがけて鑓を突き出してくる。

「左様な鑓で儂が突けるか」

安治は突き出される鑓の柄ごと切断し、敵を袈裟がけに斬り捨てる。安治はすぐに次の敵に太刀を振り、敵の穂先と金属音を響かせた。ここに浅野勢が加わったので宿原は敵味方が入り交じった乱戦となった。そこに宮部勢も駆け付けたので、城兵は退きだした。

「深追いを致すな！　敵の謀《はかりごと》やもしれぬ」

浅野長吉が叫ぶので寄手は追撃を停止させた。長吉の正室ややは、秀吉の正室お禰《ね》の妹（義妹とも）なので、発言権は強い。安治も従い、首一つを持って帰陣した。

「ようやった甚内。さすが我が母衣衆じゃ」

秀吉は安治の活躍を称賛。安治は晴れて秀吉の母衣衆となった。

これまで脇坂家の家紋は『桔梗』であったが、これを機会に『輪違い』に変更した。

三木城は簡単に落ちないと判断した秀吉は付け城を築き、兵糧攻めに切り替えた。それだけではなく、まずは支城を落として本城の三木城に迫る計画を立てた。

四月に入り、秀吉は三千ほどの兵を三木城の備えに残し、自身は同城から三里ほど南西に位置する野口《のぐち》城に向かい、三日間、猛攻を加え、六日開城させて帰陣した。安治は留守居だったので活躍はなかった。

野口城を奪われた別所長治は焦り、急遽、毛利《もうり》氏に援軍を要請。これを受け、毛利輝元《てるもと》は吉川《きっかわ》元春《もとはる》や小早川隆景《こばやかわたかかげ》ら三万を率いて尼子勝久らが守る上月城を包囲したのは四月十八日のこと。今度は秀吉の顔がこわばった。

先に秀吉は信長に後詰を求めていたが、本腰を入れて懇願した。秀吉は三木城に専念することはできず、毛利軍を牽制するために、別所重棟《しげむね》と五千の兵を三木城の包囲に残し、上月城まで三十町（約三キロ）ほど東の高倉山《たかくら》に陣を構えた。安治も秀吉に従っている。

信長も事態を重く見て、まずは二十九日、滝川一益《たきがわかずます》、惟任光秀ら二万の兵を先行させ、五月一日には嫡男の信忠に三万の兵をつけて出立させた。

先行した滝川一益らは、別所氏の支城である神吉《かんき》、志方《しかた》、高砂《たかさご》の諸城に向かい、信忠らは七日、加古川の近くに陣を構えた。

報せは高倉山に届けられた。

「五万がくれば、儂らの活躍の場がなくなる。早う仕寄りましょうぞ」

報せを耳にした福島正則が秀吉に迫る。秀吉の小姓たちも徐々に元服を果たし、市松は正則《まさのり》、虎之助は加藤清正《かとうきよまさ》、紀之介は大谷吉継《おおたによしつぐ》と名乗っている。石田佐吉は戦闘に参加したくないのかまだ前髪を残していた。

「甚内、そちはどう思う？」

秀吉は試すように問う。元服しても秀吉は親しみを込めてか仮名《けみょう》で呼ぶ。

「どうせ手伝い戦に来た面々でございます。本気では戦わぬかと存じます」

「中将《ちゅうじょう》（信忠）様もまいられておるぞ」

「支城の一つも落とせば、ご満足して帰京なされるかと存じます」

「ははは、小さな手柄を立てさせてやるか？　申すのう」

安治の返答に秀吉は満足そうである。

「佐吉、そちはいかがか」

「後詰の一部を当陣に移動させ、上月城の敵を追い払うべきかと存じます」

「畏れながら、某は上月城を諦め、開城させるべきかと存じます。上月城のお陰で我らはこれに縛られ、返り忠の別所に兵を向けられません。上月城は三木から遠くございます」

佐吉に反対したのは、佐吉と仲の良い、同じ近江出身の大谷吉継であった。

（おう、此奴は儂と同じ意見か）

安治も同じ近江出身ながら、歳が離れているせか吉継とはあまり話をしなかった。

「それでは武士の信義に悖《もと》る。助けるべきじゃ」

清正は吉継の意見を否定する。

「手伝い戦をしにきた面々が、本気で毛利と戦うはずがない。手取《てどり》川の戦いを思い出せ」

吉継は強く言う。前年の八月、柴田勝家は滝川一益らの援軍を含めた四万七千の兵で北進し、加賀の手取川で上杉謙信《うえすぎけんしん》率いる三万と激突。先に秀吉勢が撤退したこともあり、戦は上杉軍が鎧袖一触《がいしゅういっしょく》。織田軍は這々《ほうほう》の体で逃げ帰った。相手が軍神と謳われる謙信ということもあり、一益らの士気は最初から低かったという。

「紀之介の申すことは尤もなれど、虎之助の申すことも無視できぬ。三木や支城は中将様に任せ、儂らは毛利を追い払う尽力を致す。甚内、いかがしたらいいと思うか」

秀吉はばつが悪そうに質問する。秀吉は加賀の陣から勝手に離脱したので、信長から謹慎処分を受けていた。

「敵の後方を攪乱するべきかと存じます」

「さすが甚内。我が思案と同じじゃ。早速、手を打とう」

喜んだ秀吉は配下と後詰の兵を組織し、鈴木孫右衛門《すずきまごえもん》らに命じて、備中の高松城を攻撃させた。だが、高松城は沼城とも呼ばれる湿地に囲まれた城で、簡単に落とせるものではなく、毛利勢は兵を割くようなことはしなかった。

秀吉と同じ考えだったことは嬉しいが、作戦は失敗だったので喜んでもいられなかった。

膠着状態が続く中の六月十六日、秀吉は上洛して信長に謁見した。

「播磨を平らげるには三木城の攻略が先決。そのため上月城を一旦、明け渡すもやむを得ぬことかと存じます」

秀吉は冷めた思案を進言すると、尤もなことだと信長は了承した。

許可を得た秀吉は即座に高倉山の陣に戻った。

「上月城は諦め、陣を移す。早急に支度せよ」

秀吉は非情な命令を下した。

「やはり見捨てるのか。尼子はいかようになろうか」

移陣の用意をしながら安治は言う。

「残念じゃが、許されまい。毛利は筑前や豊前で大友と争っていると聞く。これを一旦止めて三万の兵を集めたのじゃ。当家の兵は但馬まで進んでおる。因幡《いなば》、伯耆《ほうき》は尼子の旧領。ここで息の根を止めねば旧臣たちが挙《こぞ》って蜂起しかねない。おそらく織田の犠牲であろう。我らが撤退し、三木城を落とすためのな」

吉継が冷静に告げる。

「上様の下知ゆえ仕方ないの。殿もおつらかろう」

「とも限らんぞ。殿は上様と同じ目を持たれておると儂は思う。果断な申し出をなされたのは殿のほうやもしれぬ」

秀吉に対して、自分とは違った見方をしている吉継に、安治は感心した。

羽柴、荒木勢は二十四日の晩から退陣を始めた。二十五日の早暁、宇喜多、吉川、小早川勢がこれを追う。羽柴勢は福島正則、堀尾吉晴《ほりおよしはる》、宮部継潤らが殿軍となって奮戦。ここに吉川勢の杉《すぎ》原播磨守《はらはりまのかみ》が西の仁位山《にいやま》から、小早川勢の高野山五郎《たかのさんごろう》が南の秋里《あきざと》から挟撃した。羽柴勢は壊滅の危機に立たされたが、別所重棟、堀秀政《ほりひでまさ》らが小早川勢の横腹を急襲し、秀吉を窮地から救った。安治は秀吉とともに移動したので敵の矢玉を受けることはなかった。

二十六日の払暁、秀吉は書写山に到着。毛利勢の追撃は、ここで終わった。信忠が上月城から東に三里ほどの三日月山《みかづき》に滝川勢などの五千を派遣したからかもしれない。

「上月城というよりも、尼子の始末を邪魔されたくないのやもしれぬ」

吉継がもらすと秀吉の顔が険しくなった。

「いずれ仇はとってやる」

尼子氏に対してか、麾下の兵に対してか、秀吉は報復を約束した。

織田家から見放された上月城では、尼子勝久、通久が七月三日に自刃。捕縛された山中鹿介《やまなかしかのすけ》は十七日、護送中に斬られて、尼子氏の再興は無念の消滅となった。

四

書写山に撤退した秀吉は但馬の竹田城に弟の長秀を入れ、但馬勢の背信を警戒させてから神吉の陣に参陣した。

神吉城は野口城から五十町（約五・五キロ）ほど北西に位置し、三木城の支城の中では堅固な城とされている。石垣も多く、周囲の堀は加古川《かこ》から引きこんだ水で溢れている。城郭は本丸のほか五つの郭で構成し、東の平荘湖《へいそうこ》、北の大池のほか周辺は肥沃な深田が広がっている。梅雨明けなので田は鳥餅のように粘りつく泥で溢れているので、平城ではあるが、攻めづらい城であった。

城主は神吉頼定《よりさだ》で、三木城から梶原冬庵《かじわらとうあん》ら、姫路の英賀《あが》城から野中専広《のなかたかひろ》らの援軍を受け、一千八百ほどで籠っていた。

信忠の命令で、城の東に滝川一益、南東に林秀貞《はやしひでさだ》と津田信澄《つだのぶすみ》、南に羽柴秀吉、西に惟住長秀と、諸将は新たに配置し直した。

「よいか、こたびはこれまでとは違う。播磨平定の主役は儂らじゃ。手伝いの面々に一番乗りをされるのは恥ぞ。命を惜しまず、名を惜しめ！」

珍しく秀吉は獅子吼《ししく》した。

播磨平定の司令官を命じられた秀吉としては、備前の目前まで迫りつつも、上月城を敵方に渡し、せっかく得た地を奪われた。理由はどうあれ、明らかに失態である。前年の戦線離脱も支配地を広げていることで許されている。このままでは西進大将の任を解かれ遊軍としてしかみなされない。出世が止まるどころか、用済になれば処罰される。多少の犠牲を払っても神吉陥落の契機を作らねばならなかった。

「うおおーっ！」

安治は十分に理解している。鬨《とき》で応じて騎乗した。

二十八日の早暁、野太い法螺《ほら》が谺《こだま》し、羽柴勢はまっ先に城に向かう。

南には大手門がある。秀吉は大手前に塹壕を掘って城方に備えようとしたが、その最中に夥《おびただ》しい轟音が鳴り響いた。ばたばたと羽柴兵は玉に当たって倒れた。

「おのれ！」

竹束などは待っていられない。安治は馬に鞭を入れた。湿地帯なので馬脚が重い。泥を跳ね上げて城に向かう。地が柔らかいので安治も歯がゆい思いをしている。城門まであと半町（約五十メートル）。まだか、というのが本音だ。

その刹那、十数の筒先が火を噴き、安治の黒漆塗筋兜《くろうるしぬりすじかぶと》を直撃。安治は衝撃で落馬した。一瞬、頭の中で星が見えた。殴られたような衝撃で意識が飛び、朦朧としている。安治はすぐに起き上がれなかった。

「しっかり致せ」

秀吉の馬廻を務める宇野傳十郎《うのでんじゅうろう》が駆け寄り、安治を抱き起こす。これでようやく我に返った。

「放せ」

安治は傳十郎の手を払い除けて城に向かう。馬は潰れているので徒《かち》になったが仕方がない。秀吉の窮地を打破すれば忠義を果たせ、恩賞も得られる。安治は泥に塗れながらもこれを蹴り飛ばし、または葦を掻き分けるようにして前に進む。周囲では鉄砲玉による泥の飛沫が上がる。

「儂は矢玉が当たっても死なん。示されておる」

偶然かもしれないが、兜は玉を弾き返した。安治は妙な自信を持った。だが、前進するごとに玉が近寄り、掠めるようになってきた。

そこへ竹束が投げ込まれた。

「殿が戻れと仰せじゃ」

声をかけたのは大谷吉継であった。

「さ、左様か」

秀吉の命令ならば仕方ない。悔しいが安治は竹束で鉄砲を避けながら帰陣した。南は大手門があるだけに守りも厚い。羽柴勢は死傷者を多数出して兵を退いた。

諸将は兵を入れ替えて攻撃を仕掛けたが、いずれの城門も打ち破ることはできなかった。

七月になっても状況は変わらない。二日の攻防で、羽柴勢は引き上げる城兵の隙を見計らい、城内への突入を試みたが、一斉射撃を喰らって屍を数多地に晒した。

これを見た信忠は、通常の攻め方を諦め、櫓を組んで城内に矢玉を放つことを命じた。

翌三日、寄手は周囲に櫓を組み、上から弓、鉄砲を放った。この鉄砲は堺で信長が新たに造らせた長鉄砲で口径も大きく、火薬も多く入れられるので射程距離が長い。一町半（約百五十メートル）離れても殺傷できる。城兵は絶対に当たらぬと思っていた遠間から射殺されて狼狽《うろた》えた。

信忠は怯むところに火矢を射させ、北の外郭の櫓を破壊し、炎上させた。寄手は侵入を試みるが、梶原冬庵らによって後退させられた。

夜襲も失敗、堀埋めも失敗。織田軍は攻めあぐねたところ、佐久間信盛が調略を提案すると信忠が承諾。交渉の結果、城主の頼定の叔父にあたる神吉貞光《さだみつ》が城の西から寄手を引き入れることを約束した。

十五日の深夜、手筈どおり、神吉貞光は西の城門を開いた。荒木村重、羽柴秀吉、蜂屋頼隆《はちやよりたか》勢が我先にと突入する。

「退け、儂が先じゃ」

加藤清正、福島正則らは味方を押し退けて突撃。

（内応による夜討ちか）

少々気が引けるが、これも戦のうち。安治も負けじと砂塵を上げる。狭い場所なので騎乗できない。安治は十文字鑓を手に地を蹴り、敵に向かう。

寄手は城内に放火したので、城兵は蜂の巣を突ついたような大騒ぎとなった。

「おりゃーっ！」

安治は気合い諸共、おっとり刀で庭に出てくる敵を串刺しにした。

不意打ちに城内は潰乱《かいらん》となり、兵は右往左往するばかり。東からは滝川一益、惟任光秀の兵が打ち入り、逃げまどう城兵を討ち取っていく。

城主の神吉頼定は佐久間家臣の副田《そえだ》小十郎《こじゅうろう》と佐野《さの》伝右衛門《でんえもん》が討ち取った。

頼定の死を知った側近たちは切腹し、あるいは寄手に切り込んで討死した。頼定の妻子や女子衆は当初、薙刀《なぎなた》で抵抗するが、白んだ頃には自ら命を絶って城は陥落した。

「天晴れではあるが、我が妻をかような目に遭わせたくはないの」

勝利に湧く中、運び出された女子の遺体を見て、安治は胸をしめつけられた。

神吉城を落とした織田軍は三木城の支城の志方、高砂城を順番に攻略して三木城を孤立させ、「三木の干殺《ほし》し」として名高い兵糧攻めで落城させたのは天正八年（一五八〇）一月十七日のことであった。

この間に荒木村重が裏切って信長を激怒させるも、天正八年七月には荒木一族の花隈《はなくま》城も陥落し、謀叛騒動を終わらせた。

赤井直正は天正六年（一五七八）三月九日に病死。黒井城は翌年の八月九日に陥落した。

（城主を失っても、なお一年半ほども持ちこたえるとは赤井衆の士気は高いの。それだけ悪右衛門殿の指導が優れ、慕われていたのやもしれぬな。我が殿には悪い印象を持っておらなかった。殿の麾下にあれば、当家はもっと強くなっていたやもしれぬ）

播磨の陣で報せを聞いた安治は赤井直正を思い出しながら感慨に耽った。

直正の嫡子の直義《なおよし》はなんとか逃げることができたという。信長や光秀には腹立たしいことかもしれないが、安治には喜ばしいと思えた。

長浜に戻った安治は酒を持って吉継の許に足を運んだ。

「いかがした」

「これは我が妻から。これは儂からじゃ」

安治は左手で産着を、右手で酒瓶を差し出した。

出陣中、吉継には徳《とく》という娘が生まれていた。徳はのちに真田信繁《さなだのぶしげ》（一般的には幸村《ゆきむら》）に嫁ぐことになる。

「明日は雨か」

戯れ言を口にする吉継であるが、嬉しそうである。

「天晴れとはいかぬか」

「健やかなれば、男女どちらでも構わぬ。上がれ」

吉継の言葉に従い、安治は草履《ぞうり》を脱いだ。

「産着と酒は有り難く戴くが、娘はそちの息子にはやれぬぞ」

酒を酌み交わしながら吉継が言う。

「武士が好いた惚れたで結ばれようか。左様なことは殿の指示に従うのみ。また、他の大名から縁談を申し入れられるような一廉の武将になりたいものよ」

「まさしくの」

頷きながら吉継は酒を呷り、続ける。

「そちは虎之助らに嫉妬しているようじゃが、無駄なことじゃ。縁《えにし》というものだけはどうにもならぬ。常に己を越えることを思案すべきじゃ。儂もそうしておる。そうでなければ殿に不満を持つようになる。殿は浅井の旧臣を隔てなく召し抱えられた。感謝して奉公すべきじゃ」

この数年、安治は諸戦場で活躍するも、清正や正則らよりも評価は低く、加増されることはなかった。吉継も。

「判ってはおるが、浅井の旧臣の力は尾張者には負けぬということは見せつけたいと思うておる」

いつも安治が意識していることである。改めて安治の負けじ魂に火がついた。

安治の言葉に吉継も頷き、杯を重ね合った。

第三章　大返しと仇討ち

一

鬱陶《うっとう》しい雨が続いている。このところ晴れた空を見ていない。

天正十年（一五八二）六月、日本が梅雨のまっただ中にある中、秀吉は備中《びっちゅう》の高松《たかまつ》城を水攻めにしていた。水越《みずごえ》の地に堤防を築き、大量に降った雨水が流れる足守川《あしもりがわ》を塞き止めて一里四方にも及ぶ巨大な湖を造り、城を沈めた。城郭の大半が水に浸り、城内では舟で行き来するようになっていた。

秀吉は城の南東の石井山に本陣を置き、周囲の高台に家臣や寄騎《よりき》を配置して降伏する様子を余裕の体で眺めている。城には城主の清水宗治《しみずむねはる》のほか六千余が籠り、毛利家の援軍を待っていた。

「清水はいつまで耐えられようか」

本陣から城を眺め、安治は問う。

「この期に及び、助かりたいとは思っておるまい。殿が上様に後詰を頼まれたことは、すでに勧告の時に伝えておる。あるいは上様のご到着を待って降伏する気かもしれぬ」

吉継は目を細めながら言う。

「上様が到着なされれば、降伏は許されまい」

「毛利が近くまで来ておる。上様も直に戦いたくはあるまい。毛利の方も。双方ともに清水の腹と所領の割譲で話をつけるつもりでは？　割譲は降伏も同じ。上様は毛利に九州攻めの先鋒を命じよう。殿の下で」

毛利輝元《てるもと》は高松城の後詰《ごづめ》として足守川の西、同城から半里ほど西の岩崎山に叔父の吉川元春《きっかわもとはる》、同山から十町ほど南西の日差山《ひさしやま》に同じく叔父の小早川隆景《こばやかわたかかげ》を置き、自身は同城から五里（二十キロ）以上も南西に離れた猿掛《さるかけ》城に本陣を布いて備えていた。猿掛城まで含めて毛利勢は一万五千の軍勢であった。

「それで毛利は納得しようか」

「浅井、朝倉、武田を見よ。公方様ですら流浪の身じゃ。武家は家を残すことが第一。一時下って時勢を待つことも道の一つではなかろうか」

「軟弱になったもの。先代、いや先々代か。黄泉《よみ》で歎《なげ》いておろう」

嘗《かつ》ては十一ヵ国を支配していた毛利氏であるが、秀吉が中国方面司令官に抜擢されると、山陰では伯耆《ほうき》まで、山陽では備中の半国まで失っていた。

「我が殿では相手が悪かったようじゃの」

輝元の父は隆元《たかもと》であるが、輝元の元服前に病死（毒殺とも）しているので、輝元は中国の梟雄《きょうゆう》と謳われた祖父の元就《もとなり》に育てられた。元就死去後は二人の叔父の補佐を受けていたので、織田の西進がなければ、なにをせずとも家は安泰であった。

「水攻めでは功の挙げ時がない。毛利には仕掛けてきてもらいたいものじゃ」

尾張衆への対抗心がある。安治の本音だ。


その日も雨のぱらつく六月三日の辰ノ下刻《たつのげこく》（午前九時頃）、都に残した新蔵《しんぞう》という秀吉の家臣が石井山の本陣に駆け込んだ。

「ご注進！　お人払いをお願い致します」

髪は乱れ、顔は汗と土埃に塗《まみ》れ、疲労困憊《こんぱい》した様子で新蔵は進言する。

「安心致せ。ここにおるのは側近と小姓ばかりじゃ」

動じぬ態度で秀吉は言うが、ただ事ではなさそうだと顔が引き締まった。

「されば申し上げます。昨日の未明、惟任日向守は万余の軍勢を二手に分けて洛内に打ち入り、上様がお泊まりになっておりました本能寺を包囲。寺は卯《う》ノ下刻（午前七時頃）には猛火に包まれました」

「なに！　して、上様は？」

嘗てないほど金壺眼《かなつぼまなこ》を見開いて秀吉は問う。

「おそらくは討ち死になされたものと存じます。本能寺を落とした日向守は御中将《みちゅうじょう》様が移られた二条新御所《にじょうしんごしょ》を囲み、共に灰燼《かいじん》に帰しております」

肩で息をしながら新蔵が伝えると、陣は凍りついた。

秀吉は信長を接待するための拠点を山陽街道ならびに、その脇道にも用意していたので、新蔵は馬を替え繋ぎ、馬上で握り飯を喰いながら駆け付けたという。

（上様が討たれたのか。強い、あの、誰もが恐れた上様が）

三ヵ月前、信長は自身一度も具足に袖を通すこともなく、家臣や嫡子の信忠らだけで宿敵の武《たけ》田《だ》勝頼《かつより》を討って版図を関東にまで広げた。秀吉は中国、柴田勝家《しばたかついえ》は北陸に侵攻。三男の信孝《のぶたか》は惟《これ》住《ずみ》長秀《ながひで》らとともに四国征伐に渡海する予定になっていた。織田家の全国平定は、そう遠い先ではない、と誰もが思っていた矢先の出来事であった。

秀吉は敵大将の毛利輝元が猿掛城に入城したことを知ると、敵は五万の兵を率いていると、誇大な数字を出して信長に援軍の要請をした。秀吉は単独でも高松城を攻略できたものの、これを行うと警戒される、と危惧してのことである。信長は突出した家臣の活躍を望んではいなかった。最後の詰めを主君に懇願した秀吉の胡麻擂《ごます》りを信長も把握しており、応じるために安土《あづち》を出立し、都で茶会など開く余裕の日々を過ごしていたところを急襲されたことになる。

秀吉が一早く本能寺の変の情報を摑めたのは、何人もの家臣を都に留めていたからである。信長に援軍を要請した以上、山陽道を通って高松の陣まで移動する時、饗応をしなければならず、その拠点になる城には山海の珍味を集め、信長を守る武器を揃え、いつ泊まってもいいように準備していた。これが功を奏したことになる。

（ようも討ったものじゃ。やはり、恐ろしかったのかのう）

二年前、信長はさしたる理由もないまま、林秀貞《はやしひでさだ》、佐久間信盛《さくまのぶもり》らの重臣、安藤守就《あんどうもりなり》などの古臣を身ぐるみ剥いで追い出している。

これに対して惟任光秀《これとうみつひで》は天下の面目を施された、と称賛され、幸福感に浸っていたが、二年後の武田征伐の陣では、些細な一言が信長の勘に障り、流血する折檻《せっかん》を受けていた。

その後、惟任光秀は徳川家康の饗応役に任じられていたが、任を解かれ、加えて近江、丹波の所領を召し上げられた挙げ句、未だ敵地である出雲《いずも》、石見《いわみ》の地を替え地として宛《あ》てがわれ、秀吉の後詰をするように命じられたことが、高松城の陣にまで届けられていた。『當代記《とうだいき》』によればこの年、光秀は六十七歳。先行きを憂えたとしても不思議ではない。

但し、石見は世界に名だたる石見銀山を有している。ここから年間に採掘される銀は石高に換算すると、三百万石を優に超えるという。悪い話ではないはずである。

（あるいは天下を望んでいたのか）

安治には雲の上の話なので、信長にとって代わろうという思案など浮かばなかった。

秀吉に仕えながらも、信長を見たのはほんの数度でしかなかった。しかも遠くからしか目にできないが、秀吉らの重臣たちですら、態にでも遭遇したような態度で怯えながら接していたのを覚えている。偽報としか思えないが、新蔵は秀吉の配下なのでそれはない。安治には、ただ信じられないばかりだ。

「上様と御中将様の御首級《みしるし》は晒されたのか」

静寂の中、秀吉は申し訳なさそうに問う。

「惟任の者たちは死に物狂いになって捜しておりましたが、某《それがし》が都を発つ昼頃、お二方の御首級は見つかっておりませんでした。おそらくは猛火に包まれたものかと存じます」

「見つかれば必ず晒されるはず。晒されておらねば、共に逃げられたのではないか」

「畏れながら、難しいかと存じます。本能寺も二条新御所も十重二十重に囲まれ、爆発までして炎上致しました。都を出てからも黒煙が二つ上っておりました」

本能寺の地下は火薬庫になっていた。関係者の間では常識だった。

「そうか、上様は逃れることができなかったか……」

秀吉は肩を落とし、溜息とともにもらした。

「して、両所を焼き討ちにした日向守は？」

「上様親子を討ったと、都の往来で勝鬨《かちどき》を上げておりました」

「ということは、日向守は返り忠をしたのじゃな」

目を輝かせて秀吉は問う。心持ち笑みを浮かべるような表情に見えた。

「甚内《じんない》と紀之介《きのすけ》は各陣所を廻り、怪しい者が通ったら斬り捨てるように命じよ」

すぐさま秀吉は安治と吉継《よしつぐ》に命じた。

「畏まりました」

返事をした二人は、足早に秀吉の本陣を出た。

六月二日の未明、ユリウス暦では六月二十一日にあたる夜明け前の京都、下京四条の本能寺で勃発した大事件は本能寺の変と呼ばれている。日本を掌握しつつあった織田信長は、惟任光秀に討たれて呆気なく四十九年の生涯を閉じた。

怨恨、野望、失望、黒幕説などなど……さまざまなことが囁かれているが、天下統一を目前にして、第六天魔王と称した信長が、この世から抹殺されたのは事実であった。


「よもや上様が討たれるとはのう」

歩きながら安治は吉継に話し掛ける。

「まさに、一寸先は闇じゃの。されど、殿は幸運じゃ。上様御他界の翌日、報せを摑んだ。さらなる運も開けよう」

吉継は嬉しそうに言う。

「殿の開運は歓迎じゃが、現実は厳しいのではないか。毛利方が上様の死を知れば、嵩《かさ》にかかって攻めてくるに違いない。宇喜多をはじめ、周辺の国人衆が背信し、挙《こぞ》って襲いかかってきても不思議ではない。対して我らには後詰はない。袋叩きに合うやもしれぬ」

十分に考えられることである。言いながら、安治は寒気を感じた。

「それゆえ皆で獣道も塞ぎ、鼠一匹通さぬようにするのじゃ」

「おうよ」

吉継の言葉に応じ、安治は高松城の北西に位置する報恩寺山《ほうおんじ》（生石山《おおいし》、見世山《みせ》とも）の陣に足を運んだ。毛利方に対する最前線の陣とも言える。

「おう、甚内、いかがした」

床几に腰を降ろす清正が白湯を呑みながら声をかける。秀吉の親戚の傲慢か、相変わらず、年上への敬意がない。清正はこれまで三度の加増を受け、五百七十五石を得ている。そのせいで陣まで任せてもらえる優遇を受けていた。

「他言無用じゃ。上様が日向守に討たれ、お亡くなりになられた」

安治は口許を髭面に近づけ、小声で告げた。

「なに、上様が！」

陣中に響き渡るような大声で清正は問う。

「戯《たわ》け、声がでかい。上様がお亡くなりになられたのは真実《まこと》じゃ。それゆえ、これより殿がなにか講じられる。それまで、西に向かう者は百姓、町人、商人はおろか、蟻一匹通してはならぬ。下々に至るまで警戒を怠らぬよう、と殿の下知じゃ」

「西に向かうのは日向守の遣いよな。承知した。そうか、いよいよ動くか」

清正は長対峙に飽きていたようで、新たな展開を喜んでいた。

「浮かれて敵の諜者を見逃すまいぞ。漏れれば返り忠が者が続出し、我らは滅多打ちになる。これは殿からの厳命じゃ。失態は許されぬゆえ覚悟致せ」

伝えた安治は報恩寺山の陣を後にした。

一方、弟の長秀や蜂須《はちす》賀家政《かいえまさ》、黒田孝高《くろだよしたか》を本陣に集めた秀吉は皆に問う。

「和睦を結び、追い討ちを阻止できようか」

竹中半兵衛重治《たけなかはんべえしげはる》亡きあと秀吉の軍師と呼ばれる黒田官兵衛《かんべえ》孝高が口を開く。

「叶いましょう」

一つ目は高松城周辺を水浸しにしていたので、堤を破壊すれば街道を塞ぐことができ、丸一日以上の足留めをさせられる。

二つ目は兵農分離を進める織田軍は一年中、戦をし続けることができるのに対し、農兵が中心の毛利家は長対峙できない。

三つ目は毛利輝元が東に出陣している隙を突き、九州の大友宗麟《おおともそうりん》（義鎮《よししげ》）が長門《ながと》侵攻を窺いだしたので、即座に帰城しなければならなかった。

四つ目は織田軍の西進で、瀬戸内海の制海権を持つ村上水軍の大半が毛利家を離反しているので、小早川水軍を抱える隆景も備中に止まっていられなかった。

「……以上のことにより、追い討ちはできず、和睦も受け入れられましょう」

「さすが官兵衛じゃ。恵瓊《えけい》を呼べ」

撤退を決定した秀吉は毛利家の外交僧の安国寺《あんこくじ》恵瓊を呼んで、講和の条件を伝えた。

「明日にも我が主が十万の兵を率いて高松の陣に到着する。さすれば儂らの功名がなくなり、叱責される。上様が直に兵を差配すれば、毛利家は武田家のごとく滅亡は避けられまい。それゆえ、儂の面目を立て国割りは石見、安芸《あき》、長門、周防《すおう》、筑前《ちくぜん》、伯耆《ほうき》半国、備中は足守川西の領有は認めるが、清水宗治は名目として切腹してもらう。どうじゃ？」

これまで秀吉は毛利方に安芸、長門、周防の三ヵ国の領有で家の存続を認めると告げてきた。新たな提案は毛利家にとってはかなり譲歩する好条件であった。

「これはこれは、随分と毛利に譲られますな。都でなにかござったか」

鼻の効く恵瓊は、欲深い目を秀吉に向ける。

「恵瓊よ、清水の腹一つで儂も毛利も救われる。そなたもの。説いてくれるの」

懇願口調であるが、否とは言わさぬ迫力で秀吉は迫る。

「長左衛門《ちょうざえもん》（宗治）殿が自ら腹を召すと申すのならば、毛利の体面も立ちましょう。そういう方向で話を勧めましょう」

なにかを察したようで、恵瓊は嫌な顔をせずに応じた。恵瓊は毛利氏に滅ぼされた安芸の守護職・武田信重《たけだのぶしげ》の息子。お家の再興を望んでいたことを秀吉は知っている。

恵瓊は説得に成功し、清水宗治は切腹することになった。

六月四日の巳《み》ノ刻（午前十時頃）、清水宗治は城の大手門から舟に乗って漕ぎだした。宗治のほかに八人乗せた舟は石井山の陣との途中で停泊。羽柴方の舟から佳肴《かこう》が贈られると宗治は最期の盃を交わし、誓願寺《せいがんじ》の曲舞《くせまい》を謡《うた》い、和歌を短冊に記したのちに雄々しく自刃して四十六歳の生涯を閉じた。

一緒に乗船した家臣たちも荒木《あらき》三河守《みかわのかみ》を除いて主の後を追った。

「見事じゃ」

切腹を遠望した安治は、命の儚《はかな》さを感じながらも感銘を受けた。

「毛利の犠牲か。毛利が知れば、どうなることか。これからが、真実の戦いじゃの」

一緒に見ていた吉継がもらす。安治は頷いた。

清水宗治の切腹が終了すると、恵瓊は吉川元春、小早川隆景らの許に、事後処理として子細を報告。その後、毛利輝元にも届けられた。

吉川、小早川の両川は清水宗治の自刃と秀吉の譲歩に戸惑いつつも、宗治の死は無駄にできない。好条件の提示もあって、秀吉からの和睦に応じた。

恵瓊から報せを受けた秀吉は、毛利三氏に対して、約束は必ず守りますという三ヵ条からなる血判起請文《きしょうもん》を発して、両陣営で人質の交換が行われた。

「あとは、毛利が気づく前に陣を畳まねばの。上様の仇討ちに遅れては一大事」

「左様。殿が仇討ちの主導を取れば、我らの活躍の場も増える」

吉継の言葉に安治は強く首を振る。

「殿にいかほどの武将が参じるか」

「主殺しに味方する輩がいようか」

「主は一城の城主程度ではなく上様じゃ。天下を摑んでおられた上様を討ったともなれば、平伏《ひれふ》す輩がいても不思議ではない。また、毛利や上杉、あるいは北条にすれば、敵の敵は味方ということになる。追い討ちを恐れた重臣諸将は簡単に上洛はできまい」

小田原の北条家は上野《こうずけ》、下野《しもつけ》、下総《しもうさ》の領有を織田家に譲り、臣下の礼を取る腹づもりでいたが、さらに武蔵《むさし》の国を要求され、敵対しようか評議している最中の変であった。

「されば、我らだけで討てばよい。恩賞は思いのままじゃ」

「上様のご子息もおられる。そう簡単にはいくまい」

信長次男の信雄《のぶかつ》は伊勢で留守居、三男の信孝は四国侵攻のため摂津《せっつ》の大坂にいた。

「織田の血か。中将様が健在なれば気づかいも必要であろうが、お二方には織田を纏《まと》める才覚はなかろう。事後報告で十分ではないのか」

「まあ、そうなれれば最高じゃがの」

肯定的な安治の意見を、吉継は否定しないものの、賛同はしなかった。

秀吉は即座に全軍の撤退準備を始め、用意ができた者から密かに高松を出立させた。大将が逃げるように陣を発てば、怪しまれて追撃を受けるかもしれないので、秀吉は焦りつつも余裕の姿を見せて堂々としていた。

和睦が結ばれると、秀吉は衰退した城兵を船で退去させ、正室お禰《ね》の叔父である杉原家次《すぎはらいえつぐ》と三千の兵を高松城に入城させた。

毛利勢が攻撃してこないことを確認した秀吉が腰を上げたのは六月五日のことであった。

(惟任退治じゃな)

まだ水に浸る城に別れを告げ、安治は鐙《あぶみ》を蹴った。

石井山の本陣を離れた秀吉は、毛利勢の追撃を阻止するために高松城から七町(約七百六十三メートル)ほど南東の蛙ヶ鼻《かわずがはな》の堤防を破壊。途端に塞《せ》き止められていた水は濁流となって南に流れ、足守川に合流した。

川が氾濫したので、松山街道は完全に封鎖された。毛利軍が追撃しようとするならば、北の山を迂回するしかないので困難。ただ指を咥《くわ》えて見ているしかなかった。

五日の午後、紀伊の雑賀《さいか》衆から本能寺の変を知らされた吉川元春は激怒して追撃を主張したが、小早川隆景は反対した。

「既に羽柴と起請文を交わした以上、これを破棄することはできますまい。それに、主の仇討ちをせんとする兵は強い。これを追えば、敵は必死に戦い、当方にも数多《あまた》の手負いが出る。こたびは恩を売ってやりましょう。上方が纏まるには数年がかかるはず。その間、我らは失った地を取り戻し、内を固めるが先決。亡き父上（元就）も上方に望みを持つなと申されたではござらぬか」

小早川隆景は憤激する吉川元春を、柔らかく宥《なだ》めた。追撃をさせなかっただけではなく、毛利家の旗差物まで貸してやった。隆景も早くから秀吉と書状のやりとりをしており、その将才は把握していた。秀吉が織田家を纏めて再び兵を西進させてくれれば、高松城の二の舞いとなる。中国地方では畿内ほど兵は集まらない。その時、穏便に交渉を進めるための贈物だと思えば、安いものだと思案していたのかもしれない。

また、先の四つの理由で毛利家は追わなかった、のではなく追えなかった。

秀吉は軍勢を二つに分けて撤退に当たった。

一勢は加藤光泰を先頭とし、備前の岡山から大川（旭川）を渡り、国富《くにとみ》、関、藤井、沼を通り、吉井《よしい》川を渡河し、福岡、長船《おさふね》、八日市《ようかいち》、伊部《いんべ》、片山（片上《かたかみ》か）から三石《みついし》に出た。

もう一勢は蜂須賀正勝の息子・家政《いえまさ》を先頭とし、穴甘《しじかい》辺りから吉井川を渡河し、下原《しもはら》、南谷《みなみだに》、金谷《かなだに》から三石に到着した。

殿軍《しんがり》には弟の小一郎長秀を当てた。

秀吉は加藤光泰らの軍勢におり、安治らも秀吉と共にいた。

五日の晩は岡山、六日の晩は西片上津《にしかたかみつ》に宿泊。

七日の早朝、秀吉は供廻を連れて西片上津から舟に乗り、波を掻き分けて播磨の赤穂岬《あこうみさき》に上陸。姫路城に到着したのは深夜子《ね》ノ刻（午前零時）頃であった。

安治らは乗船できず、陸路を取るしかなかった。

羽柴兵は具足は脱ぎ捨て、鎧下着のまま髪を乱し、鑓を杖として進んでいる。まさに落ち武者のような様相である。

先発した佐吉《さきち》や吉継らによって周辺の領民が狩り出され、武具の類いは拾い集めて荷車に積み、姫路城に届けられる手筈になっていた。これには銭を渡すと触れたので、領民たちは臨時収入だと喜び、必死に集めた。

武具の回収だけではなく、佐吉らは街道沿いの農民に食い物と水を用意させ、退却する羽柴兵の腹を満たし、喉を潤わせた。

「殿の厳命じゃ。決して止まるな。進みながら喰え。用も歩きながら足せ」

佐吉は涼しい顔で淡々と告げる。兵たちは朦朧《もうろう》としながら姫路を目指した。

「くそ、足が馬鹿になっておる」

安治は重病にでもかかっているかのような足どりで歩んでいる。既に馬は乗り潰していたので徒《かち》での移動を余儀無くされていた。

「日頃の空元気《からげんき》はいかがした」

見張っているのは吉継である。

「汝《うぬ》は先に来て休んでいたであろうが」

「先に来たが休んでなどおらぬ。日向守への先陣を駆けるのではなかったか。先ほど虎之助らが通ったぞ。左様なことでは先陣を駆けられまい。尾張者に負ける気か」

「なに！　くそ、負けてたまるか」

農民が差し出す握り飯を奪い取ると、安治はむしゃぶりつきながら歩を進めた。

陸路を取った者たちが姫路に到着したのが八日の未明頃。あとはばらけて辿り着いた。安治らが転がり込んだのは日づけが九日に変わる頃であった。

城に到着した安治は、そのまま倒れ込み、気を失うように睡りに落ちた。

備中の高松城から姫路城まで、僅か三日で二十七里（約百八キロ）を移動したことになる。なお、水攻めにおける堤防を破壊した日、撤退を開始した日、帰路、武将の撤退順、殿軍の武将、要した日にちなど諸説存在している。

二

主君の信長、信忠親子を討った惟任光秀は都を制したのち、近江の平定に力を注いだ。勢多《せた》城主の山岡景隆《やまおかかげたか》、日野《ひの》城主の蒲生賢秀《がもうかたひで》らの抵抗に合うものの、それでも安土城のほか、周辺の城を押さえることに成功した。

近江に兵を進めながら光秀は組下や寄騎に参集を呼び掛けた。頼りにしたのは親戚の長岡藤孝《ながおかふじたか》と筒井順慶《つついじゅんけい》であった。藤孝の嫡男の忠興《ただおき》には次女の珠《たま》（のちのガラシャ）を嫁がせ、順慶の猶子の定次《さだつぐ》には養女を、信長の養女として輿入れさせていた。

だが長岡、筒井の両将は光秀と親密にも拘《かか》わらず、与《くみ》しなかった。

謀叛人が栄えた例はないと、長岡藤孝は剃髪して幽斎《ゆうさい》と号し、息子の忠興に家督を譲り、亡き主君の喪に伏した。忠興も幽斎に倣って三斎《さんさい》と号して誘いを断っている。

一旦は光秀の求めに応じた筒井順慶であるが、大和の郡山《こおりやま》城に引き籠って腰を上げることなく、周囲の状況を見ながら様子を窺っていた。これが日和見《ひよりみ》と言われている。

光秀の親戚が参じないので、寄騎となった池田恒興《いけだつねおき》、高山右近《たかやまうこん》、中川清秀《なかがわきよひで》らの摂津衆も、光秀の許に出仕しなかった。

恒興の母・養徳院《ようとくいん》は信長の乳母であり、信長の父・信秀《のぶひで》の側室にもなった女子である。恒興は信長の乳《ち》兄弟なので、圧力に屈することはなかった。

　また、秀吉は中国大返しの最中に摂津茨木《いばらき》城主の中川清秀に対し、信長は生きて近江の膳所《ぜぜ》ケ崎に逃れ、自分も東進しているので、光秀に味方しないように、という偽報の書状を送って仲間の参集に務めている。信長存命については都に近い地にいる清秀のほうが正しい情報は摑んでいるはずだが、秀吉の大返しを知り、光秀には加担しなかった。

　結局、光秀に加担したのは、近江に在する旧幕臣や、信長に滅ぼされた浅井旧臣などであり、僅か三千ほどしか麾下にできなかった。

　秀吉以外の織田家の武将は目前の対応に追われた。

　伊勢の松《まつ》ケ島《しま》城にいた北畠《きたばたけ》信雄は、本能寺の変を知り、蒲生賢秀《がもうかたひで》の求めに応じて出陣したところ、伊賀《いが》の地侍が蜂起したので、帰城せざるをえなかった。前年、信長の命令で信雄は伊賀を焦土にしたので、仕返しを恐れてのことである。

　三男の神戸《かんべ》信孝は大坂にいた。

　織田家筆頭家老の柴田勝家は、上杉家麾下の越中・魚津《うおづ》城を策謀で落城させた直後に本能寺の変を知り、即座に越前の北《きた》ノ庄《しょう》城に帰城。息を吐く間もなく上洛を試みたところ、同国の一向一揆が蜂起したので、鎮圧に追われていた。

　関東ならびに東北の支配を任された滝川一益《たきがわかずます》は、上野《こうずけ》の厩橋《まやばし》城に在している時に本能寺の変を知り、北条《ほうじょう》家と交渉をして帰国準備をしている頃であった。

　信長唯一の同盟者であった徳川家康《とくがわいえやす》は、数十人の家臣を連れて和泉《いずみ》の堺《さかい》を遊覧中に凶報を知り、慌てて甲賀、伊賀の山中を抜けて岡崎城に帰城し、上洛戦の用意をしている最中だった。

「い、痛っ、寝違えたか」

首を押さえながら安治は目を覚ました。すでに陽は高い位置にある。雨が降っていないので蒸し暑い。筵《むしろ》も布かずに地べたで眠ったので、体のあちらこちらが痛く、鉛のように重い。今、陣太鼓が打ち鳴らされたら、平素の半分の力しか出せそうもなかった。

「いつまで寝ておる？　既に虎之助たちは褒美を貰って朝飯を喰うておるぞ」

声をかけたのは吉継である。奉行の吉継は馬で帰城したせいか、着替えもすませていて涼しい顔をしている。

「左様か」

彼奴《あやつ》らは若いので体力の回復が早いのかもしれない、とは言えない。

「そうじゃ。長浜のことはなにか聞いておるか」

妻子のことが気掛かりでならない。

「惟任勢が攻め寄せたらしい。されど、お袋様（お禰）がおられるゆえ大事あるまい」

吉継の母も長浜城に出仕しているので心配ではあるはずだ。

「おのれ、惟任奴《め》。皆、無事であってくれればよいが」

かつて同陣したことのある光秀であるが、安治は憎しみを覚えた。

褒美は銭袋を渡された。袋は五百匁《もんめ》（約一・八七五キログラム）ほどもあった。現在の価格にしておよそ九百万円。安治は一瞬にして目が冷めた。

秀吉は姫路城にある金、銀、財宝を総《すべ》て家臣たちに分け与え、無一文になって仇討ちに専念するという。

「足りぬか？　もっと欲しくば日向守の首を討て。さすれば城持ちになれよう」

驚く安治に秀吉は笑みを向ける。

「粉骨砕身、励む所存です」

安治は力強く答えた。

褒美を配り終えた秀吉は六月九日の午後、姫路城を出発し、十一日の昼前に尼崎《あまがさき》に到着した。一日半で二十里（約八十キロ）移動したことになる。

備前の沼から播磨の姫路までの十里（四十キロ）を二日で移動した時よりも厳しい進行であるが、褒美のお陰か隊列が乱れることはなかった。それでもやはり疲労する。

ここでゆっくりできると思っていたところ、安治は秀吉に呼ばれた。

「これよりそちは大坂にまいって三七郎《さんしちろう》様（神戸信孝）に会い、我が軍勢に参じられるよう勧めてまいれ」

「承知致しました。必ずや参じさせまする」

秀吉の陣から離れている間に開戦してしまう可能性があるので、行きたくはないが、命令なので仕方ない。惟任光秀との戦いに参じるためには首に縄をかけても引っ張ってくるしかない。安治は意気込んで返事をした。

途端に横にいる黒田官兵衛が笑いだした。

「ははは、勘違いしては困る。殿は勧めよと仰せじゃ。連れてこいとは申しておらぬ」

「なんと⁉」

安治には秀吉や官兵衛の思案が理解できなかった。

「大坂にいた兵は寄せ集めじゃ。本能寺の凶報を知れば兵は四散し、日向守を討つほどの数は残っておるまい。とはいえ、亡き上様のご三男。（淀《よど》）川一本挟んだ尼崎にまでまいり、素通りしてはあらぬ疑いを招く。それゆえ声をかけなさるのじゃ」

「それでは参じなくてもよろしいのですか」

「三七郎様がまいれば、総大将に担がねばならぬ。親の仇討ちもできず、保身に尽力なされていたお方に、あれこれ差配されては勝てる戦も勝てなくなる。後詰としてまいって戴ければ十分。あるいは、全権を任せて戴ければ、勝ち馬に乗らせてさし上げようて」

備中の高松城を水攻めにすることを提案し、実行した黒田官兵衛だけに、神戸信孝を見下していた。官兵衛が信孝だったら、とっくに討っているとでも言いたげである。

「官兵衛、言い過ぎじゃぞ。三七郎様には参じて戴いたほうがいい」

黒田官兵衛を注意した秀吉は安治に向かう。

「まあ、丁重に勧めてまいれ」

「畏まりました」

後詰程度に参陣させるように説得することを命じられた安治。複雑な心境で応じた。

安治は与助や七蔵らとともに東の大坂に向かった。

大坂は、かつては一向一揆の総本山、石山本願寺《いしやまほんがんじ》のあった場所で、信長を十一年にも渡って苦しめた地であるが、天正八年（一五八〇）に退去させて同地を空けさせた。

因縁の地に信長は巨大な城を構築し、全国平定の礎にする構想を抱いていた。その先駆けとして仮城を築き、信孝、惟住長秀、津田信澄《つだのぶずみ》らに四国討伐を命じた。

信孝らは渡海しようとしていた矢先に本能寺の変が勃発。凶報を知ると兵の大半は逃亡してしまい、すぐに仇討ちをできる状態ではなくなっていた。

城の二ノ丸に在していた津田信澄は、惟任光秀の娘婿であった。信澄は信長に斬られた信長実弟の信勝《のぶかつ》（一般的には信行《のぶゆき》）の嫡子なので、信長には恨みを持っている。と信孝らは考えた。さらに、いつ惟任勢の後詰を受けて攻撃されるか判らない、という被害妄想にかられ、住吉《すみよし》に在していた蜂谷頼隆《はちやよりたか》と協力して二ノ丸を攻撃し、信澄を自刃させた。

その後、信孝らは大坂城に籠って、諸将の動向を窺っていたところに安治は到着した。

「思いのほか、いるではないか」

城内を見渡しながら安治が思った感想である。ざっと見たところ七、八千人はいた。

（儂が三七郎様なれば、とっくに親の仇討ちをしていた。士気が下がっていたのかのう）

首を傾げながら、安治は秀吉の遣いであることを申し出て、本丸に在する信孝の前に罷《まか》り出た。

「ご尊顔を拝し、恐悦至極に存じます。某、羽柴筑前守秀吉が家臣・脇坂甚内安治にございます。主《あるじ》の遣いでまいりました」

信長の息子なので、安治は平伏し、慇懃に挨拶をした。おそらく信孝は、安治の存在も判らないぐらい、この時は身分の差があった。

「重畳至極《ちょうじょうしごく》」

鷹揚に信孝は言う。長身痩軀も、色白で面長の端正な作りも信長譲りである。三男の信孝であるが、実は次男の信雄よりも二十日ほど早く生まれたものの、母の坂氏《さかし》が信雄の母の生駒御前《いこまごぜん》（吉乃《きつの》）よりも身分が低いために三男にされたという。信長は兄弟での家督争いを避けるため、信孝が幼少時に伊勢の名家の神戸家を継がせている。この年二十五歳であった。

「主はただ今、尼崎に着陣致し、上様の仇討ちをするべく兵を整えております。三七郎様にはなにとぞ大将として参じて戴きたいと申しております」

「なにゆえ筑前は、かように早く戻ってこられたのじゃ？　毛利と相対していたのではないか」

信孝は疑念に満ちた目で安治を見る。

（このお方は、我が殿をお疑いなされておるのか）

自身が家臣たちに見限られたせいか、信孝は忠義心を信じていないようである。

「毛利とは凶報を隠して早急に和睦を結び、夜を日に継いで駆けて来た次第にございます。毛利は大友とも争っていたので、追えぬ事情があったようにございます」

「騙したのか。筑前らしい。して、筑前の兵はいかほどか」

農民出身ということもあってか、信孝は秀吉を見下していた。

「我が羽柴勢はおよそ二万。これに高山、中川、池田、堀勢の一万余が加わるとのことにございます」

「三万余か。それだけあれば逆賊の日向を討てるのではないか」

「負ける気は致しませぬが、勝敗は時の運。味方は多ければ多いほどよいかと存じます」

信孝が参陣すれば、四万近くになり、勝利する可能性が高くなるのに、参じようとしない心中が安治には理解できなかった。

（あるいは、我が殿に命を狙われると思われているのやもしれぬな）

兄の信忠も討たれたので、警戒心を強くしていることが窺えた。

「権六《ごんろく》（柴田勝家）らの兵を待たぬのか」

柴田勝家は信孝の烏帽子《えぼし》親であった。

「いつ参じるか判らぬお味方を待つよりも、敵の態勢が整わぬうちに戦うほうが勝利に近いと主は申しております」

父親の仇討ちを躊躇《ためら》っている信孝の姿勢が、安治には判らなかった。

「まあ、味方は三万おりますれば、ここは筑前に采配を執らせ、殿は総大将として背後に控えられてはいかがでしょう」

惟住長秀が勧める。勝馬に乗じて、織田家中での発言力を強めたいに違いない。

「左様なことなれば。筑前にはそう申すがよい」

渋々信孝は応じた。

「畏まりました」

一応は説けたので、安治は安心して大坂城を後にした。

（これまでは上様の子息ということで、なにもせずとも周囲が動いてくれたであろうが、まだ、そのつもりでおられる。我らが日向守を討ったのち、血だけで上様の後釜に座ろうとなされておられるのか。乱世じゃ、尽力せねば得るものも得られまい。到底、上様の跡継ぎは勤まらぬの）

秀吉は主導権を握って仇討ちに邁進しているのに対し、様子見をしている信孝を目にし、安治は時代が変わっていくことを実感していた。

尼崎に戻ると、秀吉が剃髪しているので驚いた。

「その頭はいかがなされたのでございますか」

「上様への弔意を現したまでじゃ。気にするな。して、三七郎様の様子はいかに？」

「はい。三七郎様は……」

安治は大坂城でのことを秀吉に報せた。

「左様か。まあ、そんなものであろう。それで十分。甚内、ようやった」

秀吉は満足そうに称賛した。

「畏れながら、三七郎様らが参じられぬうちに仇討ちをなされたほうが、殿の功は大きくなるのではありませぬか」

そのほうが安治の恩賞も多くなる。大坂に行く前から安治は疑問だった。

「数は力。殿にはやらねばならぬことが沢山あるということかの」

遠廻しに黒田官兵衛が言う。官兵衛も頭を剃っているが、有岡城《ありおか》で投獄されていた時に瘡《かさ》が出来て見てくれが悪くなっていたので灰色の頭巾《ずきん》をかぶっていた。

「まずは上様の仇討ちじゃ。近日中に戦いとなる。楽しみにしておれ」

金壺眼を輝かせて秀吉は言う。

「承知致しました」

闘争心をあらわに安治は頷いた。すぐに安治も秀吉に倣《なら》って頭を丸めた。

その日、尼崎の陣に高山右近、中川清秀、堀秀政《ほりひでまさ》が参じ、翌十二日には池田恒興が訪れ、秀吉と共に信長の弔い合戦に参じることを誓った。恒興は信長へ敬弔を示し、剃髪して勝入《しょうにゅう》と号していた。

中川清秀、高山右近は秀吉に人質を差し出して、光秀との戦いでは先陣を願い出た。秀吉は両将の心を摑むために人質は返し、共に励もうと激励している。

秀吉らは四里半（約十八キロ）ほど北東の摂津富田《とんだ》に移動した。

物見からの報せでは富田から二里（約八キロ）ほど北東に位置する山崎の勝龍寺《しょうりゅうじ》城に、万余の惟任軍が在しているという。

安治が秀吉の許を離れている間、秀吉は蜂須賀家政らを物見に出したところ、富田から一里半（約六キロ）ほど北東の天王山《てんのうざん》（標高約二百七十メートル）で惟任勢と遭遇し、敵を排除して同山を占拠した。

「くそっ、大坂への遣いではなく、天王山への物見だったらのう」

報せを聞いた安治は羨望の眼差しを天王山方面に向けて悔しがった。疑念も残ったので奉行《ぶぎょう》の中で話しやすい吉継に中庭で訪ねた。

「それにしても、僅か数十の物見で押さえられるとは、敵はいずこで我らと戦うつもりなのか。天王山を死守すれば、北進する軍勢を押さえられように」

安治は首をひねる。都に通じる西国街道の東を淀川が流れ、道のすぐ西に天王山は聳《そび》えている。山の東が大山崎《おおやまざき》であった。

「なんでも大山崎で戦をするなと、御上《おかみ》からのお達しが出されているそうじゃ。それゆえ日向守は天王山に多数の兵を置かなかったのであろう」

奉行だけに吉継はよく情報を摑んでいた。

大山崎は堺と列び、自治都市を築いていた。主な商いは荏胡麻《えごま》油の搬入、製造、販売を独占する問屋で、都に近いことから公家や天皇家にも強い影響力を持っていた。町は東西の黒門で守られており、夜中は不審者を警戒して閉ざされる。まさに独立都市であった。

荏胡麻商人からの陳情を受け、朝廷は光秀に大山崎を守るように勅命を出した。

これにより光秀は本能寺の変の翌三日、大山崎に乱暴狼藉、陣取、放火、矢銭《やせん》、兵糧米賦役《ふえき》の禁制を布《し》いた。

同じく大坂の信孝にも勅命が出され、信孝は六月七日に大山崎の安全を約束した。

「御上の勅命では無視できんな。殿様には出されておらぬのか」

「まだ、殿には出されておらぬそうじゃ。出されたとしても公然と握り潰し、あとから銭でもばら撒いて人心の掌握に勤《いそ》しむのであろう。ゆえに戦いは近い」

「そうか」

安治は引き締まった顔で頷いた。

三

信長が存命していた時、敵地に近い武将が先陣を命じられることが多かった。これにより、蜂須賀勢が天王山を掌握したのち、高山右近、中川清秀、池田勝入らが西国街道を都に向かって北上して大山崎に着陣した。

敵状視察を兼ねて高山右近らはさらに半里ほど北に進み、東西に流れる円明寺川《えんみょうじ》（現・小泉《こいずみ》川）を前にした時、川の北に布陣する惟任軍の齋藤利三《さいとうとしみつ》勢と衝突し、鉄砲を撃ち合った。

開戦を知り、勝龍寺城に控える惟任兵が出撃して加わり、飛び道具による戦いが行われた。戦いの最中、どちらかの軍勢の火が川沿いに生える葦に燃え移り、周辺は焼け野原となった。日没にもなり、猛火に巻き込まれれば兵に損害が出る。両軍ともに兵を退いた。

秀吉の本隊が大山崎に着陣したのは六月十二日の戌《いぬ》ノ下刻（午後九時頃）であった。戦闘が行われた円明寺川から半里ほど南に位置している。

ほどなく陣立てが発表された。

天王山には羽柴長秀、神子田正治《みこだまさはる》、黒田孝高ら三千。

淀川沿いに加藤光泰、池田勝入、中村一氏《なかむらかずうじ》らの五千。

加藤勢の西に木村重茲《しげこれ》ら一千。

木村勢の西に高山右近ら一千。

高山勢の西に中川清秀二千五百。その後方に堀秀政の一千五百。

堀勢の後方の大山崎本陣に羽柴秀勝《はしばひでかつ》、秀吉が一万八千。

合計三万二千の軍勢であった。安治は正則らと秀吉本隊にいた。

天候は降ったり止んだりの梅雨模様。月は出ず、暗い夜である。

「加勢で日向守は、いかに戦うつもりのかのう」

本陣の一角で安治は口を開く。周囲では篝火《かがりび》が煌《こうこう》々と焚かれていた。

長岡藤孝、筒井順慶から秀吉に対し、惟任軍には参じないと告げてきていたので、秀吉は一万数千がいいところと読んでいた。

「上様に成り変わろうというのじゃ。端から籠城はすまい。一度は野で戦おう」

腕を組み、目を閉じたまま吉継は言う。

「望むところじゃ。されど、我らは倍以上。おいそれと本軍を出してこようか」

「日向守は、この空を味方にせんとしているのではないか」

目を開いた吉継は空を見上げて告げる。

「雨なれば玉薬（火薬）が湿気るゆえ鉄砲が十分に放てぬか。されど、敵は一人で我ら二人を相手にせねばならぬ」

「円明寺川の水嵩《かさ》も増すゆえ、簡単に渡河できなくなる」

「我らはその前に突き入ればよい」

安治の闘志は増している。吉継も同じ意見か頷いた。


十三日の朝食後、秀吉は細作《さいさく》を放ち、勝龍寺城を素通りして光秀の居城・近江の坂本《さかもと》城を攻撃すると触れさせ、前線の加藤光泰や木村重茲らを騒がせた。

帰る城がなくなるは武士の恥。光秀も見過ごすことはできず、昼過ぎには出陣した。

惟任軍は円明寺川を手前にして着陣した。

淀川沿いの東から山本山入《やまもとたかなり》、進士貞連《しんしさだつら》ら二千。

その西に齋藤利三、溝尾茂朝《みぞおしげとも》ら二千。

西国街道を遮断するのは藤田行政《ふじたゆきまさ》、伊勢貞興《いせさだおき》ら二千。

円明寺川の南、天王山に対して並河易家《なみかわやすいえ》、妻木広忠《つまきひろただ》ら二千。

勝龍寺城から十二町ほど南の御坊塚《おんぼうづか》を惟任光秀の本陣とした兵五千。

合計一万三千。軍勢は東西半里に広がり、周囲は深田であった。

勝龍寺城の留守居には三宅綱朝《みやけつなとも》、淀城に番頭大炊介《ばんどうおおいのすけ》、下鳥羽《しもとば》に池田織部《いけだおりべ》、宇治《うじ》に奥田庄太夫《おくだしょうだゆう》を配置した。

また、安土城には明智秀満《あけちひでみつ》の他、四王天政孝《しおうてんまさたか》、荒木氏綱《あらきうじつな》。光秀の居城の坂本城には三宅光朝《みやけみつとも》。

光秀のもう一つの居城・丹波の亀山城には光秀の嫡男・光慶《みつよし》と三宅出雲守《みやけいずものかみ》を配置した。

これらがおよそ三千であった。

羽柴軍の先陣と惟任軍の先陣は七町（約七百六十二メートル）と離れていなかった。

惟任軍の布陣後、神戸信孝、惟住長秀、蜂屋頼隆らの一万余が合流し羽柴軍は四万二千を超えた。

「やっと来られたか。勝ち馬に乗れると確信したからかの」

安治は独りごちる。せこい、とは思うが、卑怯だとは思っていない。

秀吉は神戸信孝を歓迎し、総大将の名目を名乗らせ、後方に控えさせた。

昼過ぎから両軍は睨み合いを続けている。天候は曇りであるが、黒い雲に覆われていて、いつ降り出してもおかしくない空模様。湿気が肌に纏わりついていた。

申《さる》ノ刻（午後四時頃）になり、辺りは暗くなってきた頃、戦場の西に布陣する中川勢と伊勢勢の間で鉄砲が放たれ、戦いの火蓋が切って落とされた。これを皮切りに東の加藤勢と山本勢の間でも引き金を絞り、前線で轟音が谺《こだま》した。

秀吉の本隊は前線から七町（約七百六十三メートル）ほども離れているので鉄砲の音は聞こえない。それでも物見の報せで開戦したことが伝えられた。

「ようやくか」

なかなか戦が始まらず、苛立っていた時だったので、安治は胸を撫で下ろした。

戦は一進一退を繰り広げていた。二倍以上の多勢を相手に惟任軍が善戦している形である。

半刻（約一時間）が経過した頃、清正と正則に声がかかった。

「そちたちは前線の様子を見てまいれ」

「畏まりました」

清正と正則は嬉々として秀吉の本陣を出て行った。

（くそっ、これも親戚筋ゆえ、まっ先に前線への物見が許されたか）

羨望と悔しさの中で安治は清正らの背を見送った。

四半刻ほどすると、清正は進藤半助の首を下げて戻ってきた。

「さすが虎之助じゃ」

喜んだ秀吉は即座に清正に感状を与えた。これに正則も続いた。

「甚内、そちの番じゃ。様子を見てまいれ」

「承知致しました」

安治は喜び勇んで本陣を飛び出した。これに与助と七蔵が続く。

北に進む道は西国街道一本であるが、味方の軍勢が犇《ひし》めいていて思うように進めない。

「少し西に進むか」

安治らは味方を縫うように西に進路をとった。

五町（約五百四十五メートル）ほども進むと、交戦していた。中川、堀勢が藤田、伊勢勢と弓、鉄砲を放ち合っていた。惟任勢は円明寺川を渡河して南に進んでいた。

「圧されておるのか。虎之助の申すことは偽りか」

優勢だと清正らが言っていたので、少々焦りを覚えた。

「川上ゆえ渡河し易いようです。敵が来ます」

与助が注意する。開戦から随分と経過しているので銃身が過熱して思うように放てないのか、鉄砲の音が減っていた。途端に両軍は敵を突き崩そうと鑓衆を前に出した。

「好機」

安治は葦を掻き分けながら馬を進めて前に出た。ちょうど鉄砲衆と鑓衆が入れ替わる頃で、敵の騎乗する武士が、鉄砲衆をよく指揮し、中川兵を撃っていた。

「儂は藤田伝五郎《でんごろう》行政が家臣・橋本太郎八《はしもとたろはち》じゃ。我と思わん者はかかってまいれ」

橋本太郎八は馬上で叫び、威圧する。年齢は安治と同じぐらいで髭が濃い。元は同じ織田家の麾下であるが、面識はない。光秀の家臣は他国者が多いので新参かもしれない。

「儂が相手をする。そちたちは脇を固めよ」

安治は与助らに命じ、橋本太郎八に向かって鐙を蹴った。

「儂は羽柴筑前守秀吉が家臣、脇坂甚内安治じゃ。望みどおり一騎討ちを所望」

言うや安治は刀身二尺五寸（約七十五・八センチ）の太刀を抜き放った。

「まいれ」

強面《こわもて》でないせいか、安治の顔を見た橋本太郎八は、余裕の態度で告げる。

「おりゃーっ」

気合いとともに駿馬を疾駆させた安治は、斬るとみせかけて太刀を突き出した。

「ぐあっ」

安治の切っ先は胴の下を貫き、背中にまで達した。田楽刺しにされた橋本太郎八は一合も交えることなく馬から転げ落ちた。

即座に安治も下馬し、橋本太郎八の首を掻き斬った。

「脇坂甚内安治、橋本太郎八を討ち取ったり！」

大音声で叫んだ安治は、首を高々と掲げたのち、与助の腰の首袋に入れさせた。

これが最期の奮闘だったのかもしれない。安治が前線に出た頃から惟任勢は疲労で動きが鈍くなった。新手を売り出せる余裕もなくなっていた。

「いかがなされますか」

「儂は物見じゃ。殿にご報告せねば」

即座に踵《きびす》を返し、安治は秀吉の本陣に駆け込んだ。

「敵は少しずつ後退しております」

「甚内、ようやった。全軍押し立てよ！」

安治の報告に対してか、首取りに対してか定かではないが、秀吉は瞬時に床几《しょうぎ》を立って大音声で叫んだ。

距離をとり、弓、鉄砲で戦い、あるいは先鋒どうしが同数で戦っている分には互角以上の戦いを行えた。だが、接近して鑓衆が穂先で火花を散らし合うと、兵の差がものをいう。惟任軍はずるずると後退をはじめ、そこに秀吉が総攻撃の命令を出した。

もはや衆寡敵せず、惟任軍は総崩れとなった。

「追い討ちをかけよ！」

秀吉の追撃命令が出され、羽柴軍は疲弊した惟任軍を次々に討ち取っていった。

並河易家、松田政近《まつだまさちか》、御牧景重《みまきかげしげ》、伊勢貞興など惟任軍の主立った部将は討死した。

本陣にいた安治らが激戦地に到着した時は、辺りには首のない屍が数多横たわっていた。勝敗が決した後の追撃だったので、安治らが功をあげる機会はなかった。

惟任軍三千余人、羽柴軍三千三百余人が死去した激戦である。

暗夜の中、惟任光秀は勝龍寺城に逃れ込んだ。光秀に続いた者も含め、城には一千ほどが籠り、城門を固く閉ざした。光秀の重臣の齋藤利三は北へ逃れていった。

刻限は酉《とり》ノ下刻（午後七時頃）。山崎の戦い、あるいは天王山の戦いと呼ばれる戦いは、羽柴軍の勝利で終了した。

「えい、えい、おおーっ！　えい、えい、おおーっ！　えい、えい、おおーっ！」

勝鬨を上げたのち、羽柴軍は勝龍寺城を包囲した。

勝龍寺城は小畑《おばた》川と犬《いぬ》川との合流点付近に位置し、小畑川から引き込んだ水を堀に流した平城である。土塁や空堀などもあるが、堅城ではない。光秀は各堀に架かる橋を上げ、籠城の構えを取った。

「返り忠が者の兵は一人たりとも逃してはならぬ」

秀吉は堀秀政に敗走した兵を追わせ、都に近い伏見から大津に出る山科《やましな》や粟田口《あわたぐち》、坂本、安土に抜ける道を遮断させ、都に逃れ込んだ落ち武者狩りを行わせた。

中川清秀と高山右近は丹波の亀山城に向かわせた。

秀吉自身は淀川の中洲に築かれている淀城に向かう。同城は番頭大炊介が守っていたが、光秀の敗報を知ると城を捨てて逃亡していた。

空いた淀城に入った秀吉は、即座に首実検を行わせた。

「明日こそは儂が日向守の首を上げてくれる」

正則が息巻くが、安治は冷静だった。

「日向守は、さすがに降伏すまい。とすれば、三度打って出たのちに腹を斬り、城に火をかけるのが武家の倣いであろう」

「なんの、水をかぶって猛火の中に突き入り、首を刎ねるまでじゃ」

美酒の勢いもあって正則は盛んであった。

片や勝龍寺城に逃げ込んだ光秀は、居城の坂本城で最後の戦いを行うと決意し、夜陰に紛れて三十騎ほどの家臣と共に城を抜け出た。

深夜になっても小雨は降ったり止んだりを繰り返す暗夜で視界が悪く、寄手も疲労し、酒に酔って大半が熟睡しているので、光秀らには好機。

光秀主従は馬の口に枚《ばい》を噛ませ、息を殺して包囲勢の目をかい潜り、間道を通って淀川の西岸を久我畷《こがなわて》から伏見に向かう。大亀谷《おおかめだに》を通過し、桃山北側の鞍部《あんぶ》を東南に越えて小栗栖《おぐるす》に出て、勧修寺《かじゅうじ》から大津に出る予定であった。

小栗栖に差し掛かった時に周辺領民の落ち武者狩りに遭遇し、光秀は敢え無く生涯を閉じた。享年六十七。六月十四日丑《うし》ノ刻（午前二時頃）であった。

光秀はこの地で辞世の句を詠み、重臣の溝尾茂朝が介錯《かいしゃく》。茂朝は光秀の首を持って都の妙心寺《みょうしんじ》に向かう途中に追手が接近。逃げ切れぬと判断した茂朝は、狼谷《おおかみだに》（大亀谷とも）の山陰に光秀の首を埋めて自刃したということが通説とされている。

夜明け前に光秀が城を脱出したということを城兵が知ると、主に倣い、一千ほどいた兵は逃亡し、半数ほどに減っていた。包囲陣もこれを摑むと、城攻めを開始した。

籠城兵は数百。主不在で士気は低い。城は半刻と持たずに落城した。城代の三宅綱朝は、武士の意地を通して戦ったのちに、自刃して城に火をかけた。

光秀の坂本城は堀秀政らによって十五日に陥落。光秀の妻子や一族は自刃して果てた。この日、信長の安土城は猛火に包まれた。犯人は信長次男の信雄だと言われている。

同じ十五日、光秀の首と遺骸は小栗栖周辺の農民によって探し出され、近江の三井寺《みいでら》に陣を移した秀吉の許に届けられた。

「古今東西、返り忠が者の末路は哀れなものじゃ」

吐き捨てた秀吉はその日の夕刻、光秀の首と胴体を本能寺の焼跡に晒した。

十七日には、本能寺の変の影の首謀者とも言われている齋藤利三が捕えられ、市中を引き廻されたのちに六条河原で車裂きの刑に処された。これで変を鎮圧したことになる。

（やはり主殺しは栄えぬか。もはや下克上の世ではなくなったのかの）

安治は一時代が終わったような気がすると同時に、秀吉が主導する世を楽しみにした。

四

信長の仇を討った秀吉らは威風堂々、長浜に凱旋した。

「無事であったか」

無傷の長浜城を見て安治は安堵した。

浅井旧臣の阿閉貞征《あつじさだゆき》・貞大《さだひろ》親子は秀吉の領内にある山本山城と伊香《いか》郡内の所領を信長から安堵され、秀吉の寄騎とされたが、秀吉の所領配分に不満を持ち、中国攻めには参加せず、信長の旗本になり、居城に在していた時に本能寺の変が勃発。阿閉親子は光秀に加担し、長浜城に兵を向けた。

留守居だけでは阿閉ならびに惟任勢に対抗することは不可能と判断し、秀吉の正室のお禰は女子供を伴って三里（約十二キロ）ほど北東の山間部にある大吉寺《だいきちじ》に移り、難を逃れることができた。

山崎の合戦後、長浜城は宮部継潤、中村一氏らによって取り戻された。同合戦で生き延びた阿閉貞征は居城の山本山城に戻ったものの、継潤らに攻められて降伏。阿閉親子は磔《はりつけ》にされた。

安心しながら、安治は長浜城下の脇坂屋敷に入った。

「……」

部屋には仏間の前に略式の祭壇が置かれ、位牌が二つ並べられていた。

「義姉様と申太郎が流行り病にかかっている最中に上様がお亡くなりになり、二人は大吉寺に移る途中で……屋敷で療養していれば、あるいは」

異母妹の於うみが涙ながらに告げた。

「そんな……」

矢玉から逃れられたにも拘わらず、妻子を同時に失うなど思いもよらぬこと。家族に会うことを楽しみにしての帰国だった安治にとっては晴天の霹靂《へきれき》であった。

「くそ、惟任奴、阿閉奴！　この手で斬り捨ててやりたかった」

長浜奪還の兵に志願すればよかった。これほどの後悔はない。安治は割れるような声で叫び、人目も憚《はばか》らず慟哭《どうこく》した。

秀吉からは悔やみの言葉をかけられた。有り難いものの、安治には虚しいばかり。せめてもと、元服前であるが申太郎には安忠《やすただ》という名をつけて冥福を祈ることにした。

骨は代々の脇坂家の墓に収め、位牌は本屋敷のある脇坂に運んだ。

「そちは？」

屋敷には留守居のほかに異母弟の甚五郎がいた。

「生きていては迷惑か」

太々しい態度で甚五郎は言う。この年二十四歳。浪人のような風体で窶《やつ》れている。

「生きていたは幸い。それより、よもや、そちは惟任の軍勢に与してはおるまいの」

「なんとか黒井城を脱して直義《なおよし》殿を逃れさせた。よもや黒井城を落とした日向守が信長を討つとはの。黒井城が落ちねば、惟任に参じて信長に鎚をつけていたやもしれぬ。残念じゃ。されど、浅井のお屋形様を討った酬いを受けたのじゃ。天罰が下ったようじゃの」

甚五郎は信長の死を喜んでいた。

「惟任に与しなかったのは物怪《もっけ》の幸い。されど、聞き捨てならぬの。我らは山崎で上様の仇を討った。亡き上様を敵と申すは、我らの敵ということになる」

ほっと胸を撫で下ろして安治は言う。

「されば斬ればよい。もともと儂と汝は赤の他人。汝は我が所領を掠め盗った悪党じゃ」

「脇坂の所領を安堵なされたのは亡き上様であり、秀吉様じゃ。これを無にせんとするのは織田家ならびに羽柴家に鉾先を向けることと同じぞ。そなたが申したとおり、上様はこの世におられぬ。昔のことは水に流し、秀吉様に仕えたらいかがか」

「汝ではあるまいし、誰が百姓ずれに仕えられようか。儂の敵は父を死なせた汝じゃ。汝が猿に仕えるならば、儂はこれと対する武将に仕える。戦陣で相まみえること楽しみにしておれ」

言うや甚五郎は勢いよく戸を開け、屋敷から出ていった。

甚五郎が生きていたので、一先ず安堵した。本来ならば、引き戻さねばならないかもしれないが、妻子を亡くした失意で追う気がしなかった。

今はただ、静かに冥福を祈るのみであった。

山崎の戦勝からおよそ半月後の六月二十七日、尾張の清洲《きよす》城に織田家の重臣が集まり、重臣による会議が行われた。世に言う清洲会議である。

出席者は信長次男の信雄と三男の信孝。二人は共に織田家の正統性を訴えるためにも、それぞれ北畠、神戸姓を捨てて織田姓に戻している。

他には羽柴秀吉、惟住長秀、池田勝入ら山崎の合戦に参じた者。弔い合戦に間に合わなかった筆頭家老の柴田修理亮勝家。

仇討ちに参じた堀秀政と、信長の妻子を居城の日野城に迎えて惟任勢と戦った信長の婿の蒲生《がもう》賦秀《ますひで》は発言権はないものの、末席に腰を降ろした。

滝川一益も重臣の一人であるが、武蔵と上野の境における神流川《かんながわ》の戦いで北条氏直《ほうじょううじなお》軍に敗れ、信濃を経由して敗走している最中であった。

清洲会議では織田家の家督後見人と、闕国《けっこく》の分配が話し合われた。

織田家の家督は嫡男の信忠が継いでいたが、二条新御所で討死したので、自動的に忘れ形見で僅か三歳の三法師《さんぼうし》に決まっていた。

三法師の後見者は信雄と信孝とし、安土城における傅役《もりやく》に信長の側近を務めた堀秀政を据え、これを秀吉、柴田勝家、惟住長秀、池田勝入の四人で補佐することが決められた。

闕国の分配は次のとおり。

信雄が尾張全域。

信孝は美濃全域。

柴田勝家は近江の北部（長浜）。

秀吉は山城、丹波の全域と河内の一部を獲得。近江北部は削除。

惟住長秀は近江の高島郡と志賀郡。近江の佐和山は削除。

池田勝入は摂津の一部。

堀秀政は近江の佐和山。

高山右近らは加増。

信雄、信孝は別として、仇討ちに参じられなかった柴田勝家は微増であった。

上野一国と信濃の二郡を失い、清洲会議に間に合わなかった滝川一益は加増なし。

惟住長秀と池田勝入は、中国大返し、山崎合戦の勝利を主導した秀吉に心服して家臣のごとく言いなり、柴田勝家は発言が弱く、主張は認められなかった。信孝は山崎の合戦に参じたにも拘らず、信雄と評価が殆ど同じで、勝家同様、不満感をあらわにしていた。

秀吉は加増分に播磨と但馬を合わせれば、およそ百万石の所領を持つことになった。さらに、備中の一部と備前、美作を支配する宇喜多家や因幡、伯耆の寄騎を合わせれば、四万近くの兵を動員できることになる。これに織田旧臣が加われば、さらに増大。まさに織田家筆頭に躍り出たと言っても過言ではなかった。

清洲会議の終盤、秀吉が手懐《てなず》けてあった三法師を抱いて現れると、皆は三法師に対して平伏する。誰が見ても秀吉に頭を下げていたように映った。勝家は嚇怒《かくど》し、顔から火を噴かんばかりの表情をしていたという。

評議でも勝利した秀吉は余裕の体で清洲城を後にした。

（このままで終わるはずがないの。我が殿は亡き上様に臣服していたが、織田家に未練はなさそうじゃ。対して柴田殿らは織田家あっての柴田。こたびは天下を賭けて織田の家臣どうしで戦うことになるやもしれぬな）

清洲城の櫓《やぐら》から秀吉の退城を睨みつける勝家を見ながら、安治は感じた。

新たな所領が決まると、秀吉は都の山科の本圀寺《ほんこくじ》を宿所とし、天王山の三角点（標高約二百七十メートル）の地に、都を睨む本格的な城を築きはじめた。

山崎城が完成すれば、東の眼下に見える西国街道を簡単に通過することはできなくなる。要衝なので、防備が簡単、しかも堅固。南東の眼下に宝寺《たからでら》（宝積寺《ほうしゃくじ》）があって、多くの兵が宿泊できる。都に近く、主君の仇討ちの殊勲のある由緒ある地名なので縁起がいい。居住する城ではなく畿内における軍事拠点となる城であった。

安治は秀吉に従い、都と山崎を往復した。この時期の秀吉は都の公家衆の取り込みに勤しんでいた。出自の定かではない秀吉にとって官位官職は政治的に重要なもの。信長も天下様と呼ばれる前は、積極的に献金、献上したものである。

その一環であろう。

「甚内、そちは独り身であったの。嫁を娶《めと》れ。どこぞに好いた女子《おなご》はおるか」

本圀寺において唐突な秀吉の質問であった。

「いえ」

まだ妻子の死の失意も消えておらず、後添えを娶ることなど考えてもいなかった。

「されば、儂に任せよ」

「殿の仰せのままに」

主君の肝煎りを断わるわけにはいかない。安治は素直に応じた。

翌日、吉継が安治の前にきた。

「殿の下知じゃ。西洞院《にしのとういん》家の女を娶れとのこと」

西洞院家は桓武《かんむ》天皇の血を引く平行時《たいらのゆきとき》が南北朝の時代に都の西洞院に住んだことから、その地名を氏姓としたという。同家は堂上家《とうしょうけ》の下位に位置し、下級の公家とも言われていた。

この時の当主は従四位上《じゅしいのじょう》で右兵衛佐《うひょうのすけ》を叙任し、のちに『時慶卿記《ときよしきょうき》』を残す時慶であった。

「無論、異存はない」

公家の娘を娶るなど、脇坂家始まって以来の誉れ。断わる理由はなかった。

半月と経たぬ吉日、山崎の城下にある脇坂屋敷に『揚羽《あげは》の蝶』の家紋が刻まれた西洞院家の塗輿が到着し、白無垢を身に包んだ花嫁が降り立った。

色白で細面。切れ長の目。鼻筋が通り、唇は薄め。於昌とはまったく違う造りであった。名は信《しん》。ただ、時慶の娘ではなく、西洞院家に仕える侍女《じじょ》を時慶の養女としたものであった。

（構わぬ。我が妻になる女子が、公家の血を引こうが引くまいが。西洞院家の女子が嫁いできたという肩書きがあればいい。それで殿が天下に近づくならば、罪人の娘でも娶ろう。それより、こたびは死なせぬようにせねば）

安治は隣に座す於信を直視し続けた。

第四章　七本鑓

一

師走《しわす》に入った。紅葉もすっかり終わり、山も寂しい色となっていた。

山崎城もおおかた完成し、安治は吉継《よしつぐ》らと櫓《やぐら》の上にいた。

「この冬は去年よりも寒い気がせぬか」

衣の両襟を狭めながら安治はもらす。

「山頂近くに築かれているので、風の吹き抜けがよいからであろう」

吉継は冷めた口調で言う。安治はそういう意味で話し掛けたわけではない。

「違う。敵のことじゃ」

もはや遠慮はない。安治は敵という言葉を口にした。

清洲会議以降、織田家はおおよそ秀吉・織田信雄派と柴田勝家・織田信孝派に分かれ、ほかの家臣たちを取り込みながら、対決姿勢を強めている。関東の地を失い、加増を得られなかった滝川一益は勝家に付いた。いずれ両陣営は衝突しなければ収まらないことは誰の目にも明白であった。

「越前か。細作《さいさく》の報せでは先月の下旬より雪が降りだしているそうじゃ。殿が腰を上げられるのも、そう遠くはあるまい。支度に遅れた、などと申すまいぞ」

笑みで答えた吉継は櫓を降りていった。

「左様か。山崎の戦いではさして活躍できなかったが、こたびこそは功を挙げてくれる」

嫁も娶《めと》ったので楽な暮らしをさせてやりたい。自身の出世欲と重なっていた。

秀吉、勝家の両陣営は探り合いをしていた。

越前・北ノ庄城の柴田勝家は深雪で動くことができない。これを確認した秀吉は、吉継が口にしたとおり、すぐに陣触れをし行動を起こした。

十二月九日、秀吉は五万の兵を率いて安土新城で信雄を迎え、十一日、近江の佐和山に着陣すると、勝家の甥・勝豊《かつとよ》が城主を務める長浜城を囲んだ。

移城して間もないこともあり、勝豊は領内を把握しなければならず、家臣たちを各地に分散していたので、城周辺には数百の兵しか置いていなかった。

「伊賀守（勝豊）は戦おうか」

長浜城は秀吉が居城にしていたので、安治らは城の強弱を熟知している。勝豊も十分にそのことを把握しているはずなので、果たして抗戦しようか。安治らは闘志満々であるが、馴染みの城を傷つけたくない思いもあって複雑な気持だ。

　この時、勝豊は病に伏せ、勝家からの援軍を得られぬことから、秀吉に降伏した。

「賢明な判断じゃな」

　安治のみならず、清正らも同じような心中らしく、安堵した表情をしていた。

　秀吉は柴田勝豊に寛大な態度を示し、開城後も同城に居続けさせ、都の薬師《くすし》も紹介した。甥を見限った勝家に対し、降将も優遇する武将であることを世間に広めるためである。

　十六日、後の処理を弟の羽柴長秀《はしばながひで》に任せた秀吉は、美濃の大垣《おおがき》城に入城した。信孝の麾下《きか》であった同城主の氏家直通《うじいえなおみち》は、勢いのある秀吉に鞍替えしていた。

　さらに、清水《きよみず》城主の稲葉《いなば》一鉄《いってつ》と曾根《そね》城主の稲葉貞通《さだみち》親子や、東美濃の兼山《かねやま》城主・森長可《もりながよし》なども直通に倣《なら》っている。

　用意周到、美濃の諸将を味方につけた秀吉は、満を持して信孝の岐阜城を囲んだ。城に籠る兵は五千にも満たず、対して寄手《よせて》は三万を超えた。

　岐阜城は濃尾の平野を一望できる金華山《きんかざん》（標高三百二十九メートル）の頂上に天主閣を置き、西の長良《ながら》川に守られた山城である。平素は西麓《ふもと》の天主亭で過ごし、大軍に囲まれれば山頂に籠って戦うようになっている。齋藤道三《さいとうどうさん》が築き、信長が普請し直しているので、簡単に落ちる城ではなかった。

　秀吉が岐阜城を攻撃する大義名分は、三法師《さんぼうし》を堀秀政《ほりひでまさ》に預けるという清洲会議の決定を破り、岐阜に匿《かくま》っているので、兄の信雄の命令を受けて、約束を果たさせることであった。

「旧主の息子に鉾先を向けるのも妙じゃの」

安治が言うと吉継は首を横に振る。

「気にすることはない。信雄様のご命令じゃ。殿はこれを行うだけじゃ」

「なるほど」

秀吉は信雄をも利用しているのだと、安治は頷《うなず》いた。

大軍に恐れをなし、日に日に逃亡兵が出ている。さらに信孝の家老の岡本良勝《おかもとよしかつ》も秀吉に内応。柴田勝家は雪で身動きできない。信孝は単独で戦うことを諦め、十二月二十日、三法師を渡し、娘と実母を人質として差し出して秀吉に降伏した。

「これで雪解けと同時に柴田勢は兵を挙げるの」

岐阜攻めで不完全燃焼だった安治は活躍の場を次に期待した。

「殿には勝てる行《てだて》がおありじゃ。我らはただ手足として動くのみ。気づいた時には勝利していよう」

吉継も頷いた。

柴田勝家の指示か、あるいは所領の分配を受けなかった恨みを晴らすためか、天正十一年（一五八三）一月、滝川一益が動いた。

滝川一益は秀吉が姫路に戻っている隙を突き、伊勢の亀山《かめやま》、峯《みね》、国府《こう》、関《せき》城を瞬く間に攻略して織田家重臣の実力を見せつけた。

「さすが滝川、早いの」

報せを聞き、安治は不謹慎ながら、敵方の行動を喜んだ。

「殿は敵が仕掛けやすいように、わざと姫路まで戻られたのやもしれぬな」

吉継が言う。安治は同じ近江出身として吉継と一緒にいることが多かった。

「なるほどのう」

「紀之介《きのすけ》に百万の兵を与えて、縦横に指揮を執らせてみたい」

嘗《かつ》て秀吉が言ったことを思いだした。褒め上手な秀吉なので、どこまで本気か判らないが、安治は感心した。

閏《うるう》一月下旬、秀吉は五畿内及びそれ以外の支配下の諸将に陣触れをして長浜に兵を集め、二月十日、数万とも言われる兵を率いて伊勢に向かった。

十二日、秀吉は峯城を囲んだが、すぐに落ちぬと判断すると、亀山城に兵を向けた。こちらは蒲生賦秀《がもうますひで》、長岡忠興《ながおかただおき》らが活躍して三月三日、陥落させた。

安治は功を挙げるほどの活躍はできなかった。

秀吉は改めて峯城を攻略しようとした時、柴田軍出陣の報せが届けられた。

二月二十八日、柴田勝家は先発隊を出立させ、三月三日には勝家の甥の佐久間盛政《さくまもりまさ》が加賀衆を率いて出陣。勝家自身は九日、越前の北ノ庄城を出発したという。

「ついに柴田が出てきたか」

皆の目は北に向けられた。

三月十一日、秀吉は一部の兵を北伊勢に残して、即座に兵を返し、長浜に帰城した。勿論、安治は秀吉の本隊にいた。

（柴田とは申さぬ。佐久間の首を討てば一城の主じゃ）

馬脚を進めながら安治は昂《たかぶ》りを押さえていた。

その日のうちに羽柴軍が長浜に帰着した。これを知った佐久間盛政は、柴田勝豊の兵が守っていた余呉《よご》湖北の天神山辺りを放火したので、秀吉は即座に城を出て、北の木之本《きのもと》まで移動した。伊勢の亀山から北近江の木之本までおよそ十三里（約五十二キロ）。これを僅か一日で駆け抜けたことになる。中国大返しに続く伊勢大返しである。

尾骶骨《びていこつ》の辺りが擦り剝けているが、敵の旗指物が目に入るのでさして痛みは感じない。秀吉が木之本に着陣すると、佐久間盛政らの柴田軍は決戦を避けて余呉湖から一里半ほど北の余呉庄、柳《やな》ケ瀬《がせ》に兵を止めて身構えた。

「佐久間は臆しておるのか、あるいは、我らを誘うためか」

強気の佐久間盛政の動きが気掛かりだ。

「かもしれぬが、引っ掛かる戯《たわ》けではない。こののちは我慢比べになろうの」

冷静に吉継は言う。多勢どうしの戦いは先に動くと隙ができて付け入れられる。先に仕掛けられるようにしむけるのが戦上手とされている。

「当家には気短な輩が多い。注意させぬとな」

言うと吉継は頰を上げた。

秀吉は三月十七日頃から、余呉湖の東から南にかけて砦を築き、敵に備えさせた。集まった兵は四万ほど。秀吉は木之本に本陣を置いた。

対して柴田軍は余呉湖の北から西にかけて、兵は一万ほど。勝家は柳ヶ瀬北の内中尾山《うちなかお》に本陣を設置した。

四月五日、勝家は様子を見るためか、自ら兵を率いて余呉湖の北東一里少々の左禰山《さね》（東野《ひがしの》山）に布陣する堀秀政を攻撃したが、すぐに兵を退いた。

十三日頃、堂木山《どうき》に陣を敷いていた山路正国《やまじまさくに》が佐久間盛政の調略を受け、人質の妻子を捨てて余呉湖から一里ほど北西に位置する行市山《ぎょういち》に駆け込んだ。正国は柴田勝豊の重臣を務めていた武将である。

「この期に返り忠か。敵は四分の一ぞ。山路は戯けか。しかも妻子を捨てるとは。それだけ鬼柴田は強いのか。四倍の我らよりも」

安治には理解できなかったが、山路正国の背信は羽柴勢を煩《わずら》わせた。

柴田方はさらに羽柴勢を動揺させる。山路正国の寝返りから三日経後の四月十六日、織田信孝が秀吉に帰属する氏家直通の大垣城を攻撃した。

「敵はまた妻子を見捨てるのか。あるいは旧主の一族を斬れぬと甘く見ておるのか」

信孝が勝負に出たことは理解する。必死さも判るが、無慈悲さには頷けなかった。

「戯けめ」

秀吉も非情だった。報せを聞いた秀吉は、安土新城で人質にしている信孝の母と娘、乳母を磔《はりつけ》にするように命じた。刑は粛々《しゅくしゅく》と実行された。

厳しい命令を下した秀吉は二万の兵を率いて美濃に出立した。勿論、安治も。

秀吉の接近を聞くと、信孝は大垣城攻めを止めて岐阜に帰城した。その日のうちに秀吉は大垣城に入城している。

「紀之介らがおらぬの」

岐阜城攻めをするのか聞こうとしたが、姿が見えなかった。

「殿の下知《げち》で、石田殿らと戻られているようです」

与助が答えた。

「戻った？　さすれば岐阜攻めはせぬということか」

なにか秀吉に策があると安治は察した。

秀吉が木之本の本陣を留守にしていることを知った佐久間盛政は勝家を説き、二十日丑ノ刻《うしのこく》（午前二時頃）、中入りを断行した。中入りとは空いた国や地を攻めることを差す。

行市山を出立した佐久間盛政らは余呉湖の西に沿って進んだ。

勝家は本陣を南の狐塚《きつねづか》に移して左禰山の堀秀政に備え、別所《べっしょ》山の前田利家《まえだとしいえ》を神明《しんめい》山の木村重茲《きむらしげこれ》らに備えさせて茂山《しげやま》に移動させて支援した。さらに佐久間盛政と柴田勝政《かつまさ》には不破直光《ふわなおみつ》、徳山秀《とくやまひで》現《あき》、原政茂《はらまさしげ》らの三将を加勢させた。合計九千八百の奇襲部隊である。

大岩《おおいわ》山を叩いて羽柴の残留軍を牽制すれば、秀吉は帰陣して仕掛けてくる。これを自陣に誘い込んで打ち砕く、というのが勝家の狙いである。残留軍には秀吉の軍師と呼ばれる戦上手の黒田孝高《よしたか》がいる。勝家としても奇襲部隊で倍の敵を撃破できるとは思っていない。余呉湖周辺に釘づけにできれば、信孝、滝川一益と三方から挟撃する戦略であった。

奇襲部隊は湖南の賤《しず》ヶ岳《たけ》に陣を敷く桑山重晴《くわやましげはる》に対して柴田勝政の三千を置いて備えさせ、盛政は残りの兵を率いて湖岸から大岩山の中川清秀《なかがわきよひで》を急襲。まだ夜明け前のことであった。

摂津の重鎮ともいえる中川清秀は、高山右近《たかやまうこん》と桑山重晴に援軍を頼みながら、一千の兵で奮戦。高山、桑山勢は牽制されて動けず、支援を受けられなかった清秀は残った供廻とともに佐久間陣に斬り込んで討死した。

大岩山の陥落を知った高山右近は木之本の羽柴本陣に逃れ込み、桑山重晴は西の塩津《しおつ》に逃亡した。

佐久間盛政は中川清秀の首を勝家の許《もと》に届け、勝家も前進して賤ヶ岳に本陣を敷くように進言。

勝家は最初の目的は果したので、佐久間盛政に帰還するように命じたが、勝ちに驕《おご》る盛政は命令を無視して占拠した大岩山に陣を布《し》き直した。

勝家は渋々佐久間盛政の布陣を認めた。

二

「そうか、玄蕃允奴《げんばのじょうめ》が先に仕掛けたか！」

秀吉が大垣城で佐久間盛政急襲の報せを聞いたのは四月二十日申《さる》ノ刻（午後四時頃）のことで

ある。北叟笑《ほくそえ》む姿は、してやったりといった思案かもしれない。

「瀬兵衛《せいべえ》（中川清秀）の弔い合戦じゃ。即座に帰陣する」

聞くや否や秀吉は叫び、自ら駿馬に飛び乗って砂塵を上げた。

秀吉は佐吉や吉継らに命じて、大垣から木之本までの沿道に在する領民たちを動員し、米の炊き出し、水、馬の飼料、替え馬、松明《たいまつ》の点火など用意させていたので、夜になっても移動の速度を落とすことなく進めた。

「さすが奉行衆じゃ」

馬上で握り飯を齧《かじ》りながら、安治は吉継らを褒めた。

羽柴軍は徒《かち》であろうが、騎乗していようが、全兵走りながら竹筒の水を呑み、握り飯を頬張《ほおば》った。替え馬も用意されていたので、安治は遠慮なく馬を乗り潰した。

中国、伊勢と二つの大返しに続く、大垣大返し。秀吉はおよそ十三里（五十二キロ）の距離を僅か二刻半（約五時間）で走り、戌《いぬ》ノ下刻（午後九時）には木之本の本陣に着陣した。

「玄蕃允奴、目の前の戦しか見えておらぬようじゃの。お陰で我らの勝利が固くなった」

大岩山を見上げる秀吉は、疲れた表情も見せずに笑みで言う。

秀吉はすぐにでも出撃命令を出したそうであるが、まだ大返しの兵が到着していない。亥《い》ノ下刻（午後十一時頃）には半分ほどが戻ったものの、皆へたばっていた。

「甚内、思う存分戦わせてやるゆえ、楽しみにしておれ」

「いつにても、お下知戴きますよう」

秀吉の激励に安治は威勢よく答えた。

半刻ほどして大方の兵が到着した。秀吉の金壺眼が輝いた。

「上様の御意志を継いで天下を一つにする。時勢の読めぬ戯けを討ち取れ！」

子《ね》ノ刻（午前零時）、秀吉は獅子吼《ししく》した。

「うおおーっ！」

安治ら本陣にいる者たちは鬨《とき》で応じた。

秀吉は軍を三つに分けた。堀秀政の三千は柴田勝家本隊を東から攻撃。田上山《たなかみやま》の羽柴長秀ら九千は北国街道を通り、正面から勝家本隊に肉迫する。

残りは秀吉が率いて佐久間盛政を討ち、西から勝家本隊に殺到する。兵数は六千。

疲弊して足手纏《あしでまと》いになる兵は、本陣に残して後詰《ごづめ》とすることにした。

一方、大岩山に陣を敷く佐久間盛政は、木之本本陣の松明の数が増えたことを目にし、秀吉の着陣を知った。これほどの早い移動は想定外であり、深入りを後悔して退却しはじめた。盛政は余呉湖の南から西側を通って退く。一度通った地とはいえ、暗夜なので、退路を確保しつつ移動するのは難しい。焦っているせいか兵の歩調は乱れていた。

慌てて退く佐久間勢に対して、羽柴軍は敵の松明を目印にするので追いやすい。木之本から半里ほど西の黒田観音坂を登ると、北の大岩山と西の賤ヶ岳の中間の尾根に出た。

「敵じゃ。佐久間の者どもじゃ」

『青白段々』は原政茂の旗指物。佐久間勢の最後尾を目にした羽柴勢は歓喜した。四月二十一日の丑ノ刻（午前二時頃）を少し過ぎた頃である。

「敵じゃ。討ち取れ！」

秀吉の大音声で羽柴軍は追撃を開始した。

「儂が佐久間を討ってくれる。遅れるな」

騎乗する安治は与助と七蔵に命じ、馬を駆った。

臆しながら退く者より、勇気を持って追う者のほうが速い。羽柴勢の先頭は明石元知《あかしもととも》、一柳直末《ひとつやなぎなおすえ》ら皆、恩賞を得られると双眸《そうぼう》はぎらついていた。

羽柴軍の先頭はついに佐久間勢の最後尾に追い付いた。

「敵が追い付いてきた。鉄砲衆、構えよ」

殿軍を務める原政茂は鉄砲を並べて足留めさせる。これに宿屋七左衛門《やどやしちざえもん》、安井家清《やすいいえきよ》、拝郷家嘉《はいごういえよし》、さらに柴田勝政《しばたかつまさ》も加わったので、逆に羽柴軍は死傷者を続出させた。

「くそっ、敵を倒せぬのならば代われ！」

一柳直末らの後方にいる安治らは、味方に遮《さえぎ》られて苛立った。余呉湖の周囲の道は細く、味方を押し退けて進めない。それにまだ秀吉から旗本衆への下知は出ていなかった。

卯《う》ノ刻（午前六時頃）、佐久間盛政は余呉湖の北西の端から十町（約一・一キロ）ほどの権現《ごんげん》坂辺りまで兵を退き、原政茂らを支援していた弟の柴田勝政に退くように命じ、勝政は応じた。

「玄蕃允は手強いが、三左衛門《さんざえもん》（柴田勝政）はそれほどではない。三左衛門を討てば敵は崩れるゆえ、これを狙え」

夜明け近くになり、秀吉は攻撃目標を柴田勝政に切り替えることを命じた。

改めて追撃を開始した羽柴軍が柴田勝政勢に追い付いたのは辰《たつ》ノ刻（午前八時頃）。

「ここが勝負どころじゃ。功を立てるは今ぞ。かかれーっ！」

山中に作った急造の本陣で、秀吉は轟《とどろ》くような声で叫び、采を振り降ろした。

「うおおーっ！」

秀吉の下知を受けた安治らの旗本衆は鬨で応じ、猛然と追撃を始めた。

「くそ、これでは戦いづらいの」

道は狭く、傾斜があるので、馬を扱うだけで精一杯。鑓をつけられると厄介なので、安治は与助に騎馬を渡し、十文字鑓を手にし、徒になって敵を追う。

賤ヶ岳西の飯浦《はんのうら》の坂を下り、白木の森まで来たところ、敵と遭遇した。

「儂は羽柴筑前守秀吉が家臣・脇坂甚内安治じゃ」

「儂は柴田三左衛門勝政が家臣・水野助三兵衛《みずのすけのさんべえ》じゃ」

長身で髭《ひげ》の豊かな顔立ちの助三兵衛は越前では知られた勇士である。

二人は互いに名乗り合って鑓を構えた。途端に助三兵衛が先に仕掛けた。

戦の経験豊かな助三兵衛は素早く、連続して細かく鑓を突いてくる。安治はこれを穂先で受け、そのたびに火花が散った。助三兵衛の動きは止まらない。このままではじり貧で鋭利な鉾先が身に突き刺さるのも時間の問題であった。

「なろう」

安治は十文字鑓の鎌刃で敵の鑓を上から地に押さえつけた。助三兵衛は引き抜こうと半歩下がって鑓を引く。安治はこれを利用して押し込むようにして上に廻して跳ね上げる。その瞬間、敵の胸元が空いた。すかさず地を蹴って突き出すと、穂先は助三兵衛の喉を貫いた。助三兵衛は血を噴きながら坂を転がっていった。

「戦は常道どおりだけではない」

紙一重の戦いに勝利し、一息吐いた時、新手が現れた。

「神部兵左衛門《かんべへいざえもん》じゃ」

片鎌の鑓を持つ肉厚の武士が挑んできた。誰が見ても剛力《ごうりき》だと判る。組み打ちは不利なので、遠間から細かく突き出すと、神部兵左衛門はこれを弾き、力で押さえようと接近してくる。安治は真直ぐ後ろに下がると、敵は勢いにのり、体重をかけて大きく踏み出した。

「好機」

安治は体を回転させて敵の突きを躱《かわ》すと同時に臑《すね》当ての裏側の脹《ふく》ら脛《はぎ》を薙《な》いだ。

「ぐっ」

右足を負傷した神部兵左衛門は顔を歪めて、一瞬体の動きを止めた。すかさず安治は鑓を繰り出し、相手の右脇腹を抉《えぐ》った。

「鷲見源治《すみげんじ》じゃ。兵左衛門の仇を討たせてもらう」

真紅の綺羅《きら》びやかな具足を着用した武士である。使い古した安治の黒糸威《くろいとおどし》とは雲泥の差である。

「おのれ！」

高価な具足を身に着けている鷲見源治に安治は嫉妬した。安治は上下に鑓を突き分けると、敵は新調の具足で馴染んでいないのか、動きについてこれない。安治は隙ができた左肩を突き、そのまま谷に蹴り落とした。

「うあああーっ」

安治の戦いを見た柴田勢は悲鳴にも似た声を上げて逃げだした。

そんな中、大薙刀《なぎなた》を手にした騎馬武者が、馬上から安治を睨んでいた。

「おっ、おぬしは」

見覚えがある。金の三鍬形《みつくわがた》を前立にした色々威《いろいろおどし》の具足に阿古陀形筋兜《あごだなりすじかぶと》をかぶった武者、柴田勝政である。

「逃げぬのか」

「汝のような雑兵を相手に逃げるわけなかろう。まいれ」

見下すように柴田勝政は言う。確かに下馬しているので雑兵と思われても仕方ない。

ただ、見ると右足の太腿が血で濡れていた。返り血ではなさそうである。

「鉄砲の傷か。戦えるのか」

「下郎の分際は己の心配をしていよ」

言うや柴田勝政は騎馬を走らせ、馬上から薙刀を振り降ろした。

「おっ」

柄で受けてしまえば両断される。安治は受けずに躱して鑓を突く。これを柴田勝政は柄で受けて切り返す。安治は避けて鑓を繰り出す。一進一退の攻防を繰り返した。

余人を交えずに四半刻ほども戦うと、さすがに両者とも肩で息をしはじめた。同時に柴田勝政は足の傷の影響か、馬の輪乗りが鈍くなってきた。

「喰らえ！」

戦場で敵への情けは命取り。安治は躊躇なく鑓を突き出すと、鎌刃が柴田勝政の綿嚙《わたがみ》を裂いた。綿嚙とは鎧胴の前後を肩で繋ぐ部分のこと。勝政は馬から転がり落ちた。足を怪我しているので立ち上がることができない。

「三左衛門、覚悟！」

安治は喉を貫き、柴田勝政を仕留めた。

「脇坂甚内安治、柴田三左衛門勝政を討ち取ったり！」

安治はこれ以上ない大声で叫び、柴田勝政の首を高々と掲げた。

すぐに安治はとって返し、秀吉に柴田勝政の首を差し出した。

「ようやった。さすが甚内じゃ」

秀吉は我がことのように喜び、安治の肩を何度も叩いて称賛した。

「次は敵将の首を」

安治は即座に秀吉の本陣を飛び出した。

戦況は、佐久間勢が退却を始めると、茂山に陣を敷いていた前田利家が、佐久間盛政勢の後退を総崩れとでも見間違ったのか、突如、戦線を離脱。前田勢は佐久間勢の背後を遮り、東から西へ峯越しに移動し、塩津《しおつ》谷へと下る。そのまま敦賀《つるが》方面へ抜ける経路を取るようであった。戦いもせずに退陣したのは敵前逃亡と同じであり、背信行為である。佐久間勢は前田勢に背後を押さえられた形になり、裏切られたと思うのは当たり前。戦の最中、味方の寝返りほど軍の戦力を低下させることはない。

「前田勢が返り忠！」

この声を聞いた佐久間勢は狼狽《うろた》え、移陣して敵を迎え撃つどころではなく四散した。元来、背後から攻撃する時ほど容易く敵を討てる時はない。羽柴軍は次々に柴田勢を仕留め、さらに佐久間勢を追った。

安治以外では、加藤清正は清水口で山路正国を、糟屋《かすや》武則《たけのり》は鳥打坂の南で宿屋七左衛門を討った。ほかにも福島正則、平野《ひらの》長泰《ながやす》、石河《いしこ》一光《かずみつ》、桜井《さくらい》佐吉《さきち》、片桐《かたぎり》且元《かつもと》、加藤《かとう》嘉明《よしあき》なども功名を上げた。

一番鑓は正則で、一番首は清正だという。

石河一光は拝郷家嘉と刺し違えた。正則は息絶えた二人を発見し、家嘉の首を届けたところ、正則の功名に数えられたという。

この戦いで桜井佐吉も戦死してしまったので、ほかの七人が賤ヶ岳七本鑓と呼ばれるようになった。

柴田勝政は討死、佐久間盛政・保田《やすだ》安政《やすまさ》兄弟は敦賀方面に落ちていった。午《うま》ノ刻（正午頃）である。

賤ヶ岳の戦いに勝利した秀吉は一旦、追撃を中止させ次の狙いを大将の柴田勝家に変更した。黒田孝高らは敦賀方面に向かった。

狐塚の本陣にいた柴田勝家は、前田利家らの逃亡、佐久間兄弟の敗北を知った。そこへ堀秀政勢が迫り、その背後には羽柴長秀勢が押し寄せてきた。

賤ヶ岳の敗戦を知ると、勝家本陣からも兵が逃げ、三千人しか残っていなかった。徹底抗戦を主張する勝家であるが、重臣たちの説得を聞き、退却を余儀無くされた。

退路の最中、勝家は前田利家の越前府中城に立ち寄り、戦いもせず離反した利家を詰《なじ》ることもなく、夜半には北ノ庄城に帰城した。家臣たちは途中で逃亡し、留守居を合わせて三千の兵しかいなかった。

二十二日、佐久間盛政が捕らえられ、宇治の槇嶋《まきしま》に送られた。

その日、秀吉は府中城に行くと、前田利家が降伏。

二十三日、前田利家を先陣として秀吉は勝家の北ノ庄城を包囲した。

北ノ庄城は北の九頭竜川《くずりゅう》を外濠とし、足羽川《あしわ》と吉野川の合流地点に本丸を築いた雄大な城である。九層の天守を中心に幾輪にも堀が囲み、馬出しに虎口《こぐち》、搦手門《からめて》が交互に配置され、まるで巨大な迷路となった外郭備えである。

ただ、守る兵が少ないので、勝家は外郭を取り壊し、本丸のほか二ノ丸と三ノ丸だけにして寄手に備えた。

秀吉は北ノ庄城から半里ほど南の愛宕山（足羽山）に本陣を置き、武士の倣いとして降伏勧告を行わせたが、拒否された。

「致し方ない。権六を討ち取れ！」

下知を飛ばすと、降将の前田利家、不破直光、徳山秀現らが攻撃を開始した。

「くそっ」

一番乗り、一番鑓、一番首は武士の誉れ。意気込んでいた安治であるが、賤ヶ岳七本鑓は秀吉の本陣に止め置かれたので、舌打ちしながら城の攻防戦を眺めていた。

数多《あまた》の鉄砲で釣瓶《つるべ》打ちにした寄手は二ノ丸と三ノ丸を落とし、本丸のみというところで陽が落ちたので秀吉は兵を止めさせた。

その晩、勝家は最期の酒宴を開き、翌二十四日、三度打って出たのちに城に火をかけ、お市御寮人ともども自刃して果てた。享年は五十七、五十八、六十二歳と諸説ある。

陥落を前にして、お市御寮人と浅井長政との間に生まれた三人の姉妹（茶々《ちゃちゃ》、於初《おはつ》、於江与《おえよ》）は敵将の秀吉に託されることになった。

勝家に勝利した秀吉は、織田家筆頭の宿老《しゅくろう》に上り詰めた。

戦後の論功交渉で、秀吉は惟住長秀に越前一国と加賀の能美《のみ》、江沼《えぬま》二郡を与え、前田利家には能登一国の安堵と、加賀の石川、河北の二郡を、利家嫡子の利長《としなが》には松任《まっとう》四万石を与えた。もはや天下人の様相である。

勝家と与した織田信孝は、四月二十五日、兄の信雄に降伏。その後、信孝は尾張の内海野間《うつみのま》の大御堂寺《おおみどうじ》内にある安養院《あんよういん》に移されて、五月二日、信雄に迫られて切腹させられた。

最後まで抵抗を続けてきた滝川一益も七月三日には降伏して、賤ヶ岳の大乱とも言える一連の争乱は終焉した。

六月五日、賤ヶ岳の戦いの戦功により、安治は山城の下津屋《しもづや》・大井《おおい》で三千石が与えられた。

「有り難き仕合わせに存じます」

平伏して礼を述べるが釈然としなかった。正則が五千石を与えられているからである。

(拾い首が五千石か。市松は身内ゆえ仕方ないか)

安治だけではなく、清正も正則に不満を持っていた。

「下津屋は不服か？　木津川の船が立ち寄る大事な浜ぞ。石高以上に実利がある。また、これを監視する重要な役目もの。嫌なれば代わるぞ」

吉継が言う。吉継も賤ヶ岳で首を取っているが、七本鑓に数えられなかった。それでも不満を口にしていない。

「誰が嫌だと申した。責任を感じているところじゃ」

不公正さを次なる戦いの功名に代えようと、安治は新たに闘志を燃やした。

賤ヶ岳の戦いの後、秀吉は摂津の石山本願寺跡に巨大な大坂城を普請しはじめた。

三

天正十二年（一五八四）三月四日、山崎城の城下で産声が上がった。

「御目出度うございます。玉のような男子《おのこ》にございます」

産婆が外をうろつく安治に報せた。

「真実《まこと》か！」

踊り上がるように喜んだ安治は部屋に入った。

「於信、でかしたぞ」

部屋に入るなり、安治は大声で労った。床には出産を終えたばかりの於信が、満足そうな面持ちで横になり、隣には誕生したばかりの赤子が母の乳を呑んでいた。

「声が大きゅうございます」

注意する於信であるが、無事に一仕事を終えて嬉しそうである。

「此奴はよき武将になるぞ。儂が育ててみせる。たんとお乳を呑んで早う大きくなれ」

我が子を見た安治の顔から笑みが消えることはなかった。

生まれた男子は吉藤丸《よしふじまる》と命名された。秀吉の吉、藤原氏の藤である。

吉藤丸の誕生を見届けた安治は、大坂《おおさか》にいる秀吉に挨拶をしたのちに大垣城に向かった。


数日後、大垣城に到着。同城には吉継がいた。

「御目出度う。男子だそうじゃな」

吉継は羨ましそうに言う。吉継には未だ嫡男は生まれていなかった。

「ああ、儂は男種なのかもしれぬ」

「左様なことは殿の前では言わぬがいい。それよりも、気をつけよ。諜者の報せによれば、徳川が三介（信雄）殿と与し、当家に挑んできそうな動きをしているそうじゃ」

「遂にか。殿も気にしておられたの」

賤ヶ岳の戦い後、一番警戒すべきは徳川家康、と秀吉は告げていた。

本能寺の変ののち、家康は甲斐一国と信濃の大半を制圧し、五ヵ国の太守となると同時に隣国相模の北条氏と同盟を結び、東を固めた。

秀吉は柴田勝家や信長三男の信孝を滅ぼして旧織田家を簒奪《さんだつ》し、畿内の殆どを掌握して天下に手をかけている。信長の同盟者だった家康としては不快でならなかった。

信長次男の信雄も秀吉を警戒し始めた。信雄は信孝を自刃させたあとで、漸《ようや》く秀吉に利用されていることに気づき、次は自分が狙われる番だと危機感を持った。相談を受けた家康は信雄の恐怖感を煽り、秀吉との和平を模索する三人の重臣を排除するよう勧めた。

三月六日、信雄は家康の思惑どおり岡田重孝《おかだしげたか》、津川義冬《つがわよしふゆ》、浅井長時《あざいながとき》を殺害して家康に協力を求めると同時に、越中《えっちゅう》の佐々成政《さっさなりまさ》や美濃の兼山城の森長可、大垣城の池田勝入、岐阜城の同元助《もとすけ》、近江佐和山の堀秀政など織田旧臣に誘いをかけ、さらに伊勢の諸将から人質を取り、秀吉と対決する姿勢を見せた。

首謀者の家康は紀伊《きい》の雑賀《さいか》、根来《ねごろ》衆や土佐の長宗我部元親《ちょうそかべもとちか》と遠交近攻を結び、秀吉包囲網を構築した。

秀吉の許には岡田重孝らの殺害までの報せが届けられていた。

「当家は大坂築城の最中。それゆえ徳川は先手をとったのであろう。いつも事前造りが上手い殿なれど、こたびは後手に廻るやもしれぬ。それゆえ、警戒を厳重にして隙を作らぬようにするしかない」

安治は五百人の鉄砲衆を預けられ、大垣城の城番を務めていた。

「任せておけ、失態を犯したりはせぬ」

大きく安治は胸を叩く。

大垣城には信雄の家老を務める滝川雄利《たきがわかつとし》の嫡子・奇童丸《きどうまる》が人質となっていた。

「油断するでない」

告げた吉継は大坂に向かった。

緊張感が増す中、滝川雄利が大垣城に駆け込んだ。

「母親が重い病で明日をも知れぬ容態です、一目息子に会いたがっているので、一夜だけ帰して戴けませんか」

滝川雄利は両手をついて安治に懇願する。雄利は伊勢国司・北畠《きたばたけ》家の庶流の木造《こづくり》家の出自ともいわれ、僧から還俗した博識の武将である。滝川一益の娘を娶って滝川姓を名乗り、万石以上の石高を与えられる大名でもあった。

（怪しいの。殿と織田中将の間はきな臭くなっておる。謀《はかりごと》ではあるまいか）

安治は疑問を持ったが、格上の滝川雄利が頭を下げている。

（もし、申し出が事実で、これを断わったとすれば、儂は人の道を外れたことになる。大名が児

戯な画策などすまい）

疑問は残るが、安治は人道を選んだ。

「ようござる。母御に会わせられよ」

安治は許可し、奇童丸を滝川雄利に引き渡した。

「忝《かたじけ》ない。この恩は一生、忘れぬ」

滝川雄利は何度も頭を下げ、奇童丸を連れて大垣城を出ていった。

家康は三月十三日には尾張の清洲《きよす》城に入り、信雄と会見して秀吉軍への備えを開始した。

近江の坂本で報せを受けた秀吉は激怒し、すぐに安治は呼び出された。

「敵に質を返すとは、そちは敵に寝返ったのか」

厳しい秀吉の叱責である。

「畏れながら、それはあまりな言いよう。決して殿に叛《そむ》くことはございません」

「口ではなんとでも申せるの。それに、なんと申したか、そちの弟、徳川の禄を食《は》んでいると聞くが」

「なんと！」

まさか甚五郎が徳川家に仕官しているとは初耳である。疑われるわけであった。

「こたびの失態は身を呈して取り戻す所存。某の妻子を、どうかお預かり下さい。必ずや滝川の息子を連れ戻してまいります。信じられねば、この場で首をお刎《は》ね戴きますよう」

「よう申した。妻子のために汚名を雪《そそ》いでみよ」

「承知致しました」

改めて平伏した安治は秀吉の前から急いで下がった。

奇童丸を奪い返すということは滝川雄利が在する城を落とさねばならない。雄利が預かる城は伊賀の上野《うえの》城。堅固な城なので五百程度の兵が籠ったとしても万余の兵がなければ攻略することはできない。秀吉は安治が死ぬと認識したに違いない。

坂本城の外に待つ家臣を前にした。

「儂は滝川の息子を奪い返さねば腹を切らねばならなくなった。ゆえに腹を切るぐらいならば、敵と刺し違えて死ぬ道を選ぶ。儂と行動を共にするならば、左様な目に遭おう。死にたくない者は他家に仕官せよ。恨みには思わぬ」

安治は皆に言う。与助と七蔵を含め、家臣を二十人召し抱える身分になっていた。

「なにを申される。殿は賤ヶ岳七本鑓の一人。対して敵は織田の弱兵。仮令《たとえ》、敵が一千いようとも、頭を使えば我ら二十人で勝利できましょう」

脇坂の姓を名乗るようになった与助が言う。

「左様にござる。伊賀の地は簡単に治められる地ではありませぬ。しかも織田に恨みを持つ者は数多おります。これを集えば、城の一つや二つ落とすことは苦になりますまい」

渡邊の姓を許された七蔵も続いた。

「よう申した。されば、我らで上野城を落とそうぞ」

家臣たちの言葉に励まされ、安治は自身で闘志を煽り立てた。

山崎に戻った安治は家にある銭金を全て手にし、さらに城下に住む裕福な荏胡麻商人に借銭を申し入れた。

「三千石分（約二億二千五百万円）の銭を貸してくれ」

「それはいくらなんでも無理でございます。されど、賤ヶ岳七本鑓の脇坂様の頼みゆえ、できるかぎりのことは致しましょう」

大店の商人たち五人は話し合い、一貫目（三・七五キログラム）の銭袋を五つ出した。現在の価格にしておよそ九千万円ほどになる。

「有り難い。生きていれば倍にして返してやる。死んだら、我が所領から取り立てよ」

銭袋を摑んだ安治は山崎を出立した。

翌日、伊賀に入った安治は家臣たちに銭を配り、警戒しながら廻らせた。

「伊賀から織田の者を追い払うゆえ合力《ごうりき》（協力）してほしい。これは手付けじゃ。成功の暁には仕官させよう」

安治らは説いて歩いた。天正九年（一五八一）、天正伊賀の乱において信長、信雄親子に伊賀の地は焦土と化せられた。これにより、伊賀の国人衆は先祖代々の地を奪われ、さらに職も失って困窮していた。安治らの呼び掛けに応じて、すぐに五百余人が集まった。

農民には暗くなってから松明を持って集れば銭をやると触れると、こちらも五百余人が参集した。

（やはり銭の力は偉大じゃな）

備中高松城攻めをした時、堤造りで銭を配り、中国大返しののちの姫路城でのことを思い出し、安治は秀吉の大盤振る舞いに感心した。

ただ、滝川方にも諜者はおり、このことは城内に知れていた。

「土豪や百姓の一千や二千で、この城が落とせようか。返り討ちにするだけじゃ」

城攻めは城兵の三倍を持って同等とし、五倍をもって有利とするのが常識なので、滝川雄利は余裕の体であった。

夜になり、安治らは国人、農民の一千で城を囲んだ。滝川雄利は篝火を焚いて待ち受ける。城は堅いので心配した様子はなかった。

そこへ西南方面から新たな松明の群れが接近してきた。

「殿じゃ。殿が十万の兵を率いて駆け付けて下さった」

安治が大声で叫ぶと、周囲で喊声《かんせい》が上がった。

「筑前守が？　十万？　真実なのか？」

「ありえぬ。筑前守はお屋形（信雄）様と尾張で戦うのではないか」

城内で動揺が走る。織田、徳川と対決しようとしている秀吉が、伊勢に現われるのは予想外のこと。

「されど、敵は接近してまいります」

滝川雄利の家臣は主に主張する。

「三木城も鳥取城も高松城も悲惨だったの。こたびは伊賀か。覚悟するがよい」

秀吉は城攻めの天才と呼ばれた武将。何年かかっても必ず落としてきた。秀吉が到着して降伏を認めなければ、滝川雄利は切り死にするか、飢え死にするしかない。

「かくなる上は致し方ない」

滝川雄利は手薄な搦手から密かに抜け出し、伊勢路に落ちていった。雄利は二十日には伊勢の松《まつ》ヶ島《しま》城に入城している。

主に見捨てられた兵に闘志はなかった。城兵は降伏を申し出た。

「よかろう。殿への忠誠を誓うならば、話をつけてやってもよい」

勧めると籠城した兵たちは秀吉への忠義を尽すことを約束した。

これにより安治は一兵も損することなく、一発の玉を放つこともなく、難攻不落の城を掌握した。

やがて兵が上野城に来た。

「忝ない。お陰で助かった」

笑みを作り、安治が労《ねぎら》いの言葉をかけたのは、多羅尾《たらお》衆をはじめとする隣国の甲賀《こうが》の国人衆だった。同じ近江出身なので、話しやすかった。勿論、銭は渡している。

安治は上野城の城門に「貂の皮」の馬印を掲げ、甲賀の土山《つちやま》にいる秀吉に報告をした。

「さすが甚内じゃ。僅か二十名で上野城を落とすとは天晴《あっぱ》れじゃ。やはり儂の目に狂いはなかった」

秀吉は掌を返すように称賛した。

「畏れながら、城は手に入れましたが、敵の質は取り逃がしました。これより松ヶ島城に仕寄る所存。お許し願えましょうや」

安治は伏して懇願する。

「よいよい、小童《こわっぱ》一人などどうにでもなる。上野城のほうが重要じゃ。上野城は伊賀においても伊勢を押さえるにも重要な城。いずれ伊勢にも兵を出すゆえ、しっかり守っておけ」

「承知致しました」

安治は上野城の守将を命じられ、これに従った。

秀吉は二十七日に尾張の犬山城に着陣。一方の家康は小牧城に入城している。双方共に周囲に砦《とりで》を築いて退治している。羽柴軍十万に対し、織田・徳川連合軍は二万八千。数の上では圧倒的に秀吉が優位であった。

対峙が続く中、秀吉は池田勝入の中入りを許した。

四月六日から七日に日付が変わる子《ね》ノ刻（午前零時頃）、秀吉の許可を得た池田勝入らは三好《みよし》信吉《のぶよし》を大将として徳川領への中入りを断行。家康はこれを察知して、長久手《ながくて》で急襲。勝入・元助親子、森長可は討死。羽柴勢は二千五百余人を失い、信吉は這々《ほうほう》の体《てい》で逃げ帰る始末。中入りは失敗に終わった。

秀吉は家康を討ちに出陣するが、家康はすぐさま帰還したので空振りに終わった。

その後、小競り合いを行う程度で大きな戦にはならず、長対峙が続いた。

いくら秀吉が挑発しても家康は応じない。五月に入ると秀吉は犬山城などを麾下の武将たちに任せ、自らは美濃に入った。

「甚内、待たせたの。好きなだけ城を落とすがよい」

「有り難き仕合わせに存じます」

安治は羽柴秀長や蒲生氏郷《がもううじさと》らとともに信雄領の城に兵を向けた。主力は信雄が尾張に率いていったので、留守居ばかりしかいない。伊勢の松ヶ島、峯、美濃の加賀野井《かがのい》城などを攻略した。開城させたといったほうが早いかもしれない。

松ヶ島城にいた滝川雄利は北伊勢の浜田《はまだ》城に退いて籠城した。

秀吉も美濃の竹ヶ鼻《たけがはな》城を落として大坂城に戻った。

美濃のみならず、伊勢の城も攻略されるが、羽柴勢に牽制されて織田信雄は手も足も出ない。これでは割りに合わない。信雄は秀吉からの求めに応じ、十一月十一日、家康に断りもなく、単独で講和を結んだ。条件は娘を養女という名目の人質に差し出せば、伊勢の城を返却するというもの。

戦後、滝川雄利は信雄の禄を食みながら、秀吉にも仕えるという二人の主君を持つようになった。

織田信雄を助けるという名目で出陣したので、家康は大義名分を失った。家康は落胆しながら、十一月二十一日には浜松城に帰城した。

秀吉は十一月二十二日、従三位《じゅさんみ》の権大納言《ごんだいなごん》に任じられた。昇殿《しょうでん》も許され、国政への関与も認められた。

秀吉は家康に上坂《じょうはん》要求をしながら和睦交渉をした。条件は信長の後継者として家康の五ヵ国の領有を認めること。代わりに家康の息子の一人を秀吉の養子にすることであった。

長久手の局地戦で敗れたものの、伊勢攻略によって信雄からは人質を取ることができた。和睦という名の降伏を勝ち取ったことになる。戦闘で負けた秀吉は戦争で勝利した。政《まつりごと》で大きく水を空けられた家康は、無念の中で次男の於義伊《おぎい》を秀吉の許に送りだした。これによって一応、両家の間で停戦協定が結ばれたことになる。

上野城攻略ならびに伊勢の諸城を開城させた功により、安治は五千石に加増された。

「これで借銭も返せる」

安治は、ほっと胸を撫で降ろした。

四

天正十三年（一五八五）、秀吉は紀伊の根来、四国の長宗我部元親、雑賀、越中の佐々成政を相次いで下し、勢力範囲を一気に広げた。

安治は紀伊、越中の陣に参じたものの、前年の活躍があるせいか、前線に据えられることはなく、活躍の場は与えられなかった。

それでも、五月には摂津の能勢《のせ》郡に一万石を賜り、晴れて大名となった。

（勝った。市松にも虎之助にも）

正則も清正にもまだ加増はない。それほど意識していたわけではないが、やはり賤ヶ岳七本鑓の中で一番の出世である。嬉しくないわけはない。

さらに安治は八月には大和の高取《たかとり》で二万石、十月には淡路《あわじ》の洲本《すもと》城主となり、三万石が与えられた。

また、三郡内における秀吉直轄領の代官も命じられた。

官位も従五位下《じゅごいのげ》の中務少輔《なかつかさのしょう》に任じられ、押しも押されもせぬ一廉《ひとかど》の武将になった。

「甚内、水軍を作れ。九州征伐、東国征伐には欠かせぬ。日本《ひのもと》を一つに纏めた暁には明《みん》を手に入れる。さすれば九州全てをそちに与えるぞ」

秀吉は豪気に命じた。夢のある話である。

この七月、秀吉は従一位の関白に任じられている。農民から関白に就任した男は日本史上初のことである。

「畏まりました」

応じたものの、船になど乗ったことのない安治が、簡単に水軍など作れるであろうか。

漸く大名になり、陸で兵を差配することもこれからという時、自身が船頭に立って船団を指揮している姿が想像できなかった。

（仙石《せんごく》殿も苦労したと言うしのう）

洲本城主を務めていた仙石秀久《ひでひさ》も水軍の編制を命じられたが、うまくいかなかった。

淡路には淡路水軍が存在し、淡路十人衆で構成されており、外敵には協力して対抗するが、この脅威が去ると、狭い土地を奪い合う小競り合いを繰り返していた。

淡路の安宅《あたぎ》家は洲本城を居城にしていたが、安宅冬康《ふゆやす》が永禄七年（一五六四）に死去したのちに勢力が弱まり、その家老たちが淡路の各城を支配するようになった。

洲本城は淡路水軍の菅達長《かんみちなが》が支配していたが、本能寺の変後、秀吉は仙石秀久を送り込んで菅達長を下し、同城を掌握させた。

四国征伐ののち、仙石秀久は讃岐一国が与えられて移動していた。

「まあ、悩んでいても始まらぬ。淡路に行くしかない」

安治は洲本に入った。

洲本は淡路の中ほどに位置し、大坂湾に面している。三熊山《みくまやま》（標高百三十三メートル）を南にその麓を北に流れる物部《もののべ》川と東に流れる洲本川に囲まれた地である。

南の紀伊水道ほど潮の流れは速くなく、洲本の平素は比較的穏やかな海である。潮の流れは三刻（約六時間）ほどかけて淡路島を一周するという。淡路の漁師には常識であった。

「なにゆえ仙石殿は、かような城を居としていたのかのう」

洲本城は別名三熊城とも呼ばれる山頂に近い場所に築かれた山城であった。

「もっと海に近い地に移さねば、すぐに出陣できまい」

秀吉が安治に求めるのは、水軍の大将である。山の上にいたのでは要求に応じられない。迅速な行動にとれるようにしなければならなかった。

「その前に水軍じゃの」

仙石秀久は何人かの海賊衆を讃岐に連れていったが、従わなかった者がいると言っていた。洲本川の北に位置する炬口《たけのくち》の者は残っていると聞く。

嘗て炬口には城があり、安宅一族が在していたが、この頃は廃城になっていた。近くに屋敷があり、洲本川の河口には数艘の小早《こはや》が停泊していた。

屋敷を訪ねると日焼けした男たちが出てきた。一癖も二癖もありそうな者たちである。

「儂は脇坂甚内じゃ。主《あるじ》に話があってまいった」

名乗ると暫《しば》しのやりとりがあり、安治は中に招かれた。

中の板の間には総髪を結った頬に傷のある男が座していた。腕も太く、まさに海賊の棟梁といった、ふてぶてしい面構えである。

「家臣を率いて、ものものしいの。儂を討ちに来たのか」

男は敵視するような口調で安治に問う。上座を譲る気配は微塵もない。

「その気になれば、具足を着けておる。おぬしが炬口三郎か？　儂は脇坂甚内。新たに洲本の地を賜った。関白殿下から水軍を作るように命じられた。おぬしは仙石殿に従わなかった海賊の大将だと聞く。ぜひとも合力願いたい」

「断わる。主取りは面倒じゃ。儂らは好きに生きていく。それに大将というほどでもない。ただの漁師じゃ。時に目の前を通る船から銭を貰って安全を保ってやるがの」

悪びれることもなく炬口三郎は言う。

「これまでは好き勝手に生きてこられたが、こののちは叶わぬ。国人、豪族、土豪の類いは百姓になって年貢を収めるか、武士として奉公するかの選択に迫られる。海賊も同じ、漁師になるか、水軍の武士として奉公するかしかない。それが関白の政じゃ」

兵農分離の先駆けである。

「面倒じゃの。関白とは申せ、元は百姓であろう」

「今は関白。左様な世の中じゃ。従わなければ誅伐《ちゅうばつ》される。例外はない。儂は船を扱う特別な才を持つ、そちを斬りとうない。ゆえに合力致せ。悪いようにはせぬ」

秀吉が嫌うので、安治は百姓という言葉は使わなかった。

暫し思案していた炬口三郎は、おもむろに口を開く。

「好きにさせろ。さすれば船ぐらいは廻してやろう」

「海賊行為は認められぬ。その代わり漁の年貢は免除してやる」

秀吉は南蛮貿易を充実させるためにも海賊行為は禁止していた。

「損な取り引きじゃの」

「我が家臣になれば、扶持も与えられる。損はないはずじゃ」

「儂の親爺も爺様も、我が祖は海で気儘に生きてきた。儂の代で変えることはできぬの」

なかなか一筋縄ではいかない。

「そちの代で途絶えさせるよりはましであろう」

言うと周囲の者たちの顔が険しくなる。

「水軍を作るのではなかったのか」

「無論、作るつもりじゃ。それゆえ、ここに来た」

「儂らは海の民。丘に上がった河童《かっぱ》にはならぬぞ」

陸での戦には参じないと炬口三郎は豪語する。

「構わぬ。陸での戦いは儂らに任せ、おぬしは河童の戦をすればよい」

「河童ではない。綿津見神《わたつみのかみ》じゃ。崇《あが》めねば海の底に引き摺り込まれようぞ」

綿津見神は日本の神話に出てくる海の神である。

「そうしよう。そう言えば、なにゆえ仙石殿には応じなかったのか」

「高飛車なもの言いが気に入らぬ。儂らを下僕のように見下しておった」

確かにそういう口のききかたをすると、安治は頷いた。

「儂は千人の水軍を作るように命じられた。それに見合う船もいる。さしあたって安宅船《あたけ》を三隻。関船を十隻。残りは小早で構わぬ。用意してくれ。銭は儂が工面する」

「安宅船など簡単に手に入るわけなかろう。今から船大工に頼んで、どれほどの日数がかかろうか。関船然り。小早然りじゃ。それに儂は関船ならばまだしも、安宅船を扱ったことがない」

炬口三郎は船に無知な安治を呆れている。

信長が造らせた安宅船は長さ十八間（約三十二・七メートル）、幅六間（約一〇・九メートル）。兵六十人を乗せ水夫八十人がいる。

関船は長さ十二間半（約二十二・七メートル）、幅四間（約七・三メートル）。兵三十人を乗せ水夫四十人がいる。

小早は長さ七間（約十二・七メートル）、幅二間（約三・六メートル）。兵十人と水夫二十人が乗船できる。

安宅船は一隻、五百石（約三千七百五十万円）ほど。関船は半分の二百五十石（約一千八百七十五万円）。小早は百二十石（約九百万円）。軍船なので釣り舟よりも高価だ。

安宅船が現代の戦艦ならば、関船は巡洋艦、小早は駆逐艦といったところか。用途によって使い方が違う。うまく組み合わせれば、かなりの戦力になろう。

「随分と弱気じゃの。習うより馴れろ、と申すであろう。今は無理でも、数年後には扱えるようにしてもらわねば困る」

「なにゆえに？」

「日本を制したのちには明を討ちに行くからじゃ。日本では海賊行為は禁じられておるが、異国には左様な法は用意しておらぬ。切り取り勝手の許可がおりるはず」

力強く安治は主張する。

「真実か」

「ああ、それゆえ申しておる。どうじゃ、夢のある話であろう。殿下の政は」

「面白い。乗った。されど、偽りであった時、おぬしは淡路の海賊にずっと狙われるぞ」

「その時は、自ら首を斬ってくれてやる。新たな脇坂の始まりじゃ。誰ぞ酒を持て」

安治は酒を酌み交わし、淡路海賊の炬口三郎を傘下に収めた。

洲本の新たな仕置きに際し、安治は三熊山の城はそのまま残し、同地から五町北西に新たな平城を築いた。これにより、三熊山の城は上の城、浜に近い城を下の城と呼び、両方をもって洲本城と言うようになった。

また、洲本川の河口近くに本格的な船作りの場を設け、船大工を集めた。

「儂らは関船までしか作ったことがございません。安宅船を造るためには、元になる絵図や、もしくは見本が必要です」

船大工らは正直に言う。

「左様か。さればまず関船を作れ。安宅船の絵図はなんとかする」

安治は堺の船大工に絵図を求めたところ、門外不出。船の建造を受けることはできるが、絵図を他の船大工に売ることはできないと断わられた。

「致し方ないの。されど本船があれば、これを模造することはできよう」

絵図を得ることは諦め、安治は安宅船を三隻注文した。


半年後、関船が完成した。欅《けやき》や樫《かし》、楠《くす》などの硬木を船骨とし、松、杉、檜《ひのき》などの軟木を重ねて船を構築する。防水処理のために松脂《まつやに》などの樹脂を塗るので、独特の匂いが漂っていた。船体は黒く塗られ、船首には『輪違い』の家紋が印されている。

「童が玩具を見ているようじゃぞ」

炬口三郎が安治の隣で揶揄する。

「そちにとってこの船はどうなのじゃ？」

「安宅船の前に乗る玩具かの。おぬしには悪いが、乗り潰すぐらいのつもりでなくば、安宅船が来た時の水軍は作れまい。瀬戸内と違って外海の戦は波も荒かろうゆえの」

厳しい炬口三郎の言葉に、安治は頷いた。

新造の関船は海鳳《かいほう》と命名された。

落成式が終わって船に乗り込むと、微妙に揺れた。揺れていたといったほうが正しいかもしれない。

「浮いているのじゃな」

初めて船に乗った安治は接地感のなさに不安を覚えるものの、不安定さに感激した。

「進ませよ！」

船の指揮を執る炬口三郎が号令をかけると、四十の櫓《ろ》が一斉に漕ぎ出した。海鳳はゆっくりと炬口湊を離れ、沖に向かって海面を掻き分けだした。

（沈まぬであろうな。横倒しにはなるまいの）

心配は尽きることがない。安治は緊張した面持ちで甲板の上にいる。

「初陣は、左様な面をしておるのか。そんな及び腰では雑兵に討たれるぞ」

笑みを浮かべて炬口三郎が嘲《あざけ》る。

「そういう、そちはどうなのじゃ？　ちゃんと扱えるのであろうの」

「大事ない。遊山のようなものじゃ。小早よりも、ちと重くはあるの。されど、潮に乗れば、そう変わりあるまい」

自信ありげに炬口三郎は言うので、安治は少し安心した。

海鳳は沖に出るほどに速度を上げていく。馴れてきたので安治は甲板の先端に立ち、時折上がる水飛沫《しぶき》と海風を浴びていた。

最初は揺れの少なかった海鳳であるが、沖に行くに従って大きくなった。四半刻ほどした時である。突如、腹のむかつきを覚えた途端、安治は嘔吐した。

「はははっ、左様なことでは戦どころではないの。まずは船に慣れねばの」

炬口三郎の笑い声が聞こえるが、安治は気持悪くてならず、立っているのもままならなかった。

「近場を見るな。遠くを見よ。さすればあまり揺れているようには感じぬ」

助言に従い、視線を遠くに移すが、船の揺れは変わらない。安治は座り込んだ。

海鳳は順調に航行し、淡路島を四刻で一周した。小早よりも一刻多くかかったのは、時折、方向を変えたり、潮の流れに逆らってみたり、試すことがあったからである。

湊に到着した時、安治は病人のようにぐったりしていた。船を降りてもまだ、船が上下に揺れている気がする。体が重く、頭の中では銅鑼《どら》が鳴っているような頭痛がする。

「どうじゃ、初めての船は？　もう吐くものもなかろう」

「なかなか乙なものじゃ」

言われたとおり。情けないばかりである。

「近場でよい。自分で小早を漕いでみよ。さすれば船の動きが判り、酔いはせぬ。今のままでは大将が寝たままで戦をせねばならぬ。脇坂の大将は臆して船首に立てぬと嘲られようぞ」

「承知」

翌日から安治は水夫に混ざって櫓を手にした。

「えいさ、えいさ、えいさ、えいさ」

二十人の水夫が息を合わせないと速度は鈍り、横にぶれていくので安治は声に合わせて櫓を漕いだ。船は上下するが、気分は悪くはならなかった。

「どうじゃ。こたびは吐くまい。要は気持のもちようと慣れじゃ」

当然だといった表情で炬口三郎は言う。

船を反転させる時、外側は大きく、内側は小さく櫓を漕ぐ。内側を漕がないと船は安定しない。水夫を経験したので、安治は学ぶことができた。

酔わなくなったので、船の陣形を訓練した。鋒矢、魚鱗、鶴翼などなど、船と船との間隔をしっかりとり、組織的に押し引きするのは陸の兵以上に難しい。大将船からの旗で的確に指示を出し、従わせる。何度もこれを繰り返す。鑓や弓の稽古と同じだ。

揺れる船上からの弓、鉄砲は地上から放つこととは問題にならないぐらい難しい。安治はこれを何度も繰り返した。

安宅船が届いてからは、これを大将船として陣形を組むようになった。

「やはり、安宅船は大きいだけあって動きが遅い。大筒を放ったあとは、足の速い小早を出し、鉄炮《てつはう》を使って攪乱《かくらん》するがよかろう」

鉄炮は当時の手榴弾、あるいは炸裂弾である。

「信長公が造った鉄甲船《てっこうせん》の戦と村上水軍の戦法を合わせたものじゃな」

「左様。これを脇坂の海戦術とするがよい」

「おう」

炬口三郎の説明に安治は力強く応じ、訓練を繰り返した。


天正十五年（一五八七）三月一日、秀吉は薩摩《さつま》の島津《しまづ》氏を攻めるために出陣した。戦の名目は紛争の停戦命令に従わぬためである。これはのちに惣無事令《そうぶじれい》と呼ばれている。

惣無事令とは戦国の大名、領主間の交戦から農民間の喧嘩、刃傷沙汰《にんじょうざた》に至るまでの抗争を禁止する平和令であり、領地拡大を阻止し、秀吉政権が日本全土の領土を掌握するための私戦禁止令である。争い事は関白の名の下に全て秀吉が裁定を下し、従わぬ者は朝敵として討つというものである。

九州全土の支配を目指す島津氏は由緒正しい家柄。百姓から成り上がった出来星関白の命令など聞く気はない。織田政権がすぐに潰れたので、同じようなものだと、たかを括っているようで、北進を続け、今や九州を席巻《せっけん》する勢いであった。

「こたびは当家にとって重要な戦。殿下の期待に答えるのじゃ」

初めて船に乗っての戦となる。安治は昂りを押さえるのが大変だった。

同じ淡路の志知《しち》城に賤ヶ岳七本鑓の加藤嘉明が据えられている。また、四国の仙石秀久、長宗我部元親、十河存保《そごうまさやす》や、伊予《いよ》を領有する小早川隆景《こばやかわたかかげ》なども水軍の編制を命じられており、船や船大工、船に使う良質の木材は各大名どうしの争奪戦となっていた。お陰で船を集めるどころか、材料となる良質な木材を調達するのも困難であった。木材の値も高騰し、倍、時には三倍にも跳ね上がる始末である。安治は堺の商人から借銭をし、奉行の吉継を通じて土佐《とさ》や紀伊、出羽《でわ》などから木材を仕入れ、船大工に渡さなければならなかった。

船大工は淡路入国そうそうに押さえたのでなんとかなった。

「そちのお陰じゃな」

安治は吉継に礼を言う。

「奉行として当然のことじゃ。それより、ほかの四国衆などに後れを取るまいぞ」

「任せておけ。そちの尽力に泥は塗らぬ」

お陰で安治は安宅船二隻、関船四隻、小早七隻を用意することができた。同じ淡路衆の加藤嘉明よりも多く揃えることができた。

ただ、水夫を別に用意することはできないので、家臣が担う。これにより七百七十人が乗船した。残りの二百数十は黒田孝高と同陣させた。

安治は前年から物資の輸送を命じられ、摂津の堺や、播磨の姫路から筑前の博多や豊後《ぶんご》の臼杵《うすき》に運んだ。時折、日向の海賊と遭遇したが、こちらの船数が多い時は絶対に近づいてこないので、激しい海戦をすることはなかった。

「これでは、ただの運び屋じゃの」

安治は海戦を待ち望んだ。

戦は前年の戸次川《へつぎかわ》の戦いで島津勢が四国勢を撃破した時が最高潮であったが、毛利氏らの中国勢が九州の上陸を始めると、島津氏の侵攻が止まった。ここに秀吉が加わり、二十万近い軍勢が進軍を開始すると衆寡敵せず。局地戦の勝利は焼け石に水となり、島津勢は撤退に次ぐ撤退。

五月八日、島津義久《よしひさ》は剃髪して秀吉に降伏した。

九州討伐は秀吉の出場からわずか二ヵ月ほどで終了した。この出陣で、さしたる戦功もなかった福島正則は、伊予の湯月《ゆづき》に十一万余石で移封している。正則も安宅船を欲するようになった。

さらに加藤清正は天正十六年（一五八八）五月、肥後《ひご》の隈本《くまもと》で十九万五千余石が与えられた。清正も安宅船を欲している。

「島津への牽制もあるが、明《みん》国への出兵を前提にした国替えじゃ」

身内への優遇に不満を募らせる安治に対し、吉継が説明する。

「明か」

安治は溜息を吐《つ》く。船の体勢は整いつつあるが、まだ海戦の経験がない。秀吉に要求されているのは、奉行の補助をする輸送ではなく海上での戦である。

不安感を募らせた。

この年、於信が流行り病にかかって死去した。安治は失意に暮れた。

ただ、落ち込んでばかりもいられないので、於信の侍女を務めていた於秋《あき》を側室とすることにした。正室に迎えると死去するので縁起を担いでのこと。また、大名なのでいつ秀吉から結婚を命じられるか判らない。正室から格下げしては不憫だという思いもあった。於秋は翌年、男子を生む。

海戦の機会は訪れた。小田原の北条氏が関東・奥《おく》両国惣無事令に叛いたので秀吉は討伐を宣言。天正十八年（一五九〇）三月一日、都を出立した。

秀吉本隊のほか、豊臣麾下の畿内、中部、東海の諸将は東海道を東に進む。

前田利家、上杉景勝《うえすぎかげかつ》、真田昌幸《さなだまさゆき》らの北国軍は中仙道《なかせんどう》を通って上野《こうずけ》に向かう。

佐竹義宣《さたけよしのぶ》や宇都宮国綱《うつのみやくにつな》ら北関東の武将は下野《しもつけ》、下総《しもうさ》の北条方の城を攻撃する。

陸路を進む兵は二十二万余。

水軍は九鬼嘉隆《くきよしたか》の一千五百、長宗我部元親の二千五百、加藤嘉明の六百、脇坂安治の一千三百、菅達長の二百三十、来島通総《くるしまみちふさ》の五百、豊臣秀長の一千五百、宇喜多秀家《うきたひでいえ》麾下の一千、毛利輝元《もうりてるもと》麾下の五千。合計で一万四千百三十。

安宅船は各家に一、二隻というところ。安治は関船と小早を増やした。

水軍は伊勢の大湊《おおみなと》で武器、兵糧を積み、駿河《するが》の清水《しみず》で降ろして、南伊豆《いず》最大の拠点とも言える下田《しもだ》城に迫った。

三月中旬、敵を警戒しながら、安治ら豊臣の水軍は下田に達した。

下田城は伊豆半島の東南端、下田湊の湾を扼《やく》する西側の半島の丘陵（標高約六十メートル）に築かれていた。空堀《からほり》と土塁で城は守られているが、丘陵全体が城といった造りである。北西以外が海に面しており、岸壁が多いので大船を着岸できる箇所はなく、北東のみ小舟が着けられる浜がある天然の要害であった。

城には清水康英《しみずやすひで》、高橋政信《たかはしまさのぶ》、江戸朝忠《えどともただ》らを含む兵は六百人が籠り、徹底抗戦の構えを見せていた。

豊臣の水軍は半島の丘陵を北東から、長宗我部元親、脇坂安治、加藤嘉明、九鬼嘉隆、菅達長、来島通総、豊臣秀長水軍、宇喜多秀家水軍、毛利輝元水軍、徳川家康水軍が船先を向けて取り囲んだ。

「北条には水軍がおらぬのか。城攻めは好きにはなれぬの」

炬口三郎が愚痴をもらす。

「確かにのう。まあ、そちたちは人のおらぬ浜に降りて、略奪、狼藉を働いてきたのであろう？やることはさして変わらぬ」

「人を盗賊のように申すな。儂らは敵にしか、したことがない」

「言うことを聞かぬ者が敵であろう。まあ、下田は敵じゃ。存分に行うがよい」

安治は炬口三郎に許可した。

戦は加藤嘉明の兵が上陸して陸から攻撃。安治らの船団は大筒や長鉄砲を放って掩護することを主格の九鬼嘉隆が決めた。

加藤勢は城に迫るが城門を崩すことができない。日によって兵を入れ替えても同じで城内に雪崩れ込むことはできず、船からは大筒、麓からは威嚇の鉄砲を放つばかりであった。

「これは大筒を陸に運んで城門を崩すしかないかもしれぬな」

安治らが相談していた時、毛利水軍に参じている安国寺恵瓊《あんこくじえけい》が安治の船を訪れた。

「開戦からすでに二十日が過ぎた。殿下からの催促もされておる。ここは開城を呼びかけようと思うが、同行して戴けぬか」

秀吉の未来を予想した恵瓊が同意を求めた。

「なにゆえ儂でござるか」

「貴殿は賤ヶ岳七本鑓の一人で武名が高い。殿下の子飼いが一緒だと敵も信用致そう。それに赤井悪右衛門《あかいあくえもん》を説いた話上手とも聞いてござる」

さすが僧侶だけあって人を乗せるのが上手い。

「承知致した」

悪い気はしない。安治は応じた。

二人は矢文を放ったのちに城内に入った。海に突き出た山城といった感じで、安治には古い城に思えたが、これが落ちないので、感心させられもした。

主殿に入ると中央に清水康英がいた。既に鬢《びん》は白くなっていた。関東の諸戦場で功を立てた剛勇で、面構えも凜々《りり》しい。この年五十九歳になる。

「お初にお目にかかる」

安治らは挨拶をしたのちに本題に入る。

「貴殿らの闘志、勇気には感服しておる。されど、犠牲の少ないうちに城を開かれてはいかがか」

恵瓊が勧める。

「なんの、儂らに不都合はない。困っているのは貴殿のほうであろう」

「我ら豊臣の者は、このまま二年でも三年でも城を囲んでいられる。兵と百姓を分けているので。されど、北条家はそういうわけにもいきますまい。小田原からの支援も絶たれた今、兵糧が尽きた時は命の尽きる時ではござらぬか」

「死は恐ろしくない。恐れるのは汚名を受けること」

清水康英は首を縦には振らない。

「山中城が一日で落ちてござる。それに対し、貴殿らは二十日以上も戦われた。誰も貴殿らを蔑《さげす》むことはありますまい。貴殿は死を恐れぬであろうが、末端の家臣はいかに？　また、その家族はいかに？　のちの世に命を繋いではいかがか？　日本が一つになった暁には、殿下は明に兵を向けられる。さすれば新たな世が始まりましょう。貴殿も日本の民の一人。元《げん》への仕返しをしようではござらぬか」

ここぞとばかりに安治は説く。

「なんという大法螺《ぼら》か。されど、面白き試みじゃな。そうか山中が落ちたか」

なにか含むところがあったのか、清水康英は力なくもらした。

清水康英は他の諸将と相談の上、開城に応じた。条件は開城で、城将をはじめ、籠城兵全ての命を助けるという内容であった。

四月二十三日、清水康英は城を開き、城から二里半（約十キロ）ほど北東の林際寺《りんさいじ》に退去した。

開城後、寄手は下田城に入り、酒宴が催された。

「船で仕寄った挙げ句、開城か、つまらん」

炬口三郎は荒れる。

「そう、申すな。小田原は仕寄りがいがあろう」

安治は炬口三郎を宥《なだ》め、次なる戦いに期待した。

数日後、豊臣水軍は小田原に向かった。

巨大な城は秀吉らに包囲され、陸は兵で埋め尽されていた。遠浅な海岸なので、安宅船や関船は浜に近づくことができない。沖で威嚇の大筒を放つばかりであった。

安治は呼ばれたので秀吉が在する石垣山《いしがきやま》城に入った。建物は組み立て式の簡素なものであるが、石垣は堅固に積まれた城であった。

「下田では良き働きじゃ。今少し歯ごたえのある敵が欲しかろう」

まだ、小田原は落ちていないものの、都から淀《よど》ノ方《かた》を呼び寄せているので秀吉は上機嫌である。

「仰せのとおりにございます」

水軍の戦いができなかったので、期待には応えられていない。安治の声は小さかった。

「もはや、日本にはいないやもしれぬな」

秀吉の目は広言どおり、異国に向けられているのかもしれない。外国の水軍との戦いには勝利できるのであろうな、と威圧されているようにも思いながら秀吉の前を下がった。

安治は同じ七本鑓の片桐且元と顔を合わせた。

「紀之介はいかがした」

「紀之介は治部らとともに武蔵の忍城《おし》を水攻めしておる」

「水攻めか。奉行の戦じゃな」

秀吉が三成らに城攻めをさせた理由が理解できた。秀吉は備中の高松城、紀伊の太田城を水攻めで攻略している。銭を使って人を集め、堤を築いて城を水に沈める。秀吉の下でこれを行ったのは三成や吉継らの奉行であった。

陸では留守居の城を田楽刺しのように貫き、同盟を結んでいた奥羽の伊達政宗《だてまさむね》も秀吉に臣下の礼を取り、もはや北条氏の味方はいなくなった。

七月五日、精神的に弱った北条家の当主の氏直《うじなお》は密かに城を抜け出し、舅である家康の陣を訪ね、降伏を申し出た。

安治は城受け取りの役を命じられたので、六日、片桐且元、徳川家の榊原康政《さかきばらやすまさ》とともに小田原城に入り、翌七日、城に籠っていた兵を解放した。

十一日、前当主の氏政《うじまさ》と弟の氏照《うじてる》は自刃し、氏直以下三十名の家臣とその家族は紀伊の高野山《こうやさん》に追放され、およそ九十五年続いた北条五代は滅亡した。

北条氏滅亡後の関東には徳川家康が移封された。空いた東海の地には織田信雄が据えられたが、信雄がこれを拒むと、謀叛のあらわれとして改易され、信雄は常陸《ひたち》の佐竹家に預けられた。

空いた東海の地には、家康に備えるため、福島正則ら子飼いの武将たちが配置された。

残念ながら、忍城は小田原開城後に開城することになり、三成らは戦下手の烙印を押されることになった。

　北条家を滅ぼした秀吉は奥羽討伐に向けて小田原を出立。仕置きを終えて凱旋したのは九月一日であった。秀吉の帰京をもって、日本史の教科書的に言う、全国統一が完成した。

「甚内、東国攻めはつまらなかったであろうが、これからは愉快でたまらぬぞ。百万石などは小姓の所領だと思うがよい」

　秀吉は大陸攻めを匂わせた。本気なのか大言なのか、まだ安治には判らない。ただ、事実になれば、狂気の出兵ということになる、どんな敵と戦うのか想像がつかないが、武士の血は騒ぐ。

「楽しみにしております」

　東国攻めは、確かに不完全燃焼であった。安治は大海原に打って出る日を楽しみにするが、海戦は一度もしていないので、不安な気持のほうが大きかった。

第五章　朝鮮ノ役

一

上空は雲に覆われ、時々薄い青空が見える。風は殆どないので波は立っていない。

（これより異国との戦か。いかな敵なのかのう）

まだ見ぬ敵に不安は感じるものの、それを凌駕《りょうが》する闘争心も溢れている。安治は大飛龍《だいひりゅう》という名の安宅《あたけ》船にのり、船首で時折、水飛沫《しぶき》を浴びながら北の方角を直視していた。

安治らの日本水軍は大船団を仕立てて朝鮮の釜山浦《プサンポ》を目指していた。

天正二十年（一五九二）四月十二日の辰《たつ》ノ刻（午前八時頃）のことである。

日本を統一した秀吉は、広言したとおり、大陸出兵を断行した。手始めは朝鮮国。

朝鮮出陣の名目は仮途入明《かとにゅうみん》を断られたことによる。秀吉は明国に兵を進めるので朝鮮国に道を開けて先導役を務めろと高圧的に求めたが、問答無用で拒否された。明国を宗主と仰ぐかのような朝鮮が、親ともいう明国に背き、日本の道案内をするはずがない。そこでまずは朝鮮を討ったために出陣するというものである。

秀吉は肥前《ひぜん》の名護屋に前線基地を造り、出陣の大号令をかけた。主力は九州、四国、中国の大名で、淡路の安治らも含まれている。

一番組は宗義智《そうよしとし》、小西行長《こにしゆきなが》、松浦鎮信《まつらしげのぶ》ら一万八千七百人。

二番組は加藤清正、鍋島直茂、相良頼房《さがらよりふさ》ら二万二千八百人。

三番組は黒田長政《くろだながまさ》、大友義統《おおともよしむね》ら一万一千人。

四番組は毛利吉成《もうりよしなり》、島津義弘《しまづよしひろ》、同忠豊《ただとよ》ら一万四千人。

五番組、福島正則《ふくしままさのり》、戸田勝隆《とだかつたか》、長宗我部元親《ちょうそかべもとちか》ら二万五千人。

六番組、小早川隆景《こばやかわたかかげ》、同秀包《ひでかね》、立花宗虎《たちばなむねとら》ら一万五千七百人。

七番組、毛利輝元《てるもと》、三万人。

八番組、宇喜多秀家《うきたひでいえ》の一万人。

九番組、豊臣秀勝《とよとみひでかつ》、長岡忠興《ながおかただおき》ら一万一千五百人。

合計、十五万八千七百余人。

船手衆は加藤嘉明《かとうよしあき》、九鬼嘉隆《くきよしたか》、羽柴秀保《はしばひでやす》（実際は家臣の藤堂高虎《とうどうたかとら》）、脇坂安治、来島《くるしま》兄弟（得《とく》居《い》通幸《みちゆき》、来島通総《みちふさ》）、菅達長《かんみちなが》、桑山重勝《くわやましげかつ》・同小伝次《こでんじ》（貞晴《さだはる》）、堀内氏善《ほりうちうじよし》、杉若氏宗《すぎわかうじむね》ら九千二百人。

安治は一千五百人の軍役が科せられ、果たした。船は安宅船三隻、関《せき》船五隻、小早《こはや》十隻を用意した。諸大名が船や船大工を奪い合う中、これだけの船を揃えられたのは、安治が奉行の吉継と仲がよかったので、銭や材料の都合がつけられ、先に船大工を手配できたからである。

加藤嘉明は一隻も安宅船を持てず、島津義弘は関船どころか兵も参集できぬ有り様であった。

日本水軍の大将は、過ぐる天正六年（一五七八）、第二次木津《きづ》川沖の海戦で毛利水軍を破った九鬼嘉隆が大将格で、諸将はこれに従うという形になっている。

安治ら水軍の役目は、まず兵の移送。さらに物資の輸送。異国水軍との戦いである。

（兵の移送中に敵と遭遇したくはないの）

安宅船に乗せる兵は六十人程度であるが、百人以上を乗せているので船が重い。戦いは不利である。海戦経験のない安治は不安だった。勿論、偵察船は出しており、敵がいないことは確認済みではあった。

壱岐《いき》の豊《とよ》湊から朝鮮の釜山は薄すらと見える。距離にして、およそ十三里（約五十二キロ）。遠望できるほど近い異国である。多くの兵を乗せていることもあるが、四刻とかからずに到着することは可能だ。

少しずつ目的地が近づき、双眸に異国が映る。山が多いような印象である。

釜山浦は影島《ヨンド》を右から迂回した奥にある。偵察のかいあって敵との遭遇はなく、申《さる》ノ刻（午後四時頃）には目的地に達した。

釜をひっくり返したような地形が、釜山の地名の由来だという。周囲には荒嶺山《ファンリョンサン》や金井山《クムジョンサン》など十六の山があり、さらに峰や丘が数多ある。その谷あいに川が流れ、僅かな平地に人が住んでいた。

宗義智や小西行長らはぞくぞくと上陸していった。

「まずは一仕事を無事に終えました。御目出度うございます」

脇坂左兵衛《さべえ》と改名した与助が安堵した表情で言う。

「そうじゃな」

ほっと胸を撫で下ろしたのは安治も同じであった。

翌十三日、安治らが次の兵を運ぶために釜山浦を発った頃、小西行長らは釜山城を包囲。その日のうちに陥落させた。さらに行長ら十四日には釜山城の北に位置する東莱《トンネ》城を、五日には機張《キジャン》、左水営《チャスヨン》両城を陥落させると、漢城《ハンソン》（現ソウル）を目指して北上していった。

その後、安治らは月末にかけて何度も壱岐、対馬と釜山を往復し、十二万もの兵を移送した。

この間、敵の水軍に邪魔されることはなく、任務を遂行した。

一方、北進した小西行長らが南大門《ナンデムン》から漢城に入京した五月三日。これに清正らが続いた。そこで着陣した諸将たちで評議を行い、制圧する朝鮮八道《ド》の国割りを決めた。

道《ド》とは道路の名ではなく地域（行政区）のことを指している。

朝鮮半島の北西、遼東《リャオトン》に接する平安道《ピョアンド》は一番組の小西行長ら。

兀良哈《オランカイ》に接する北東の咸鏡道《ハムギョンド》は二番組の加藤清正ら。

平安道の南の黄海道《ファンヘド》が三番組の黒田長政ら。

その南の京畿道《キョンギド》には八番組の宇喜多秀家。

その東の江原道《カンウォンド》が四番組の毛利吉成ら。

半島の南東の慶尚道《キョンサンド》が七番組の毛利輝元。

京畿道の南の忠清道《チュンチョンド》が五番組の福島正則、長宗我部元親ら。

半島の南西の全羅道《チョルラド》が六番組の小早川隆景ら。

豊臣秀勝《ひでかつ》らは釜山の守備であるが、まだ壱岐の風本《かざもと》に控えていた。

改めて日本軍は、それぞれの支配地に向かった。

小西行長らはすぐに平壌《ピョンヤン》を制圧。加藤清正は七月には朝鮮の二王子を会寧《フェリョン》で生け捕りにし、八月には、豆満江《ドゥマンギャン》を越えて女真《じょしん》の兀良哈（現中国東北部）にまで攻め込んだ。まさに騎虎《きこ》の勢いである。

日本軍快進撃の理由は大きく四つある。

一つ目は戦国時代から続く戦乱の中で、集団による統一的な闘いに慣れていたこと。

二つ目は奇襲とも言える先制攻撃であったこと。

三つ目は鉄砲の大量使用。

四つ目は世襲官僚制をとる李《イ》朝政府内の腐敗に不満を高めていた朝鮮人民が厭戦気分にあったことによる。

これによって日本軍は朝鮮軍を相手に連戦連勝。一月ほどで朝鮮半島を席巻《せっけん》した。兵力で劣る朝鮮軍は陸での戦いに勝利するのは困難。明国に援軍を要請し、これが到着する間、水軍によって兵站線を遮断し、日本軍を締め上げる作戦に打って出た。これを左水使《チャスサ》の李舜臣《イスンシン》に託した。

李舜臣は領内に点在していた水軍を全羅道の麗水《ヨスハング》湊沖に集め、日本水軍が左水営《チャスヨン》水域に侵入すれば、一挙に攻撃して殲滅する計画を立てていたが、右水使《ウスサ》の李億祺《イオッキ》からの援軍要請を受け、応じることにした。

七日は玉浦《オクポ》、八日は合浦《ハプポ》と赤珍浦《ジョクジンポ》、二十九日には泗川《サチョン》海戦と、日本水軍は朝鮮水軍に負け続けた。

これまで朝鮮水軍が反撃に出ていなかったので、兵を上陸させたあとの日本の軍船は兵糧、武器の運搬をしていた。また、釜山には多くの船を停泊させておけないので、大半は壱岐や対馬に控えていた。

水軍とはいえ、武士の集団である。いつ、出撃してくるか判らない敵に対し、万余の兵を遊ばせているわけにはいかない。水軍の兵は内陸に進み、城の普請などをさせられた。

この時、安治は漢城にいた。同地から十里（約四十キロ）ほど南東に位置する京畿道の龍仁《ヨンイン》の守りを命じられていたので、脇坂左兵衛、渡邊七右衛門に六百の兵を預けて作業をさせていた。

龍仁は東の利川《イチョン》、西の水原《スウォン》、南の安城《アンソン》、北の廣州《クワンジュ》に囲まれた交通の要衝であるが、それほど大きな町ではなく、人の数は少なかった。

海での反撃を機に、陸でも確実に勝利しようと朝鮮軍は多勢を組織し、寡勢の日本軍を狙う作戦に出た。全羅道巡察使《スンチャルサ》の李洸《イクァン》は二万、全羅道防禦使《バンオサ》の郭嶸《クァンヨン》も二万、忠清道巡察使の尹先覚《ユンソンカク》は八千の兵を連れて合流し、龍仁に迫った。

脇坂勢は龍仁の北斗門山《プクトムンサン》に脇坂左兵衛が、文小山《ムンソサン》に渡邊七右衛門がそれぞれ小塁を築いて駐屯していた。

六月四日、朝鮮軍は評議の上で李洸が主導することになり、白光彦《ペククァンオン》を先鋒とした二万の軍勢が北斗門山から一里ほど南に迫った。

「倭族（日本軍）は既に天険の利を占めて布陣しているゆえ、我が軍が攻めるには甚だ不利です。その上、漢城が落ちた今、一道の兵馬を出陣させ、かような小敵を討たんとして、万が一にも失敗した場合、大事を誤る恐れがありましょう。我が軍は敵の隙を窺い、所在が不明となった王命を待つのが妥当かと存じます」

光州牧使《クワンジュモクサ》の権慄《クォンユル》が李洸に進言する。

「万余の兵を率いる我らが、寡勢の敵を攻めぬとあらば、ますます敵はつけあがり、我らは腰抜けと嘲《あざけ》られよう。彼奴らを皆殺しにして牛馬の餌とすべし」

李洸は拒否し、進軍を命じた。ただ、さすがに偵察を送った。

「偵察からの報せでは、前方は木立が深く、道も狭いので大軍は進みづらく、再考したほうがいいかもしれません」

白光彦は恐る恐る報告した。

「お前は、それほど倭族が恐いか！　恐いならば外れても構わぬぞ」

李洸が叱責すると、白光彦は奥歯を強く嚙んで北斗門山に向かう。

「どれほどの犠牲が出ても知らぬぞ」

白光彦は吐き捨てながら馬脚を進めた。

一方、北斗門山に籠る脇坂左兵衛は大軍の接近を知ると、文小山の渡邊七右衛門と相談し、すぐさま漢城の安治に遣いを送った。

「籠城前に少しでも多くの水を汲んでおこう」

小塁から十数人が出たところ、敵の先鋒と遭遇。多勢に無勢は否めず脇坂兵は全員が討ち取られた。助けようと外に出た兵も斬られた。

脇坂左兵衛は城門を閉ざし、北に位置する渡邊七右衛門と使者を往復させ、敵が攻めてきたら、互いに攪乱することを決めた。

白光彦らは北斗門山を攻撃しようとしたが、陽が落ちたので周囲を焼き払って退いた。

その夜、報せは漢城の安治に届けられた。

「真実《まこと》か！　直ちに救援に向かう」

家臣を見捨てるわけにはいかない。安治は事実上の大将である宇喜多秀家に援軍を頼み、夜にも拘《かか》わらず漢城を発った。率いる兵はおよそ九百であった。

（敵は二万。我らは左兵衛らを合わせても一千五百余。普通に戦えば一瞬で潰される。謀《はかりごと》を企てねばの。と申しても挟み撃ちしかないが）

安治はこれまでの人生で、初めて不利な状態で戦わねばならず、不安でしかなかった。

五日の朝から朝鮮軍は両砦を攻撃するが、脇坂左兵衛、渡邊七右衛門ともに砦からは打って出ず、引き付けた敵を弓、鉄砲で打ち倒した。

正午頃、安治らは文小山から半里ほど北の小北山《ソペクサン》に到着した。両砦とも十重二十重に囲まれているが、乱入された形跡はなかった。

「間に合ったか。合図を致せ」

安堵しながら安治は命じ、高々と狼煙《のろし》を上げさせた。

灰色の煙が濛々《もうもう》と上がる、これを見た朝鮮兵は動揺しはじめた。さらに安治は地元の民が着る麻色の平服、上衣《チョゴリ》と袴《バジ》を身につけた家臣を放った。

「数万の倭族が漢城から押し寄せたぞ」

朝鮮語で触れさせた。小西行長と同陣している対馬の宗義智は朝鮮と貿易をしていたので配下には朝鮮語を話せる者が多い。そこで安治は何人かの家臣に、必要な言葉を覚えさせた。

安治は兵を五町ほどまで接近させ、林の陰から鬨《とき》を上げさせた。

これを合図に脇坂左兵衛、渡邊七右衛門は砦を打って出た。まさか、寡勢の敵が出撃するとは思わず、朝鮮兵は狼狽する。そこへ鬨と流言で浮き足立った。

「今ぞ、かかれーっ！」

安治が率いた兵は山本右近を先頭に鋒矢の陣形となって文小山を囲む軍勢に突撃し、容赦なく敵を斬り捨てた。

「敵は寡勢じゃ。騙されるな！」

白光彦は叫ぶが、戦意を失った兵を止めることはできない。朝鮮軍は、我先にと逃げだした。

「逃すな！　追い討ちをかけよ」

安治は大音声《だいおんじょう》で叫び、挟み撃ちにした敵を徹底的に追って討ち取った。

李洸は逃れたが、白光彦は討死した。安治は半里ほど追撃をさせて引き上げさせた。周囲には夥《おびただ》しい数の屍が横たわっていた。

「明日は我が身じゃな。こののち一揆となって仕寄ってこられると厄介じゃの」

朝鮮兵は指揮官以外は平服でいるので、武器を持っていなければ一般の民と兵の区別が難しい。遊撃戦《ゲリラ》に出られると泥沼の戦いに引きずり込まれることは予想に難くなかった。

「まあ、無事でなによりじゃ」

安治は脇坂左兵衛らを労い、ささやかな祝杯を上げた。

その後も朝鮮水軍の勢いは止まらず、六月二日には唐浦《タンポ》海戦、五日には唐項浦《タンハンポ》海戦、七日には栗浦《ユルポ》海戦で日本水軍は敗れ続けた。

漸《ようや》く事の重要さを理解したのか、六月二十三日、秀吉は脇坂安治、九鬼嘉隆、加藤嘉明に水軍を編成し直し、朝鮮水軍を撃破することを命じた。

七月上旬、命令が届けられ、安治らは釜山から六里（約二十四キロ）ほど西に位置する熊川《ウンチョン》に移動した。

二

熊川は、それほど大きな町ではないが、南の巨済島《コジェド》、加徳島《カドクド》に挟まれた海域は釜山から西に向かう船舶の要衝であり、西の安骨浦《アンゴルポ》との間の海域もまた同じである。

「敵の船は足が速く、小廻りが利く。それに敵は船上から地字銃筒《チチャチョントン》や玄字銃筒《ヒョンチャチョントン》と申す大筒を放ち、投石器《ドンドルギ》で震天雷《ジンウンレイ》という炮烙玉を放って船を炎上させる。火矢も使うから厄介でござる」

これまで何度も朝鮮水軍と戦ってきた藤堂高虎が説明する。

藤堂高虎は近江の出身で、浅井長政をはじめ六度も主を変えた武将である。

「しかも敵の船は二百をも超える。我がほうは数で劣ってござる」

「されど、どこかで一度、打ち破らねば兵糧の輸送もままならぬな」

水軍の主将ともいうべき九鬼嘉隆は強気だ。過ぐる天正六年（一五七八）、摂津《せっつ》の木津《きづ》川沖で鉄甲船を操って、毛利水軍に勝利していることもあり、声が大きい。

「時と場所は考える必要がござる。李舜臣と申す敵将が戦上手にて船や兵の扱いが巧みでござる」

李舜臣は京畿道の漢陽《ハンミャン》出身で、この年四十八歳。若い時から勇猛果敢で、女真と国境を接している咸鏡道で活躍するも、上司との不和で左遷され、不遇の時代を送っていたが、前年、右議政《ウウイジョン》（現在の副首相）を務める柳成龍《リュソンヨン》の推薦により、全羅左水使《チョルラチャスサ》に大抜擢された。

藤堂高虎は慎重であった。

「先日、儂は十倍の敵と戦ったが、たいしたことはなかった。我らも大筒や長鉄砲は積んでいる。我らが集えば、恐るるに足りぬのではないか」

龍仁での勝利が、安治の気を大きくしていた。

「臆していると思われるのは心外。左様なこととなれば、いつ、どこでも戦いましょう。某《それがし》は先陣を希望致す」

愚弄されたと思ったのか、藤堂高虎は強く主張した。

「そう気負われるな。意気込みは判るが、調和は必要。海は個別に戦うと命取りになる」

九鬼嘉隆は宥《なだ》める。

「当家は小早を巧みに使う者が多いゆえ、遊軍として敵の背後や横腹を突きたい」

安宅船を持たぬ加藤嘉明が進んで言う。

「よいかもしれぬ。方々いかがか」

あっさりと九鬼嘉隆が承諾したので、安治らは頷《うなず》いた。

二日後、藤堂高虎の陣屋で評議を開いた。偵察によれば釜山が朝鮮水軍の襲撃を受けるという報せが届けられた。

釜山は日本軍にとって朝鮮半島の玄関口であり、侵攻の象徴地でもある。籤《くじ》引きにより、安治が熊川に残ることになった。

「くそっ」

安治は吐き捨てる。海戦は初めてであるが、九鬼嘉隆に劣らぬ船を所有している。炬口三郎《たけのくちさぶろう》もいる。不安はあるが、負ける気はしなかった。

九鬼嘉隆らは釜山に向かった。ただ、これは敵の流言だった。

七月七日の朝であった。

「申し上げます。敵の板屋船《パンオクソン》が六隻、加徳島と巨済島の間を航行しております」

物見が報せた。板屋船は安宅船に匹敵する大型船である。

「なに、儂しかおらぬゆえ舐《な》めておるのか、出撃じゃ」

安治は激怒し、全船に出撃命令を出した。

板屋船は安治らを挑発するかのようにゆっくりと進んでいた。

「どう思う？」

安治は炬口三郎に問う。

「板屋船だけというのが引っ掛かる。敵の誘いやもしれぬ。遠目に多くの船を見たら熊川に引き返すことじゃ。湊で引き付けて叩くほうがいい」

「承知」

実戦経験豊富な炬口三郎の言葉を安治は信じた。

板屋船は銅鑼《どら》を鳴らしながら逃走する。脇坂軍は戦鼓を打ち鳴らしながらこれを追った。

距離がどんどん詰まり、五町ほどまで縮まったのは熊川から十二里（約四十八キロ）ほど南西に位置する巨済島西の閑山島《ハンサンド》沖に達した時だった。

突如、板屋船は方向を転換し、船首を安治らに向けた。途端に島陰から数多の小型船や中型船が出撃し、安治らを取り囲むように進めてきた。七十余はいた。

「罠じゃ、逃れよ」

炬口三郎は怒号するが、敵はどんどん近づいてくる。しかも板屋船に鉄板でしめきらせた蓋をかぶせ、龍の頭をつけた船が大型船とは思えないほど速い。

「あれはなんじゃ」

「おそらく敵の大将が乗る亀甲船《コブクソン》と申す船であろう」

亀甲船は脇坂左兵衛に地字銃筒を放ちながら近づき、横腹に穴を開けていく。

「早う逃れよ」

安治は叫ぶが刻を追うごと左兵衛の船の動きが鈍くなる。その間に他の船が近づき、脇坂左兵衛の船に乗り移っていく。安治は助けに向かうが、他の船と抗戦しているので助けられない。やがて左兵衛は斬り死にし、船は沈んだ。

「左兵衛！」

安治は弓を放って近づこうとするが、自身を守るので精一杯だった。やがて渡邊七右衛門の船も炎上した。

「七右衛門！」

「早う逃げよ。お主が討たれれば戦は負け。逃げれば再起できる。犬死するな」

「あい判った」

炬口三郎の助言を受け、安治は退却の銅鑼を鳴らした。

「この船は遅い。小早に乗り換えよ」

大将船を捨てるのは口惜しい限りだが、脇坂家のためにも日本軍のためにも、ここで死ぬわけにはいかない。安治は小天狗という名の小早に乗り換えて逃亡した。

安治らは閑山島に逃れ、二百余人が上陸して様子を窺った。

「これだけか」

「四散しただけじゃ。家臣の無事を信じろ。今はお主のことを考えよ」

前向きな炬口三郎の言葉に安治は頷いた。

安治らは筏《いかだ》を作って島から脱出を計ったところ、再び攻撃を受けたが、なんとか危機を脱して巨済島に達している。

閑山島沖の海戦で脇坂勢は多数の船を失い、脇坂左兵衛ら八十六の名のある武士が討たれ、唐項浦は死体で溢れんばかりであったという。

「くそ、この仇は必ず討ってくれる」

這々の体で熊川に逃げ帰った安治は復讐を誓った。

閑山島沖の敗戦を知った九鬼、加藤軍は十日、安骨浦の入江に朝鮮水軍を引き付けて勝利した。炬口三郎が勧めた戦い方であった。

安治は、悔しくてならない。


数々の敗報を聞き、秀吉は水軍の拠点となる城を固く守り、安易な海戦を禁止した。さらに新たに藤堂高虎、堀内氏善らの紀伊水軍、菅達長、来島兄弟を船手衆に加え、水軍の編成を行った。日本国内では朝鮮水軍に対抗するための大型船の建造を開始させている。

秀吉の命令を受けた日本水軍は船を釜山に集めた。その数は四百三十余隻である。脇坂家の船も半分ほどが戻っていた。但し、安宅船は沈められてしまったが。船、ともども痛いのは家臣たちである。水夫を含めて二百を失った。

（早う機会がこぬか）

安治は脇坂左兵衛らの位牌に手を合わせながら出陣を待った。

日本水軍が釜山の湊を出ないのは、朝鮮水軍を恐れているからに違いない。そう察した李舜臣は一気に殲滅させようと八月下旬、麗水《ヨス》を発った。船数は三百三十二隻。

朝鮮水軍は途中で物資を運搬する日本の船を撃沈させ、日本軍が押さえている長林浦《チャンリムポ》、西平浦《ソピョンポ》を叩き、釜山沖に進んできたのは八月二十九日のことであった。

「来たか！」

五体が瞬時に過熱し、安治は躍り上がるように喜んだ。すぐに安治は釜山に在陣していた大将の毛利輝元の許に駆け込んだ。既に主だった諸将は顔を揃えている。

「出陣しましょう。敵の戦い方は判ってござる」

「殿下は無用の海戦を避けよとの仰せじゃ。入江に迫れば、大筒にて迎え討つ所存」

鷹揚に毛利輝元は言う。九州、中国地方九ヵ国百二十万石を領有する輝元。先に他界した叔父の吉川元春や朝鮮に在陣している小早川隆景に任せていれば、自身が昼寝をしていても御家は安泰だったので、同じ感覚でいるようである。

「釜山は日本の出先にて、本陣も同じ。一兵でも上陸を許せば、殿下の御名に瑕《きず》がつきましょう。いつにても出撃できるよう備えることが大事かと存ずる」

同じ賤ヶ岳七本鑓の加藤嘉明も安治に賛同する。

「されば、貴殿らは備えられよ」

身内で争うのはよしとせず、輝元は許した。

「承知」

胸を昂《たかぶ》らせながら、安治は帰陣した。

「左馬助に後れをとるでないぞ」

先陣は自分だとばかりに安治は関船の海鳳《かいほう》に乗船した。加藤嘉明は同じ淡路衆でもあるので競争心は強かった。

日本軍は釜山浦内の城東の崖下に、大まかに三つに分けて船を停泊させていた。

昼頃、李舜臣率いる朝鮮水軍が釜山浦沖に姿を見せた。

「左兵衛らの恨みを晴らす時じゃ」

安治は家臣たちの尻を叩く。

「落ち着け。毛利の砲撃が終わってからが常道であろう」

炬口三郎が窘《たしな》める。

「そうかもしれぬが、そちには家臣を失った憎しみは判らぬか。左兵衛らは、まだ儂が近江で鑓を担いでいた頃から付き従ってきたのじゃ。この恨み晴らさずにいられようか」

安治は命じ、朝鮮水軍に向かって漕ぎ出した。加藤勢は様子見であった。

「よし先陣じゃ」

喜び勇んで船を進ませ、大筒を備えさせた。距離は三町（約三百二十七メートル）ほどであった。

その途端、朝鮮水軍の先鋒を務める李純信《イスンシン》らに集中放火を浴びた。

「なにゆえ、敵の大筒は届くのじゃ」

瞬く間に二隻が炎上、安治は慌てて湊に戻らせた。

「くそっ、我が装備では勝負できぬのか」

安治は地団駄《じだんだ》踏んで悔しがる。またも船と兵を失った。

脇坂勢を鎧袖一触《がいしゅういっしょく》にした朝鮮水軍は自信満々、釜山浦に殺到した。

「儂は指を咥《くわ》えて見ているしかないのか」

握っている扇子が歪《ゆが》む。海の中を潜っても、敵に一鑓入れたかった。

安治が歯噛みしていると、城東の山の中腹から、耳を劈《つんざ》く轟音が響き渡った。放たれた百匁《もんめ》（約三百七十五キログラム）の大玉は、半里ほども飛んで李舜臣の亀甲船の屋根に風穴を空けた。

「おおーっ！」

嘗てない大筒の飛距離を見て、安治をはじめ日本兵は皆感嘆の声をもらした。何度も煮え湯を呑まされた朝鮮水軍から奪った大筒である。

陸からの砲撃は続き、李舜臣の腹心である右部将《ウプーチャ》の鄭運《チョウウン》を即死させた。

まさか日本軍にこれほどの攻撃力があるとは思わず、李舜臣も焦った。おかげでうまく照準が合わせられず、日本側を崩すことができなかった。

「好機じゃ。こたびこそ敵を討つ！」

安治は懲りはしない。大音声で叫ぶと再び櫓を海水に入れた。

脇坂勢とほぼ同時に、加藤、九鬼、藤堂らの日本水軍も船を進ませた。

海鳳は日本製の大筒を放ち、弓、鉄砲を浴びせながら、陸からの大砲に怯える敵に接近し、遂に横づけをした。

「乗り込め！」

安治は自ら鑓を手に敵船に乗り込み、敵に向かって突き出した。

「久しぶりじゃの。賤ヶ岳以来か」

鋭利な穂先が肉体を貫く鈍い感覚を思い出しながら、安治は次々に仕留めていった。

敵の船を一つ奪い、ようやく我に帰った。

「敵大将の船を狙え」

安治は龍の頭をつけた亀甲船に向かい、太刀を振り降ろした。

脇坂勢のみならず、加藤、九鬼勢も李舜臣を狙っている。李舜臣は巧みに距離をとりながら配下に指示を出していた。

せっかくなので、安治は敵の船から大筒を奪い、李舜臣に向かって放たせる。飛ぶには飛ぶもののの、なかなか敵に当たることはなかった。ただ、威嚇にはなる。

李舜臣は陸からの砲撃を恐れて、近づいてはこなかった。互いに距離をとっての戦いになり、陽が落ちると朝鮮水軍は沖に消えていった。

損害はあったが、得るものもあった。敵から大筒を奪ったので、これを元にもっと精度のいい大筒を作れば、武器で優勢に立てる。

白兵戦《はくへいせん》は日本兵のほうが強い。朝鮮水軍は遠間から大筒で破壊、沈没させることを第一と考えていたようである。

「次こそは」

安治は勝利することを新たに強く胸に刻んだ。

釜山浦の戦いで朝鮮水軍を追い払ったので、秀吉は安治らに感状を贈った。

大筒の製造がなかなか進まなかったこともあり、その後、水軍どうしの小競り合いが続くものの、日本軍の旗色は悪かった。

海上のみならず、陸で戦う日本軍も劣勢を強いられるようになってきた。

日本軍は非戦闘員の惨殺に加え、日本語の強要、月代《さかやき》を剃らせるなどしたことで、李政権に反発していた民衆は、挙《こぞ》って日本軍を敵とみなすようになり、各地で義勇兵が蜂起して、日本軍はゲリラ戦を受けて死傷者が続出した。

釜山浦では勝利したものの、大海原での戦いは劣勢続きで制海権を奪われている。日本軍は補給路を断たれ、武器弾薬と兵糧不足に悩まされ、禁じられていた刈田狼藉を行った。

加えて朝鮮の寒さ。九州をはじめとする西国の兵が主力のせいか、寒さで体調を崩し、兵糧不足で免疫力が落ちているところに風土病が重なって、日本兵は疲弊した。

十二月になると、朝鮮国の求めに応じ、遂に明国の先鋒が、国境を越えて平安道の義州《ウィジュ》に入った。

朝鮮の王子二人を捕らえ、兀良哈にまで攻め込んだ清正も後退を余儀無くされ、占領地を放棄して制圧線を南に下げざるをえなかった。

明国征伐と、大言を吐くものの、現実は大軍を率いる明国との直接対決はしたくない。石田三成や第一陣の先鋒を務める小西行長によって、明との和睦交渉は続けられ、話し合いの結果、一時停戦ということで一応纏まり、五月十五日、行長が明使の謝用梓《しゃようし》、徐一貫《じょいっかん》、沈惟敬《しんいけい》を連れて帰還した。

謝用梓らは偽りの使者であるが、秀吉の講和用件を持って帰国した。朝鮮に在陣する日本軍を半分に減らし、明国の返答を待っているといった状況であった。

講和は明国とのことで朝鮮は蚊帳《かや》の外。

文禄二年（一五九三）五月二十日、話を有利に進めるために、秀吉は晋州城《チンジュソン》攻撃の命令を下した。

六月十九日、日本軍は晋州城を包囲した。

安治らの水軍は晋州湾岸に船を並べ、朝鮮水軍に備えた。

戦は十日に亘って繰り広げられ、十九日、亀甲車《きっこうぐるま》で城門の一角を崩して寄手は城に乱入。城に籠っていた六万余を皆殺しにした。文禄の役開戦以来、最大の死者が出た戦いとなった。

幸いにも朝鮮水軍は晋州湾に姿を見せることはなかった。

戦後、酒宴が行われた。

「治部《じぶ》と薬屋（小西行長）は、なんぞ画策しておるぞ。儂に兵を進ませぬように悉《ことごと》く足を引っ張りおった。明との戦を避けるのもその例じゃ。そちたちも気をつけるがよい。味方などと、たかを括っていると、武器も兵糧もない状態で戦わねばならぬぞ」

酔っていることもあり、清正は公然と三成を批判した。

（確かに戦に強い虎之助を明への入口となる平壌へ向かわすほうがいいとは思うが。まあ儂らは水軍ゆえ、虎之助のようなことはないが）

不平、不安はどこにでもあるので、それほど三成らへの憎しみはなかった。

一時停戦が決まり、改めて朝鮮における在番が発表された。

加藤清正は西生浦《ソセンポ》城、毛利吉成や島津忠豊（豊久）らは林浪浦《イムナンポ》城、黒田長政は機張城、毛利輝元は釜山浦城、吉川廣家は東莱城、小早川隆景、秀包は亀浦《クポ》城、毛利秀元は加徳島城ほか、鍋島直茂は金海《キムヘ》竹島《チュクド》城、小西行長は熊川城、九鬼嘉隆や脇坂安治らは安骨浦城、島津義弘は巨済島の永登浦《ヨンドンポ》城、福島正則や長宗我部元親は同島の松真浦《ソンジンポ》城、同じく蜂須賀家政と生駒親正は長門浦《ジャンムンポ》城。

総勢四万三千が残された。渡海した兵の七割強が帰国することになった。

三

講和交渉は決裂。年が明けた慶長二年（一五九七）の二月二十一日、秀吉は朝鮮出陣の陣立てを発表した。

脇坂家は蜂須賀家政らと七番隊に編制された。総勢十四万一千五百余人である。

安治の軍役は一千二百人。先の戦では三百余人の死者を出した。淡路は京、大坂のように人は住んでいないので、安治は領内の男子を、片っ端から参集しなければならなかった。

また、死なせた家族への保証もせねばならず、武器、弾薬、新たな船の用意も必要なので、台所は火の車であった。当然、集めた年貢で全て賄《まかな》えるわけではない。安治は堺の商人から多額の銭を借りねばならなかった。

日本を発つ前に、安治は肥前名護屋の屋敷にいる吉継を訪ねた。

「なんだ、行く前から里心がついたのか」

安治を見るなり、吉継は戯れ言を言う。

「ちと憎まれ口でも聞きにの。これを使え」

安治は黒田長政からもらった目薬を吉継に渡した。黒田はかつて小寺姓を名乗っていた頃、「玲珠膏《れいしゅこう》」という目薬を売っていた。これがよく効き、家伝として伝えられていた。奉行の吉継と如水《じょすい》・長政親子とはあまり仲が良くはなかった。

「なにゆえか」

「恍《とぼ》けなくてもよい。時折、目を擦り、遠くと近くを交互に見ることがある。どのぐらい見えるのか」

「つまらぬことにはよく気づくの。そちの顔は見えるゆえ安堵致せ」

悪態をつきながらも、吉継は会釈して薬を受け取った。

「そちにも出陣命令は出されていよう。ご辞退を申し上げ、療養してはいかがか」

「日本《ひのもと》の大事に、我が身のことを優先できぬ」

難しそうな表情で吉継は首を横に振る。

「日本の大事ゆえじゃ。秀頼様が誕生なされたことは豊臣家にとっては喜ばしいことじゃが、殿下は溺愛のあまり上方から動かず、名護屋にも来られることもない。再度の出兵じゃが、もはや他人事のように見受けられる。我らを異国で討ち死にさせ、浮いた所領を秀頼様に与えるための戦と皮肉を申す者もいる」

「先の戦で功を挙げられなかった者の、やっかみであろう。気にするな」

「虎之助の話では、治部と摂津守（小西行長）が虎之助の前進を止めているそうな。奉行は左様な思惑でいるのか」

目をしばたかせる吉継の肚裡《とり》を覗き込むようにして安治は問う。

「戦は土地の奪い合いじゃ。治部たちは少しでも朝鮮の地を得ているうちに講和を纏めようとしているのであろう。そのためには不義も是としているのやもしれぬ」

「殿下はそのことは？」

「鋭いお方ゆえ、知らぬふりをしておられる。本音では唐入りは無理だと思われているのではなかろうか。勝利の名目だけは無にできぬ。あとは秀頼様の代に広げる、と」

主君のことなので、辛口の吉継も言いにくいようであった。

「そちの思案は？」

「儂は下知に従うのみ。他意はない」

「治部と虎之助のいずれに属《つ》くと問われたら」

「下知次第。下知なくば、日本の益を優先し、個の功は後廻しにする」

自信を持って吉継は言う。視力が衰えても、眼光から強い意思が感じられる。

「もめるはずじゃ。されど、奉行の中に、そちのように、軸のぶれぬ者がいなくてはならぬ。ただ、いくら日本のためとは申せ、虎之助や儂らは戦陣に身を呈しておる。奉行の思惑だけで事を進められては困る。治部たちをしっかり引き締めよ。儂は首を取らねばならぬ輩がいるゆえ地獄の蓋を開けねばならぬ」

「李舜臣か。対策はあるのか」

「船足を速くするため、船の強度が落ちぬ程度に船を軽くした。これで回転しても背後に廻られずにすむ。大筒の玉が遠くに飛ぶようになった。戦うのが楽しみじゃ」

何度も試したので信じられる。あとは実戦あるのみであった。

「戦を好む者は往々にして命を失うものじゃ。それゆえ、先の戦で殿下が下知したとおり、無用な戦は避けるべきじゃ」

「敵がそう思ってくれればいいが。そちも体を厭《いと》え」

「死ぬなよ」

「そちもの」

挨拶を交わした安治は大谷家の陣屋を後にした。

（講和を優位にするために出陣するとはの）

文禄ノ役と呼ばれる先の戦いは、唐入りという夢があったが、現状の維持のための戦いというのは気が引ける。

（かような戦のために、何人の兵が死ぬのであろうか。流れ玉に当たれば、儂もじゃ）

出陣は気が重かった。

七月上旬、七番隊は釜山浦に到着した。

（また地獄に戻ってきたか。ならば鬼の首をとらねばの）

安治は李舜臣への恨みは忘れていなかった。

釜山は日本軍の支配下に置かれているので安全な地ではあるが、加徳島の日本軍はたびたび閑山島《サンド》（見乃梁《キョネリャン》）の敵に襲われているという。

戦全体を有利に進めるためにも敵の水軍を先に叩くべきだと意見で纏まった。

また、耳よりな情報も届けられた。朝鮮軍に伝手のある宗義智の配下が朝鮮軍の慶尚右兵使《ウビョンサ》の金応瑞《キムウンソ》の許を訪れ、文禄の役で日本水軍を散々悩ませた李舜臣は、元均《ウォンギュン》らの讒言《ざんげん》によって失脚し、一兵卒として従軍するという。

（我が鑓で串刺しにしてやりたかったが。まあ、その程度の輩であったか）

残念にも思いつつも胸を撫で下ろすのも本音だった。

日本軍の本格的な再攻を知った朝鮮府は、忠清・全羅・慶尚三道水軍統制使《トンジェサ》の元均に、制海権を奪い後方攪乱《かくらん》と海路の遮断、日本水軍の排除を命じた。

李舜臣を左遷させ、三道水軍統制使となった元均は傲慢になり、日本水軍を軽視していた。元均は妾《はべ》を侍らせて閑山島を動かず、慶尚右兵使の裴楔《ペソル》に、まずは熊川を急襲したのちに制圧し、兵糧を入れろと命じた。

命令どおり裴楔は板屋船二隻を先鋒に立て、大小数百の船を率いて閑山島を出撃した。

「熊川が襲われる」

報せを受けた安治、藤堂高虎、加藤嘉明らの水軍は救援のため釜山浦を出航した。

七日の午後、日本水軍は熊川沖に到着したが見当たらない。

「いつぞやのごとく、敵の流言か」

半信半疑だった安治らは、夜半になり、南の加徳島に向かったところ、裴楔らの軍勢と遭遇した。この出陣は藤堂高虎が主導することになっている。

「いかがするか」

小船を高虎の許に差し向けたところ、高虎は夜陰に乗じて船を進めていた。あっと、思った時には敵に向かって砲撃を開始した。

「おのれ、抜け駆けか」

脇坂勢は敵の右側に廻り込むように進み、改良を加えた大筒を放った。暗闇の中、雷鳴のような轟きが響き、十町（約一キロ）ほど先に黒い水柱が上がり、敵は狼狽《うろた》えた。

「敵はおののいておる。続けよ」

安治は長鉄砲を含む用意した十門を開いて発射させた。安治は先の敗戦から学んでいる。戦う時、水夫はそのままにしていたが、お陰でいい的にされた。このたびは戦っている時も水夫は櫓を漕ぎ、常に移動させた。その代わり、射撃手に高度な技術が求められるが、それはさんざん訓練させたつもりである。

「稽古の成果を試す時ぞ。存分に見舞ってやれ」

安治は激励し、各砲身が熱で歪むまで大筒を放たせた。辺りが白む頃には敵船は逃げまどうばかりであった。

「敵船に乗り込め！」

脇坂勢は鉤縄《かぎなわ》を架けて敵船を引き寄せ、続々と乗船して敵を斬り、突き倒した。鎧、刀では勝ち目はないと、朝鮮水軍の兵は次々に海に飛び込んだ。脇坂勢は無人敵船を乗取った。

裴楔は残る船を纏めて閑山島へ逃亡。日本水軍は十里（約四十キロ）ほども追撃し、兵糧二百余石を奪い、数十隻を撃沈した。

「抜け駆けとは汚し。軍法に叛くことでござる」

安治と嘉明は高虎の船に使者を送って抗議した。

「物見が敵と遭遇したゆえ、偶然の戦い。決して抜け駆けではござらぬ」

高虎は悪びれることもなく返答したという。

「藤堂奴《め》」

食えぬ奴だと安治は吐き捨てた。

加徳島沖の敗北を聞いた都元帥《トウォンス》の権慄は、元均の怠慢に激怒し、次に失態を犯せば死罪にすると、七月十一日、厳しい命令を下した。

後がなくなった元均はすぐさま閑山島に戻り、航行可能な軍船を纏め、七月十四日、出撃した。偵察が戻り報せた。

藤堂高虎を先陣、長宗我部元親を大将にした日本水軍六百余隻は、朝から小雨が降る中、熊川を出航した。日本水軍は釜山から三里（約十二キロ）ほど南西の絶影島《チョルヨンド》沖に展開し、待ち受けることにした。

翌十五日、朝鮮水軍が絶影島沖に達した時、急に波風が強くなり、辺りは暗くなった。日本水軍にすれば、飛んで火に入る夏の虫といったところか。

逆に元均は敵が待ち構えるところに入り込んだことになる。逃げれば追撃を受ける。ここは敵に一撃喰らわせてから退くというのが戦の常道。元均は船団を前進させたが、水夫たちは閑山島を出てから船を漕ぎ続けて疲労困憊《こんぱい》していた。

朝鮮水軍の船は明らかに速度が鈍っていた。

日本水軍は敵の様子を探った上で、待ち構えて一網打尽にする策を立てた。

藤堂、長宗我部家が偵察を出す中、加藤家も倣う。ところが、加藤家の塙団右衛門《ばんだんえもん》は勝手に敵と戦いをはじめ、嘉明は図っていたのか、本格的に加わった。

「左馬助《さまのすけ》奴、抜け駆けか」

即座に安治も船を進め、戦いに参じた。ほかの日本水軍も参陣。

日本水軍六百余隻に対し、朝鮮水軍は百余隻。朝鮮水軍の船は次々に炎上し、または拿捕《だほ》されていった。

朝鮮水軍は崩壊して四散。日本軍は散々に追撃して討ち取った。裵楔は閑山島に逃亡。閑山島に逃れた元均は十六日に討ち取られた。

戦後、先陣を命じられた藤堂高虎は激しく嘉明の抜け駆けを批難したが、福原長堯《ふくはらながたか》らの軍監に却下された。高虎は抗議するが、秀吉は嘉明の戦功と評価した。

「七本鑓の役得じゃの」

抜け駆けはあり。安治の胸にも刻まれた。

朝鮮水軍は崩壊したので、簡単に立て直すのは難しい。宇喜多秀家と毛利秀元は判断し、この機に内陸部の城を一つでも多く攻略しておこうと、水軍にも城攻めの命じた。

八月十二日、脇坂勢は釜山から三十九里（約百五十六キロ）ほど北西に位置する全羅道の南原《ナムウォン》城攻めにも参加した。

南原は慶尚道と全羅道を結ぶ交通の要衝で、日本軍としては絶対に押さえておかねばならぬ地である。同地には高い石壁に囲まれた二十三町（約二・五キロ）四方の正方形をした平城が築かれていた。

三日間、五万余の寄手が攻撃。激戦の末に陥落。一千ほどいた城兵はほぼ討死した。

ただ、明軍の副総兵《ふくそうへい》の楊元《ようげん》などは城から逃れた。これは小西行長と宗義智が楊元を討たぬように指示を出して逃亡を見逃したからだという。

「以前、虎之助が、治部と小西は画策していると申していたが、真実なのか」

同じ淡路水軍の加藤嘉明に安治は問う。

安治は後詰だったので、それほどの活躍はなかった。

「よくも悪くも講和のことを考えているのであろう」

「講和ありきの戦だとすれば、確かに虎之助が怒るのも無理はないの」

「まあ、儂ら水軍にはあまり関係ないの」

「そうでもなかろう。こうして陸の戦いに参じさせられておる。いつ李舜臣が復帰するやもしれぬ。此奴を斬らねば安心して沖に船を出せまい」

安治の言葉に嘉明は頷いた。

四

南原城攻撃に参加した安治らは西に目を向けた。

九月七日、日本水軍の先陣五十五隻は全羅道南西の海南郡《ヘナムグン》の於蘭浦《オランポ》に到着した。休息をとっていたところ、朝鮮水軍十三隻に急襲され、日本軍は十三隻を失った。朝鮮水軍には李舜臣によく似た武将がいたという。

「李舜臣、やはり復帰していたか」

閑山島で報せを聞き、嘉明はもらす。

「国の危機に出世争いしている場合ではないということか。されど、敵は寡勢。しかも、こたび我らの大筒は敵を上廻る。本腰を入れれば後れを取ることはあるまい」

自信を持って安治は言う。日本水軍は三百十数隻を残していた。

「厄介なのは潮の流れと岩礁の場所。敵には地の利がある」

「左様なことは先陣の儂に任せればよい」

藤堂高虎は鷹揚《おうよう》に告げる。

「抜け駆けされぬようにの」

安治が皮肉をもらすと、高虎は目許を顰《しか》めた。

三百十数隻の日本水軍は於蘭浦の仇討ちを果たすために閑山島を出立。十四日、於蘭浦沖に到着したが、敵の姿はなかった。

「また、騙しか」

慎重に偵察を出したところ、於蘭浦から十里（約四十キロ）ほど北西に位置する珍島《チンド》と右水営《ウスヨ》の間の鳴梁《ミョンリャン》に隠れているという報せが届けられた。

「行くまでじゃ」

先陣の高虎は乗り気だ。

「あまり移動が長いと、水夫が疲弊して船足が鈍る。少し休んだほうがいいのでは」

安治は自身の欲望を押さえて助言する。

「すぐそこまで追い詰めているのに、目を放せば、またどこぞに逃げられる。陸の戦を優位にするもしないも我ら水軍次第。敵に船がなければ、我らは好きなところからでも上陸して敵の背後に仕寄ることができる。太閤殿下の兵略であろう」

秀吉の名を出されると反論できなかった。

十五日の早朝、日本水軍は鳴梁に接近したところ、百余の敵船を発見した。

「あれは漁舟ではないか。小さいぞ」

目を細めて安治は言う。

「油断させる策やもしれんな。本船は漁舟の影や岩陰に隠れているかもしれぬ」

炬口三郎が指摘する。

「さもありなん」

藤堂勢を先頭に、脇坂勢は二手として鳴梁の水路に入っていった。

「大丈夫か」

「任せろ。かようなところで船を扱うのが海賊というものじゃ」

炬口三郎は胸を張る。周囲は高い崖で、まさに狭隘の地であった。

漁舟は李舜臣の偽装策で、時間稼ぎでもあった。そうとは気づかぬ日本水軍は隘路の奥にと進んでいく。ちょうど中間に差し掛かった時、潮の流れが停止した。

「船が遅くなっておらぬか」

「狭い地ではよくあることじゃ。かような時は、じっとしていればよい」

炬口三郎に不安はなさそうであった。

ところが、急に潮の流れが逆流した。それだけではなく、潮は津波のごとく三丈（約九メートル）も隆起して日本水軍に襲いかかってきた。
「騒ぐな。この程度の波では船は沈まぬ。かような時、櫓は折れるゆえ動かすな。舵を真直ぐに保て」

炬口三郎は落ち着かせようとするが、船は隘路で回転し、前後も判らぬ状態で潮に押し戻された。

日本水軍が算を乱した瞬間を逃さず、鹿島《ノクド》に隠れていた李舜臣は板屋船を押し出して日本水軍の横腹を突いた。

「また、彼奴か」

赤い具軍服《クグンボク》には見覚えがある。李舜臣である。

「彼奴、わざと見えるように着ておるのじゃの」

安治らとは十町（約一キロ）ほど離れていた。

混乱している最中に攻撃を受け、日本水軍は撃沈され、三十一隻を失った。

安治らの船はなんとか堪えられた。安治らは西に向かう。

「よし、反撃に出るぞ」

混乱する味方をよそに、安治は大筒を放つ。敵の玉は半町（約五十メートル）ほど手前で水飛沫を上げるが、脇坂家の大筒は敵のすぐ横で水柱を上げた。

「いいぞ。続けよ」

安治は頬を上げながら命じた。さらに。

「玄蕃允《げんばのじょう》、そちの船は迂回しろ」

安治は脇坂一族の玄蕃允に命じ、珍島の南に向かわせた。これに加藤、藤堂家も倣う。

脇坂勢に続き、加藤や体勢を立て直した藤堂勢も大筒を放つ。皆、堺や近江の国友村《くにとも》で鋳造した精度の高い大筒である。朝鮮の性能を上廻っていた。

朝鮮水軍の船に損傷が出はじめると、退きはじめた。珍島の南を迂回させた玄蕃允らの船に挟み撃ちにされる前に逃れようとしているのかもしれない。

「追え、逃すな！」

安治は叫ぶ。船を軽くして速度を上げられるはずである。

「改良の見せ所じゃ」

船首に立って安治は怒号する。敵に接近することを期待するが、朝鮮水軍の船足は速く、追い付くことはできなかった。

「櫓数の差じゃな。同じ大きさの船だと向こうは十ほど多い。彼奴らは速く移動し、大筒で勝つ戦じゃ。儂らは接近して勝つ戦。考え方の違いじゃ。気にすることはない。次は大将として逃がさぬ策を考えよ」

落胆する安治を炬口三郎が宥めた。

「承知」

李舜臣らは鳴梁の出口から八里（約三十二キロ）ほど北西の唐笥島《タンサド》まで後退したという。

「李舜臣を追い払ったぞ。敵は逃げた。我らの勝ちじゃ！」

「えい、えい、おおーっ！　えい、えい、おおーっ！　えい、えい……」

海面が夕日で紅く染まる中、日本水軍の鬨が上がった。

日本水軍の勝利には間違いないが、鳴梁の海戦では来島通総以下数十人が戦死し、高虎も負傷した。毛利高政《たかまさ》は敵船に攻めかかったとき反撃を受けて海に落ち、溺死寸前のところ藤堂孫八郎《まごはちろう》らに救助されている。まさに総力戦の勝利であった。

この勝利により、日本水軍は右水営を押さえ、全羅道の南沿岸部を制圧下に置くことになった。朝鮮水軍は北の古群山島《コグサンド》まで後退している。

破竹の勢いで勝ち続ける陸の日本軍であるが、本格的に明軍の進出が伝えられ、漢城から十七里半（約七十キロ）ほど南東の安城まで進むのが精一杯であった。

その後は南の沿岸部に戻り、城を死守することが秀吉から命じられた。東西に長く戦線が伸びた形で、安治らは安骨浦の守備をした。

秀吉の命令に従い、日本軍は朝鮮半島の南側を守っているが、明軍と復活した朝鮮軍は逆襲の好機とばかりに、続々と兵を投入。大軍が南下してきた。

十二月八日、明軍の麻貴《まき》提督は四万四千の兵を率いて漢城を出陣し、途中で朝鮮都元帥の権慄率いる一万の兵と合流した。

二十三日、明・朝鮮連合軍は蔚山《ウルサン》城を包囲した。

慶尚道にある蔚山城は、釜山から十三里半（約五十四キロ）ほど北東に位置する城で、浅野長《あさのなが》慶《よし》や毛利秀元、加藤清正の家臣らによって、本丸は十二月下旬におおよそ完成した。

外郭の普請中に奇襲を受けた浅野長慶らは、太田一吉《おおたかずよし》や宍戸元続《ししどもとつぐ》と共に城内に逃げ込むのがやっとのことで、五千ほどの兵で籠城するはめになった。

蔚山城から六里半（約二十六キロ）ほど南西に位置する西生浦城に在していた清正は、急を知るや、僅かな供廻とともに完全包囲される前に蔚山城に入城した。

連合軍は連日猛攻を加え、普請途中の城に籠る城兵は日を追うごとに死傷者を増やした。

浅野長慶らは籠城準備をしていた訳ではないので、兵糧はすぐに底を突いた。清正らも二、三日分の米、塩しか所持していなかったのですぐに餓えた。空腹に加え、この年の朝鮮は南側でも異常な寒波が訪れており、城の内外で凍死者を出していた。

報せが安骨浦城に齎《もたら》されたのは二十八日のことであった。

「いかがなさいますか」

脇坂玄蕃允が問う。

「同じ七本鑓を見捨てるわけにはいかぬ」

報せを聞いた安治はすぐに安骨浦城を発ち、西生浦城に到着したのは二十九日のこと。

既に、黒田長政、毛利秀元、山口宗永《やまぐちむねなが》、竹中隆重《たけなかたかしげ》らは入城しており、あとから加藤嘉明、蜂須賀家政、鍋島直茂・勝茂《かつしげ》親子、生駒一正《かずまさ》、早川長政《はやかわながまさ》らが参じた。

諸将共に、各城に守りを残さなければならないので、一部しか率いていない。兵は数千に満たなかった。

「城の様子は？」

安治は毛利秀元に問う。

「まだ落ちておらぬ。されど、そう長くは持つまい。あとは備前殿次第かの」

皆、宇喜多秀家の着陣を待っていた。

年が明けた慶長三年（一五九八）二日、救援軍の主将に毛利秀元が就き、陣立てが定められた。

一番組は鍋島直茂、毛利吉成、蜂須賀家政、黒田長政。

此次の組は早川長政、熊谷直盛《くまがいなおもり》、毛利友重《ともしげ》、垣見一直《かきみかずなお》、竹中隆重。

二番組は加藤嘉明、生駒一正、山口宗永、中川秀成《なかがわひでなり》、脇坂安治、池田秀氏《いけだひでうじ》。

二番組の大将は毛利秀元。

船手は長宗我部元親、加藤清正の家臣、池田秀雄《いけだひでお》。

（長宗我部、池田などさして海戦をしておるまい。儂や左馬助を陸で使うとはの。宰相〈毛利秀元〉も戦を知らぬ。それだけ兵が不足しているのも事実か）

厳しい戦いを強いられることが窺えた。

宇喜多勢を待ってはおれず、日本の救援軍は陸路を通って蔚山城に向かった。

明・朝鮮連合軍は南を除く三方面から蔚山城を包囲していた。

三日、寒風が吹き荒む中、安治らの救援軍は蔚山城の南を流れる太和江《テファガン》の南に着陣。毛利秀元は城の南西半里ほどの小高い神仙山《シンソンサン》に本陣を置いた。長宗我部勢らの水軍は太和江の河口に達しているせいか、連合軍は様子を窺い、鳴りを潜めていた。

「味方ぞ。後詰がまいった」

日本軍の旗指物を見た加藤清正は、この日、明軍の経理楊鎬《ようこう》と行われる予定であった和睦会談を無効にし、対決姿勢を明確にした。

夕刻前に大将の小早川秀秋《こばやかわひであき》が着陣した。秀秋は、秀吉の正室・北政所《きたのまんどころ》（お禰《ね》）の兄・木下家定《きのしたいえさだ》の五男で、この年十六歳。一時、秀吉の養子になっていたが、秀頼《ひでより》の誕生で小早川家に出されることになった。

秀秋は秀吉の親族なので、この慶長の役では初陣にも拘らず、名目上とはいえ総大将に任じられている。秀秋には既に帰国命令が出されているが、戦功を欲しているようで、下知を無視して在陣し続けていた。

「備前殿ではないのか」

諸将は宇喜多秀家が参陣するものとばかり想像していたので、報せを聞くや落胆した。ただ、秀秋が着陣しても、秀元が戦の指揮を執ることで話は纏まった。

四日も辺りは寒気に包まれていた。厳寒の早朝、蔚山城の周囲で銅鑼が鳴り、連合軍は城に殺到した。

連合軍が入れ代わり立ち代わり攻めても、城兵は敵兵の侵入を許さなかった。城兵は飢え、渇いていても援軍が近くにいることもあって気力十分。敵兵を撥ねつけた。

麻貴提督の叱責を受け、寄手は押しに押すが、城門を破れなかった。負傷者が増えるばかりで攻略の糸口が見えない。楊鎬は一端、攻撃を止めて兵を退かせ、態勢を立て直して再攻することを麻貴に勧め、渋々応じさせた。

時を同じくして長宗我部元親らの水軍が到着し、太和江支流の東川《トンガン》の東に上陸した。

日本の水軍を目にした毛利秀元は大音声で叫んだ。

「かかれーっ！」

毛利秀元の命令を受け、日本の援軍は神仙山を駆け下り、城西へと向かった。

厭戦気分が高まっている中、無傷の新手が殺到してくる姿を見て、楊鎬と麻貴は即座に退却にかかった。

「敵を討て！」

二番組の安治も獅子吼し、脇坂勢も殺到した。まだ寄手は残っている。

「逃すな！」

駿馬を疾駆させる安治は、太刀を振って敵を斬り捨てた。

追撃ほど容易《たやす》く敵を討てる時はない。日本の援軍は追撃を行い散々に討ち取った。総大将の小早川秀秋も自ら太刀を取って敵を斬り伏せていた。

城兵たちには追撃できる余力は残されていなかった。

蔚山城の戦いで日本軍が討った敵兵は二万にも達した。

安治は深追いせずに蔚山城内に入り、清正と顔を合わせた。無飲無食で戦った男の顔は土褐色となり、まさに死相が見えるような状況であった。

「嬉しいか」

「おぬしが別嬪《べっぴん》ならばの」

「死にぞこないめ、好きなだけ呑むがいい」

とりあえず酒瓶を渡すと、清正の顔から死相は消えた。

蔚山城での勝利のお陰で、連合軍は攻めてはこず、平和なものであった。

前年の鳴梁海戦の活躍を評価され、六月二十二日、安治は三千石の加増を受けた。朝鮮出兵において、加増を受けた武将は藤堂高虎のほか数人しかおらず、安治はそのうちの一人であった。

静謐が続く中の慶長三年（一五九八）八月十八日、丑《うし》ノ刻（午前二時頃）、太閤豊臣秀吉は伏見城にて激動の生涯を閉じた。享年六十二。卑賤の身から従一位、関白、太政大臣にまで上り詰め、戦国乱世を一度は終わらせた英雄は日本史上でも特異な存在である。

連合軍と交戦中に秀吉の死が漏れれば、日本軍は壊滅の恐れがある。五人の年寄衆と五奉行の十人衆は秀吉の死が漏れる前に明・朝鮮と和睦して駐留軍を撤退させることとし、徳永壽昌《とくながながまさ》、宮城豊盛《みやぎとよもり》、徳川家臣の山本重成《やまもとしげなり》を朝鮮に派遣した。

豊臣政権は秀吉の死を伏せているが、日本にいる渡来人や足留めされている朝鮮商人、キリシタン、文禄の役の捕虜などから海を渡って伝わっていった。

太閤秀吉の死は、九月中旬には連合軍側に流れていた。

連合軍はここぞとばかりに蔚山城、泗川城、順天《スンチョン》城に兵を派遣した。それぞれ激闘となったが、日本勢は押し返している。

順天城の小西行長らは苦戦するが、島津義弘らの救援で難を逃れた。

十一月中旬、日本軍は撤退にかかった。

安治ら水軍は何度も釜山と壱岐、対馬を往復した。

（異国に屍を晒さずにすんだの。殿下の死が事実ならば、二度と渡海することはあるまい。されど、新たな戦いが始まりそうじゃの。なかなか静謐は訪れぬか）

釜山を後にしながら安治は新たな戦いを予感した。

第六章　関ヶ原合戦

一

しとしとと雨が降っている。萌えた緑も、たっぷりと水を含んで輝いていた。庭には桃色や紫色に染めた紫陽花が生き生きと花を開いていた。

慶長五年（一六〇〇）五月下旬、安治は大坂の玉造《たまつくり》にある大谷屋敷を訪ねた。

一室で待っていると、吉継は小姓に手を取られて部屋に入ってきた。皮膚病のせいか髪が抜け落ちているので、これを隠すため頭巾をかぶっている。

「我が屋敷に足を運ぶとは、もの好きな輩じゃの」

敷物に腰を降ろしながら吉継は言う。

「紀之介、目が見えぬようになったのか」

一応、瞳を開いており、声のする方に向けているが、焦点が定まっていなかった。

「懐かしい呼び名じゃ。今に至り仮名《けみょう》で呼ぶのは、殿下がお亡くなりになられてからは、おぬししかおらぬの。治部ですら官途《かんと》で呼ぶ」

吉継の官途名は刑部少輔《ぎょうぶのしょう》。諸将は略して吉継を刑部と呼ぶ。治部は治部少輔《じぶのしょう》の略で石田三成の代名詞にもなっていた。

「皆、太閤《たいこう》殿下に出世させてもらったからの」

安治も中務少輔《なかつかさのしょう》に任じられている。中務少輔の唐名は「中書《ちゅうしょ》」なので、諸将は安治を中書と呼ぶ。

「みんな偉くなった。ゆえに争いも起こる。戯《たわ》けた話じゃ」

吉継は秀吉死後に勃発した一連の騒動のことを嘆いた。

秀吉の死によって唐入りは頓挫した。諸将は借銭をして軍費を整えて渡海したが、一寸ほどの領土を得ることなく帰国したので、不満が爆発。加藤清正、福島正則らの武断派と石田三成らの奉行派との亀裂が深まり、一触即発状態となった。

これを年寄筆頭の徳川家康が清正らを煽って三成を追い詰めさせた。家康は三成に責任を取らせ、奉行職を罷免《ひめん》して近江の佐和山に蟄居《ちっきょ》させている。

「守らねばならぬものができたからであろう」

お前も敦賀で五万石を得ているであろう。戦陣で命をかけて戦った、儂よりも所領は多いはずと安治は言いたい。

「皆、己のことか。よう目は見えるのに、本質が見えておらぬ。儂はなんとのう、人影は判るが、人の顔は見えぬようになった。代わりに人の醜さが見えるようになった」

肚裡《とり》を見すかされているようで、安治は焦りを覚えた。

「されば、そちにはどう見える？」

「内府《だいふ》か？　天下への野望は満々。それすらも見えぬのか？」

内府とは内大臣の唐名で、任じられている家康のことである。

家康は独断で所領を与えるだけではなく、『御掟《おんおきて》』を破って諸大名と交友を開始した。

『御掟』とは秀吉の承諾がない諸大名の婚姻を禁止。諸大名間の昵懇《じっこん》、誓紙《せいし》交換を禁止。喧嘩口論の禁止。妻妾の多抱禁止。大酒の禁止。乗り物の規定、という六ヵ条からなる『御掟』と『御掟追加』九ヵ条の両方を指している。

さらに家康は前田利家《まえだとしいえ》が病死すると、前田家の徳山則秀《とくやまのりひで》を出奔させ、片山延高《かたやまのぶたか》を内通させて同家を揺さぶり、伏見城の掌握に続き、暗殺計画を利用して大坂城の西ノ丸を占拠した上で、浅野《あさの》長政《ながまさ》らを蟄居させ、首謀者を利家の嫡子の利長《としなが》として加賀討伐を宣言。利長は芳春院《ほうしゅんいん》（まつ）を人質として江戸に差し出すことで、加賀討伐を停止させた。宇喜多家に起こった御家騒動も家康が背後で糸を引いていたという。

慶長五年が明けると、移封後の領内整備に勤しむ会津《あいづ》の上杉家に難癖をつけ、上洛を拒んだ景《かげ》勝《かつ》に対して、遂に会津討伐を宣言した。

もはや家康を止める者はいなかった。

「天下を狙っているのは判る。信長様亡き後、殿下が天下の座に就いた。力ある者が天下人になるのは武門の倣《なら》い。殿下に取り立ててもらった者として悔しくはあるが、武士である以上、避けては通れぬ問題じゃ。儂の懸念は内府が天下を取ったあとのこと。秀頼様をいかに扱われるかが心配じゃ。鉾先を向けるようなことはないかということ」

「殿下が信長様の子息をいかにされた？　使えそうな信孝《のぶたか》様は斬らせ、阿呆（信雄《のぶかつ》）は利用して使い捨てた。秀頼様が賢ければ鉾先を向け、阿呆ならば御伽《おとぎ》衆であろう。まあ、内府がいつまで生きられるかによって話は変わる。主計頭《かずえのかみ》（清正）らの命もの」

「さもありなん。して、こたびはいかにするつもりか？」

まだ前田利家が生きている頃、家康と利家が険悪になった。この時、清正らが伏見に在する家康の許に集結し、利家らと対決する姿勢を見せた。安治は藤堂高虎らに誘われて家康の許に参じ、三成と昵懇な吉継も家康の屋敷を訪れている。

「伏見騒動の時は戦《いくさ》にならぬよう、中から止めるためだった。幸いにも血を見ずに収まった。こたびは上杉を説きに行くつもりじゃ。豊臣家のためにも秀頼様のためにも戦はすべきではない。とにかく内府がいかに専横を繰り返しても、刃を抜かずに待つべきじゃ。今のままなれば内府はいつまで経っても年寄筆頭でしかない。豊臣家の重臣でしかないのじゃ。起こした戦に勝利し、朝廷を上手く取り込まれ、天下の称号を得られてしまえば、内府の敵は全て朝敵ということになる。それゆえ内府の寿命が尽きるのを待つべきじゃ。軽々しく戦を起こしてはならぬ。織田、柴田の二の舞いをしてはならぬ！」

厳しい口調で吉継は言う。互いに秀吉の下にいただけに、天下の取り方は把握していた。

「尤もなこと。されど、上杉が説得に応じなければいかがする？　噂によれば、我らが会津に出向いている間に、治部が大坂で蜂起し、上杉と挟み撃ちを画策しているとか」

「それで、そちは治部と昵懇の儂を探りにきたのか？」

お前も徳川の犬になり下がったのか、という吉継の口調である。

「見くびるな。同じ近江の出身、同じ浅井の旧臣として立ち寄ったまでじゃ。他意はない。されど、内府は年寄筆頭。対して少禄の儂が会津攻めの参陣を求められれば拒むことはできぬ。内府を年寄に据えたのは殿下じゃからの」

遠廻しに三成方には加担しないと安治は告げた。

同じ賤ヶ岳七本鑓でも、清正や正則らは歳が近いこともあり、仕官当初から三成とは反りが合わなかった。常に先陣近くにいる者と、後方支援をする者、大名として九州や四国を支配する者と、畿内を領有して常に秀吉の近くにいる者との役目の違いが拍車をかけた。さらに明《みん》・朝鮮と徹底抗戦を謳《うた》う者と、早々から和睦を望む者では戦の見方も根本から異なり、その評価によって亀裂は深まるばかり。戦功を歪曲《わいきょく》させられ、讒言《ざんげん》によって蟄居させられたと認識する清正は三成を敵としか見ていなかった。大かれ少なかれ、正則ら武断派の武将は清正らと同じ認識を持っている。

そこへいくと、安治は清正らと年齢が離れているので、清正ほど三成を毛嫌いはしていなかった。ただ、秀吉亡き後、脇坂家の後ろ楯はいなくなった。お家を大きくするも小さくするも自分次第。決して潰すようなことをしてはならない。ならば、長久手の戦いで秀吉軍に勝利したことのある家康を主と仰ぐも世の流れ。但し、家康が秀頼を優遇するのが前提ではあるが。

三成に対して不満はある。三成は佐和《さわ》山で十九万四千石を得ている。安治の旧領は三成領の中である。三成や奉行と比べ、前線で矢玉に身を晒して戦ってきたにも拘《かか》わらず、奉行衆たちよりも禄高が低いのは納得できない。

家康とは決して親しい間柄ではないが、朝鮮在陣中、見舞いの手紙をもらい、戦功を評する感状が届けられた。秀吉は家康を警戒していたので、秀吉股肱《ここう》の臣は家康を敵視している者もいるが、安治は悪い印象を持ってはいなかった。

「嘗《かつ》ては奉行だったそちが、役を外れてからも和平に動こうとしてるのは見事な心掛けじゃ。されど、あまり無理をするな。跡継ぎもいよう。体を大事に致せ」

安治は吉継の言葉を信じ、労《いたわ》りの言葉を告げると、大谷屋敷を後にした。

吉継には子がおらず、弟の吉治《よしはる》（吉勝《よしかつ》、吉胤《よしたね》とも）を養子に迎えていた。


六月六日、家康は諸大名を大坂城の西ノ丸に集め、上杉討伐の部署を定めた。安治も、また吉継も体調不良を押して席を列ねた。

白河口は徳川家康・秀忠。関東、東海、関西の諸将はこれに属す。

仙道口は佐竹義宣《さたけよしのぶ》、岩城貞隆《いわきさだたか》、相馬義胤《そうまよしたね》。但し佐竹家は上杉方であった。

信夫口は伊達政宗《だてまさむね》。

米沢口は最上義光《もがみよしあき》。最上川以北の諸将はこれに属す。

津川口は前田利長《まえだとしなが》、堀秀治《ほりひではる》。越後に在する諸将はこれに属す。

軍役は百石で三人。これらを合計すると二十万を超える軍勢だった。

畿内で留守居をする大名は百石で一人の軍役。

（いよいよか）

戦が近くなると昂《たかぶ》りを覚える。高揚感に浸りながら外に出た時であった。

すっかり大人になり、髭を蓄えているが、紛《まぎ》れもなく甚五郎であった。

「そちは、甚五郎」

「ふん、淡路の大名様か。大事な脇坂の地を奪われよって。今は安景《やすかげ》と称しておる。覚えておけ」

相変わらず安治を義兄として見てはいなかった。

「これも世の流れ。今、そちは何処にいるのか？　内府殿の家中と聞いたが」

「内府？　異国で惚《ほう》けたのか。儂は徳川に仕えた覚えはない」

「真実《まこと》か」

小牧・長久手の戦いが行われる前、秀吉が言った言葉を思い出した。

（あれは殿下が儂を試し、尻を叩くための偽りだったのか）

そう思うと笑える。

「されば、誰ぞに仕えておるのか。おらぬならば、儂の許にまいれ。戦が近い」

「戯けが。脇坂の本家は儂じゃ。汝《うぬ》ではない。されど、太閤に取り入るのが巧みだった汝は大名。

残念ながら、儂ではない。しかれども、脇坂の地を奪った太閤はこの世にはおらぬ。儂は伊達の殿様に仕えておる。こたびは上杉を討ち、さらに治部を討って本領を取り戻す所存。汝は海の向こうの淡路で漁でもしておれ」

吐き捨てた安景は足早に歩いていく。

「待て、伊達は曲者《くせもの》。そちにとって良き主君ではないぞ」

背に声をかけるが安景は振り向かなかった。

一度は奥羽を席巻し、百数十万石ほどの所領を掌握していた伊達政宗であるが、秀吉に二度楯突き、そのたびに所領を削減の上、移封させられ、今では陸奥《むつ》の岩出山《いわでやま》で五十八万余石までに減らされていた。それでも天下欲は消えていなかった。

「戯けめ」

秀吉という重石が外れたので政宗はなにをするか判らない。この期に乗じて周囲に戦を仕掛けることも十分に考えられた。

（されど、彼奴《あやつ》が奥羽にいるならば、儂と干戈《かんか》を交えることもないか。脇坂の家が二つあっても悪くはないの）

できれば身内として自身を支えてほしいが、安治は諦めることにした。

安景は政宗から五十貫文の知行を与えられていた。

屋敷に戻った安治は妻子を前にした。

「ちと長い出陣になるやもしれぬ。留守を頼む」

側室の於秋に告げた安治は嫡子の安元《やすもと》に向かう。

「こたび、そちは初陣となる。決して逸《はや》らぬよう落ち着いて行動するように」

「有り難き仕合わせに存じます。脇坂の姓に恥じぬよう、励む所存です」

この年十七歳になる安元は覇気ある声で答えた。二年前に従五位下《じゅごいのげ》淡路守《あわじのかみ》に任じられている。

「某《それがし》も参陣しとうございます」

三男の甚九郎《じんくろう》が身を乗り出して進言する。

「そちはまだ早い。母とともに留守を預かるように」

安治は甚九郎の申し出を断わった。

「畏《おそ》れながら、殿様が会津に向かわれたのち、治部殿が大坂にまいり妻子を質に取るという噂があります。御存知《ごぞんじ》ですか」

不安そうに於秋は言う。

「聞いている。あくまでも噂じゃ。その噂を信じて、そちたちを国許に移せば、儂は太閤殿下が定められた『御掟』に違背し、返り忠が者にされるゆえできぬ。また、質になったとはいえ、斬られることはあるまい。左様な権限は治部にはない。万が一の時はお袋（淀《よど》ノ方）様を頼るがよい」

告げた安治は安元を残し、自身は兵を整えるために一旦、洲本《すもと》に帰国した。脇坂家の軍役は一千であった。

大坂には百ほどの兵がいる。安元には七月中旬には江戸に向かうように命じていた。

二

九百の兵を率いた安治は七月下旬、堺の湊に上陸した。そこに留守居の脇坂数馬《かずま》が待っていた。面長の顔がこわばっている。

「申し訳ございません。お方様ならびに甚九郎様は奉行に監視され、安元様は大坂に追い返されてございます」

「なに！　詳しゅう申せ」

木鎚かなにかで頭を殴られたような衝撃を受けながら、安治は質問した。

「されば……」

石田三成は七月十六日、毛利輝元は十七日に大坂城に入城。同日、徳善院玄以《とくぜんいんげんい》、増田長盛《ましたながもり》、長束正家《なつかまさいえ》らの奉行によって「内府ちかひの条々」という十三ヵ条からなる弾劾状《だんがい》が発行され、各大名に廻された。輝元と宇喜多秀家は添状を発した。

まず手始めに三成らは大坂にいる諸将の妻子を人質に取る策を開始。まっ先に兵を向けたのは会津攻めの先鋒を命じられた一人の長岡忠興《ながおかただあき》であった。

寄手《よせて》は忠興の正室の珠《たま》（ガラシャ）に大坂城内に移るように求めたが、珠は拒否。そのうちに小競り合いが始まり、寄手は正門を打ち破りだした。

万が一の時は死ぬように命じられた珠であるが、キリシタンは宗教で自刃を禁止されている。

そこで、祈りを捧げたのち、留守居の小笠原秀清《おがさわらひできよ》に胸を突かせて、屋敷に火をかけさせた。

さすがに珠の死は計算外。奉行衆は妻子の強制入城を諦め、監視することに切り替えた。これによって安治の妻子も屋敷の中で監禁状態に置かれた。

ただ、徳川家康、加藤清正、黒田如水・長政親子、池田照政、前田利長などは策を講じて妻子を逃れさせている。

「くそっ、失態であったの」

無事であることを聞いて安堵するも、安治は三成らを軽視した己を悔やんだ。

七月中旬に先発した安元は近江の神崎《かんざき》郡に進んだところ、愛知《えち》川に三成の兄の正澄《まさずみ》が関所を築いていた。数多の鉄砲を向けられ東進を阻止された。

十九日からは毛利秀元、吉川廣家《きっかわひろいえ》ら四万余の軍勢によって、徳川家臣の鳥居元忠《とりいもとただ》らが籠る伏見城攻撃が開始されていたので、大坂に戻らざるをえなかった。

安元のほか鍋島勝茂《なべしまかつしげ》、長宗我部盛親《ちょうそかべもりちか》、徳善院の息子・前田茂勝《まえだしげかつ》などが愛知川で戻されている。

さらに長岡忠興の父・幽齋《ゆうさい》が籠る丹後《たんご》の田辺《たなべ》城を攻めるため、小野木重次《おのぎしげつぐ》ら一万五千の軍勢が向かった。

「紀之介は？　大谷刑部はいかがした」

「敦賀の国許で前田勢に備えているようにございます」

前田利長は家康方に与している。

「彼奴め、誑《たばか》りよって！　彼奴は治部に与していたのか！」

三成の親友であり、同じ近江出身の吉継が、三成の挙兵はない、と言ったので安治は吉継の言葉を信じた。もっと警戒すべきであった。握った扇子が歪《ゆが》む。安治は歯噛みして悔しがる。

「もう始まっておるのか……」

自分だけが取り残されたようで、安治は不安と焦りを覚えた。

「いかがなさいますか？」

脇坂数馬の質問が、虚しくも腹立たしく聞こえる。

（太閤殿下が後れをとったのじゃ、毛利や宇喜多が顔を揃えても、所詮は内府の敵ではない。されど、秀頼様が出馬すれば、話は変わる。内府に与している殿下股肱の臣は挙《こぞ》って内府に鉾先を向けよう。されど、秀頼様はまだ齢《よわい》八歳。出陣の判断をなされるはずがなし。また、お袋様が間違っても城から出すまい。さすれば、こたびは豊臣の家臣どうしの争い。されば内府が勝利する。いや、秀頼様の馬印を治部が掲げれば、出馬も同じか）

安治の頭では堂々廻りが繰り返された。

（内府が勝つならば、このまま船に乗って尾張あたりの湊に着ければ、誰にも邪魔されずに江戸に行ける。清洲は市松《いちまつ》〈正則〉の所領じゃ。されど、儂が大坂に登城しなければ妻子の身が危うくなる。特に安元の命が。男子二人を大坂に置いたのは間違いであったの。あるいは、今少し早く行かせればよかったか）

後悔しても既に後の祭である。

（ここは二股をかけるしかないか。されど、これが露見すれば我が武威は廃《すた》り、信義を疑われ

る)

　これまで蔑《さげす》まれる行為はしたことがないのが、安治の心情ではある。

(されど、既に戦は始まっておる。綺麗ごとを申している余裕はない。僅かな対応の後れが家を傾け、妻子の身を危うくする。かような時、諸将はいかにしようか)

　安治は何人かの武将を思い浮かべた。

(内府は信長様に疑われた時、妻子を殺《あや》めさせている。荒木摂津守《あらきせっつのかみ》〈村重《むらしげ》〉は妻や家臣を犠牲にした。前田家は質を出して屈した。太閤殿下は秀次《ひでつぐ》殿らに恩情を示さなかった。儂は……できぬ)

　安治に家族を見捨てることはできない。

(妻子の身の安全を確認し、秀頼様の出陣がないことを見極めなければ徳川には走れん)

　今、安治にできる苦渋の判断であった。

「誰ぞ、山岡道阿弥《やまおかどうあみ》の許に向かわせよ、かような仕儀となっているが、決して治部に与するものではない。必ず内府様の門前に馬を繋ぐ所存ですと」

　山岡道阿弥は甲賀《こうが》衆出身で、本能寺の変後、瀬多の橋を落として惟任《これとう》軍の東進を遅らせた武将である。小牧・長久手の戦いでは信雄方につくも、所領を安堵されて秀吉の御伽衆になった。道阿弥は家康に従って会津に向かっている。ただ、どちらが勝っても山岡家が生き残るように弟の景光《かげみつ》には三成方に属すように指示している。それでも、景光は甲賀衆百人を連れて伏見城に籠城していた。

安治は同じ近江出身ということもあって交流があった。

（儂は徳川方じゃ。これは二股には非《あ》らず。妻子を救うため大坂に行くのじゃ）

手配したのち、安治は大坂城に入城した。安治は西ノ丸に向かった。

「これは脇坂殿、お会いできてなにより」

西軍の総大将に任じられた毛利輝元は鷹揚《おうよう》に言う。

（なにゆえ儂が下座に腰を降ろさねばならぬ。少禄とは申せ、儂はそちの家臣ではない。まあ、年寄の一人ゆえ致し方ないか）

まずは我慢することにした。

「治部と与して内府殿に仕掛けたとか。勝てる見込みはござるのか」

「勿論。十人衆（年寄と奉行）のうち、我ら七人が手を結んでおる。秀頼様から下知が出されれば、浅野、前田も大坂に参じよう。それだけではなく福島、黒田など浮かれている者どもの目も冷めよう。我らは負けるはずがない」

輝元は自信満々である。

「真実、秀頼様は出馬なされるのか」

安治が聞きたいのは、この一点だけである。

「そのようになっておる」

歯切れの悪い返答である。その後、なにを質問しても、のらりくらりと躱《かわ》された。埒《らち》が明かないので、安治は本丸に行って秀頼に謁見《えっけん》を求めたが断わられた。仕方なく、豊臣家の家老を務める片桐且元《かたぎりかつもと》を訪ねた。

「大事《おおごと》になったの。豊臣家はどうなっておるのじゃ」

同じ賤ヶ岳七本鑓なので、気兼ねなく安治は問う。

「どうにもなっておらぬ。こたびは豊臣の家臣どうしの争い。本家には関わりがない」

「やはり、そうか。されば秀頼様が出馬というのは？」

「世迷い言じゃ。八歳の童《わらべ》が戦陣に立つわけがなかろう。流れ玉でも当たったらなんと致す。お袋様が身を挺してでも止めよう。その前に我らが止める」

力強く且元は告げる。

「さもありなん。して、こたび、いかようになると思う」

「まず、毛利中納言が大将に任じられたが、この争いを企てたのは治部じゃ。治部は忙しく、佐和山、伏見、大坂を行き来しておる。毛利は飾りにすぎぬ。されど、秀頼様の御名を騙《かた》り、兵を集めた手腕はさすがかの。もしかしたら、日本《ひのもと》を割っての争いになるやもしれぬ」

一息吐《つ》いた且元は続ける。

「殿下のような逸材が、信長公亡きあと天下を掌握するまでに八年かかった。それぐらいはかかろう。内府は来年、還暦と申しておった。殿下は六十二（六十三とも）でお亡くなりになられた。八年後、内府が生きておるか判らぬ。その頃、秀頼様は、よき若武者におなりであろう。我らはこれを楽しみに長生きするまでじゃ」

家老らしい意見である。安治は一応、頷《うなず》いて下がった。

（殿下は天下掌握ののち暴飲暴食を貪《むさぼ》り、女淫に溺れたゆえ寿命を縮めたのではなかろうか。これに対し、内府は人一倍、体に注意を払っているという。暇さえあれば、薬研《やげん》を手にし、鷹狩りに勤《いそ》しんでいると聞く。しかも戦に強い。信長様や殿下が恐れた武田の旧臣をそっくり召し抱えた。ゆえに殿下にも勝利した。殿下が勝ったのは政《まつりごと》にて戦ではない。皆、内府を侮《あなど》っているのではないか。しかも治部が実際の大将か）

多勢を擁しながら、三成は武蔵《むさし》の忍城《おしじょう》攻めで失敗し、陥落させられなかった。三成らでは家康に勝てる気がしなかった。ゆえに、身動きがとれないのがもどかしい。

東の江戸を居城とする家康は東軍、これに対する三成らは西軍と呼ばれている。

脇坂屋敷に戻ると、神妙な面持ちで安元が両手をついた。

「お詫びのしようもございません。某が、愛知川で止められたばかりに、かような仕儀となりました」

「そちのせいではない。儂の下知が甘かったのじゃ。詫びる必要はない」

宥《なだ》めると安元は安心した表情になった。

「こののち、いかがなされるのですか」

「内府殿に遣いを送った。下知を待つ。それまでは大坂方のふりをしていなければの。大坂には一万の毛利兵があり、伏見には四万余の兵が城を攻撃している。一千の脇坂勢が徳川方を口にすれば一瞬のうちに踏み潰される。今は大人しくしているしかあるまい」

「畏《かしこ》まりました」

安元をはじめ、家臣たちは頷いた。

翌日、三成が佐和山から戻り、安治は呼ばれた。西ノ丸に足を運ぶと、同じ近江出身で伊予・今治《いまばり》七万石の小川祐忠《おがわすけただ》がいた。

「これより貴殿らは敦賀《つるが》の刑部に合流して戴きたい」

いつもは高圧的な三成にしては、丁寧なもの言いであった。

「承知致した」

三成と昵懇の小川祐忠が快く応じた。

（大坂から離れるのは好機かもしれぬ）

安治も頷いた。

両者が大坂を発った八月一日、伏見城が陥落し、鳥居元忠以下一千八百人ほど討死した。これには小早川秀秋、宇喜多秀家も参じていた。

伏見城を落とした西軍は伊勢の制圧に向かった。

二日後、安治らは越前の敦賀城に到着した。同城は笙ノ川《しょうのがわ》の東岸に築かれた平城で、敦賀《つるが》湾までは僅か三町（約三百二十七メートル）ほどで海水を堀に取り込んだ海城でもあった。

「周囲には深田が広がり、紀之介が十二年もの歳月をかけて普請しただけあって、簡単に仕寄れる城ではないの」

感心しながら安治は入城した。

主殿に入ると、越前・今庄《いまじょう》の赤座直保《あかざなおやす》をはじめ、近江・大津の京極高次《きょうごくたかつぐ》、同・朽木《くつき》の朽木元綱《もとつな》などがいた。

安治らが着座すると、吉継は小姓に手を引かれて首座に就いた。

「みな、よう集まってくれた。礼を申す」

遠くを見るような目で吉継は言う。

「礼を申す前に、言うことがあるのではないか」

水を差すように安治は声をかけた。皆の視線が安治に集まった。

「今さらなにを申す。ここは越前。儂らは既に出陣しているのじゃぞ」

大坂の大谷屋敷での会話がなかったかのような音調である。

日本全国の武将が東西に別れ旗幟《きし》を鮮明にしはじめた頃、この北陸、主に加賀、越前でも立場を明確にしつつあった。

加賀・金沢の前田利長と越前・府中《ふちゅう》の堀尾吉晴《ほりおよしはる》は東軍。

加賀・大聖寺《だいしょうじ》の山口宗永《やまぐちむねなが》、小松《こまつ》の丹羽長重《にわながしげ》、越前・丸岡《まるおか》の青山宗勝《あおきむねかつ》、北ノ庄《きたのしょう》の青木一矩《あおきかずのり》、安居《あご》の戸田勝成《とだかつなり》、東郷《とうごう》の丹羽長政《にわながまさ》、大野《おおの》の織田秀雄《おだひでかつ》は西軍であった。

「そちは会津に行くと申し、儂を誑った。そちの申すことは信が置けぬ」

「兵は詭道《きどう》なり。『孫子』の兵法であろう。敵を欺くにはまず味方から、とも申す」

吉継は悪びれることもなく言ってのけた。

江戸に向かうため、吉継は病身を押して出陣し、七月二日、美濃の垂井《たるい》に達した。吉継は休憩を取りながら、三成の代理として出陣予定になっている嫡子の重家《しげいえ》の同陣を求めるために、佐和山に使者を送った。

そこへ石田家の樫原彦右衛門《かしわばらひこえもん》が吉継の許に来て、三成が相談したいと告げた。親友の申し出なので吉継は応じ、佐和山に急行。吉継は三成の挙兵を言い当てた上で、止めるように説得したが三成の意志は固く、考えを変えることはできなかった。

一旦、諦めた吉継は佐和山を後にしたが、十一日、再び佐和山城に戻った。

「先の見えた命じゃ。おぬしにくれてやる。矢玉の楯ぐらいにはなる。好きに使え」

吉継は三成に加担することを決めた。

嘗て、大坂城の山里丸で茶会が催された時、吉継の病は進行し、体は己の意思どおりに機能しなくなっていた。

茶室に入った吉継であるが、同席する者は隣に座りたがらない。そこで、吉継は上座に腰を下ろすはめになり、少し遅れて入室した三成が末席に座した。

茶は上座から茶碗を廻される。吉継は躊躇《ためら》ったが、今井宗薫《いまいそうくん》の点《た》てた茶に口をつけた。その時、不覚にも鼻から膿汁を茶碗の中に垂らしてしまった。

病に感染することを恐れた者たちは、茶碗に口をつけることなく、飲んだふりをして隣に廻した。だが、末席に座していた三成は涼しい顔のまま茶を飲み干した。吉継は、この時の恩を残り少ない命で返し、義に殉じる決意をしたという。

勿論、安治らは知るよしもない。

「『孫子』がどうした？　この状況をいかに脱するのじゃ」

さすがに、お前が会津に戦を止めに行くなどと言うから、儂は油断して妻子への気配りを怠った、とは言えなかった。

「なにをどこから脱するのか」

「騙《かた》りの輩《やから》と同陣する気はない。方々はいかがか」

安治が呼び掛けるが、諸将は難しい顔をするだけで、誰も同意はしなかった。

「儂が皆に嫌われているやもしれぬが、鉾先を向けられることはないようじゃ」

怒っているのはお前一人。そんな口調である。

「そちは、我が信義を蔑ろにした。心中はいかに」

「この世では言えぬこともある」

吉継には苦渋の決断だったのかもしれないが、安治には伝わってこない。

「騙《だま》したことに変わりはないということじゃの」

安治の言葉には答えず、吉継は皆に向かう。

「されば、我らが敵となる前田の様子を伝えよう。前田勢は二万五千の兵を率いて出立し、この一日より大聖寺城に仕寄り、本三日、城を陥落。山口殿は自刃された」

「おおっ」

感嘆とも嘆きともとれる声がもれた。

「その勢いなれば、越前で兵を増やし、ここに達する時には四万にもなろう。対して我らは一万にも満たぬ。籠城戦でもする気か」

北陸方面の大将のくせに、なにもしないのかと安治は蔑んだ。

「既に手は打ってある。じきに前田の足は止まる。前田を加賀あるいは越前で釘づけにできれば、西軍は有利に働く。細工は流々仕上げを御覧《ごろう》じろ、といったところじゃ。まあ、そう気張らず、敦賀の鯖でも食されよ」

吉継はまったく心配した素振りはなかった。

四日、前田勢は越前に侵入し、丸岡城の青山宗勝・忠元《ただもと》親子を降伏させ、北ノ庄城の青木一矩を屈服させた。そこへ安居の戸田勝成の使者が到着した。

「前田家に敵対はしないが、小松城は健在で、越前にも西軍の城が多数在している。前田勢がこのまま無傷で行軍するとは思えず、また、未だ東軍の姿も見えない。一度、内府殿と作戦を練り直し、再び出陣してはいかがでしょう。また、近く、大谷刑部（吉継）が四万の兵を率いて出陣し、一万七千は北ノ庄より、残りは船にて加賀に着岸し、金沢を攻めるとのこと」

使者は書を渡した。

これは秀吉の御伽衆を務めていた中川宗半《なかがわそうはん》（光重《みつしげ》）が書いたものなので、前田兄弟は信用し、兵を返した。書は吉継が用意した偽書であった。

夜になり、報せは届けられた。

「さすが刑部殿じゃ。書状一枚で前田の多勢を撤退させた。殿下が称賛するわけじゃ」

小川祐忠が褒め讃えた。

「十日もすれば、敵も気づこう」

安治は小首を傾げた。

「大事あるまい。一旦、帰城させれば、簡単には出陣はできぬ」

見すかしたように吉継は言う。これがまた腹立たしかった。

帰城の途に就いた前田勢は、途中、浅井畷《あざいなわて》で丹羽長重の襲撃を受けて合戦に及び、多数の死傷者を出して八月十日帰城した。

金沢に西軍の兵は現れず、利長は脇息《きょうそく》を叩き壊して激怒した。

謀と知った利長は、すぐに再出陣の準備にかかると、今度は越前の西軍が小松城に入城したという報せが届けられた。丹羽長重には浅井畷の恨みがある。また、小松城を下さねば、南下はできない。利長は能登《のと》・七尾《ななお》城に戻った弟の利政《としまさ》に出陣の要請をした。

利政には別の報せが届けられていた。正室（蒲生氏郷の娘）が大坂で人質にされている。妻を愛する利政は妻を犠牲にはできない。兄の命令を拒んだ。

弟に叛かれた利長は、利政を疑うようになり、金沢を動けなくなってしまった。

吉継は書状と謀で前田の兵を減らし、金沢に釘づけにしたことになる。

（確かに紀之介はただものではない。病にならなければ、治部や虎之助など足下にも及ばぬ武将になっていたであろう。されど、前田一家を押さえたとて内府有利は変わらぬ。それに、儂を騙したことは許せぬ。お陰でかような地で暇を持て余しておる。妻子も質のままじゃ。この恨みは必ず晴らしてくれる）

安治は吉継への怒りを募らせた。

八月下旬になり、家康からの書状が届けられた。

「山岡道阿弥への書状を拝見しました。丁寧なお心遣いを喜んでおります。上方に騒動が起こったので、途中から戻ることになったのは仕方のないことです。いよいよ父子ご相談あって堅実な対応をなさることが肝要です。当方はこれから上洛するつもりなので、今後の状況についてはご安心下さい。なお城織部佑《じょうおりべのすけ》（昌茂《まさもち》）に口上を伝えましたので、詳しくは述べません。謹んで申し上げます。

八月朔日《ついたち》　　家康御判
脇坂中務少輔殿」

（内府殿は我が意を汲んでくれた。あとは、いつ内府殿と合流するかじゃな）

書状を読んだ安治は歓喜した。

安治は引き続き、家康と使者を往復させた。

一方の家康は七月二十四日、下野《しもつけ》の小山《おやま》で西軍の伏見城攻撃を知り、翌日、小山会議を開いて西上を決定。諸将は続々と西進した。家康三男の秀忠《ひでただ》が宇都宮を出立したのが八月二十四日、家康が江戸を発ったのは九月一日であった。

また、利長が利政を諦めて出陣したのは九月十一日のことである。

三

九月になり、三成から美濃の大垣に移動しろという命令が届けられた。さらに京極高次には大津城を明け渡すようにという要求があった。

京極高次は城を明け渡す準備のために帰城。朽木元綱も高次に従った。

ほかは吉継らとともに大垣に向かった。既に正則らの東軍によって岐阜城は陥落し、三成や小西行長らが籠る大垣城に迫っていた。

宇喜多秀家などは伊勢長島城以外の伊勢をほぼ制圧し、同城への押さえの兵を残して大垣城に入城している。

三日、大垣城に入るはずの吉継は関ヶ原の西南・山中村《やまなか》で兵を止めた。大垣城には東軍が睨みを利かせており、また、数万の兵が入って一杯なので、入ることが難しいと三成から伝えられたので、吉継は同村に陣を布《し》きはじめた。

「方々も近くに布陣されよ」

吉継からの指示があった。

「近くにと申しても、かような山の下に陣を布く戯けがいようか」

安治は周囲を見渡した。

関ヶ原は美濃・不破《ふわ》郡の西端に位置し、一里（約四キロ）少々西に進めば近江の国に入る。北は伊吹《いぶき》山脈、南は鈴鹿《すずか》山脈が互いに裾野を広げ、西は今須《います》山、南東は南宮山《なんぐうさん》が控えた東西一里、南北半里（約二キロ）の楕円形をした盆地である。この中を東西に中仙道《なかせん》（東山道《とうさん》）が走り、中央から北西に北国《ほっこく》街道、南東に伊勢街道が伸びる交通の要でもあった。

北に笹尾《ささお》山、南には松尾《まつお》山、東には南宮山が聳《そび》えている。

既に南宮山には毛利秀元、吉川廣家《きっかわひろいえ》、その東には安国寺恵瓊《あんこくじえけい》、長束正家《なつかまさいえ》、長宗我部盛親。笹尾山には三成が陣城を築いていた。松尾山には松尾新城を築き、大垣城主の伊藤盛正《いとうもりまさ》が在陣していた。

（治部は関ヶ原で内府殿と戦うつもりなのか。野戦の得意な内府殿と）

西軍が築いた陣所を見て、安治は察した。

「致し方ないの」

安治は渋々、中仙道の南、松尾山に一番近い地に陣を布いた。

（内府殿からの下知はないのか）

すぐ捨てる陣所なので、安治は本腰を入れて構築はさせなかった。

新たな報せでは帰城した京極高次は輝元の要請を拒んで大津城に籠城。これにより輝元は立花《たちばな》親成《ちかなり》ら一万五千の軍勢を差し向けなければならなかった。十一日、家康は清洲《きよす》城に入城。

翌十二日、遣いが安治の許を訪れた。

「そのまま西軍のふりをして、合図があり次第に戦いに参じられよ、と内府様が仰せられました」

「なんと、儂に返り忠の真似をせよと申すのか！」

愚弄されているようで安治は憤《いきどお》る。だが、今さら拒むことはできない。

（そうか、返り忠の形なれば、戦の当日まで妻子は安全。勝利すれば斬られることもない。さすが内府様じゃ）

家康が気遣ってくれたと、安治は勝手に解釈した。

同じ日、田辺城で籠城していた長岡幽齋は、朝廷の説得を受けて開城を伝えた。小野木重次らは城の接収に手間取っているという。

十四日の正午頃、家康は大垣城から一里十町（約五キロ）ほど北西の赤坂《あかさか》に着陣したのち、五町半（約六百メートル）ほど南の岡山《おかやま》の陣所に入り、一斉に旗指物を靡《なび》かせた。鬨《とき》をあげさせた岡山は三成らが在する大垣城から一里ほど北西に位置していた。

「そうか、ついに内府殿がまいられたか」

これから主君と仰ぐ大将の到着に、安治は喜んだ。

「されど、三万とのことにございます」

脇坂玄蕃允《げんばのじょう》が報告する。

「三万？　少ないの。その倍ぐらい動員できるはず。半分の兵でここにいる西軍を破れるということか。あるいは、どこぞの敵に備えておるのか」

安治には理解できなかった。

実際には三万八千の兵を率いて中仙道を進んだ秀忠が、信濃の上田で真田《さなだ》昌幸《まさゆき》の計略に引っ掛かり、遅れているとは予想だにしなかった。

「あとは毛利中納言が秀頼様を担いでこなければ東軍の勝利は間違いあるまい」

安治がそう思うのには理由がある。南宮山の毛利秀元は随分と奥まったところに陣を布いている。家康が中仙道を通過するところを急襲するならば、もっと北に布陣するはずである。山を降りるだけで半刻以上かかりそうである。長宗我部盛親に至っては、逃亡するためかと思うほど遠い地に陣を構えていた。

気掛かりはある。松尾山新城に在するのは僅《わず》か三万四千石の伊藤盛正である。城の規模からすれば、一万数千は有に在陣できる大きさである。

(やはり毛利中納言が在する城なのか)

そう思っていた時である。小早川秀秋が松尾山新城に入り、伊藤盛正を追い出したと伝えられた。

(追い出したのか、退いてもらったのかによって状況が変わるのう。金吾《きんご》は確か伏見城に仕寄ったはず)

金吾とは衛門督《えもんのかみ》の唐名で、秀秋のことを指している。

一万数千の小早川勢が敵になるか味方になるか、一番近い麓に在陣している安治にすれば死活問題である。敵に廻って下山されればひとたまりもない。

「今少し調べさせよ」

安治は家臣を走らせた。

東軍の大将の家康が着陣したのに、西軍の大将の毛利輝元は大坂城から動かない。お陰で西軍の士気は上がらない。夕刻、これを打破するために三成の重臣の嶋左近《しまさこん》らが兵を率いて東軍を挑発。ちょうど中間の杭瀬《くいせ》川で中村一栄《なかむらかずしげ》、有馬豊氏《ありまとようじ》の兵を打ち破ったが、大勢に影響を与えるほどにはならなかった。

「申し上げます。徳川、石田の遣いが何度も松尾山新城に入っております」

夜になって遣いが報せた。

「まだ、いずれに与するか決めていないということか。厄介じゃの」

秀秋の旗幟が鮮明にならず、安治は苛立った。

夜になり、雨が降ってきた。しかも寒い。

「玉薬を濡らさぬように致せ。戦は近いぞ」

どのような戦になるか判らないが、人の動きが激しくなると戦になることが多い。長年の勘であった。

深夜になり、西軍が移動した。

「治部たちは本気で内府殿と野戦をする気なのか。勝算があるということか。確かに西軍は山の上に布陣しておる。東軍が低地に進めば袋叩きにできるであろう。されど、不利を承知で内府殿は関ヶ原に移動しようか」

三成らから移陣の理由を知らされていないので、安治は戸惑った。

真相は十三日に三成が大坂の増田長盛《ましたながもり》に宛てた手紙を美濃・高須《たかす》城主の徳永壽昌《とくながながまさ》の家臣が石田

家の家臣から奪い取り、家康に届けたことによる。

書の内容は、東軍は赤坂に在陣して様子を窺っているので、大垣城周辺にいる兵たちは皆、無気味に思っている。近江、伊勢の味方が集結し、西軍と東軍との距離は二、三町の間であること。南宮山の長束・安国寺は出陣する用意をしていない。兵糧に不安を抱えている。大坂では人質を成敗しないから、背信する者が続出するので、厳しい対処をすべきこと。大津城を早く落とすこと。美濃から大坂までの諸城には輝元の兵を入れること。三成は二十日中に敵を破る、と長期戦を覚悟している。味方の戦意が芳しくない。家康が西上しない以上、輝元が御出馬しないのは仕方ないが、皆、不審に思っている。金銀米銭を遣うのは今なので、惜しまず遣うこと。本気で戦う気があるのは宇喜多秀家、島津《しまづ》惟新《いしん》・小西行長だけなので、これらの武将には恩賞は弾むように。人質を成敗しないならば、安芸《あき》の宮島に移すのがよい。丹後の田辺城が落ちそうなので、同城を攻めた兵を、こちらに廻すこと、などである。

田辺城に続き、大津城が落ちれば、三万もの兵が美濃に着陣する。秀忠を待てば、敵も増える危険がある。毛利家の後詰も増える可能性がある。

家康にとって喜ばしいことは、西軍の諸将は纏まっていないこと。また、「二十日のうちに破れば」と、三成が長期戦を覚悟していること。さらに、毛利輝元自身の出馬は薄いということ。これらを吟味して、家康は決断し、関ヶ原に進むことを諸将に命じた。三成の佐和山を打ち破り、真直ぐに大坂に向かうと。

この動きを西軍が察し、移陣に踏み切ったわけである。

九月十五日の夜明け前までには両軍とも布陣を終えた。

西軍の布陣は次のとおり。

関ヶ原の北東に位置する笹尾山の中腹に三成本陣の四千、山の南麓には蒲生頼郷《よりさと》の一千、北麓には嶋左近の一千。すぐ南に豊臣家の旗本が二千。その南側、北国街道を挟んだ地に島津惟新の七百五十、その東に島津豊久《とよひさ》の七百五十。

天満山の北に小西行長の四千、南に宇喜多秀家の一万七千が五段に構えた。さらに南に大谷吉継の六百。その東に戸田勝成と平塚為広《ひらつかためひろ》が合わせて九百。

中仙道を挟んだ南に大谷吉継の養子の吉治と木下頼継《きのしたよりつぐ》が合わせて三千五百。

大谷勢の南東に赤座直保の六百、小川祐忠の二千、朽木元綱の六百、脇坂安治の一千が南北に並んだ。その南の松尾山に小早川秀秋の一万五千六百。

一里半（約六キロ）ほど東の南宮山の北側に吉川廣家の三千。その南に毛利秀元の一万五千。山の東麓に安国寺恵瓊の一千八百。その南に長束正家の一千五百。東南の栗原《くりはら》山麓に長宗我部盛親の六千六百。

合計で八万三千二百余人。

賤ヶ岳七本鑓の糟屋《かすや》武則《たけのり》は伏見城攻めに参じたのち、宇喜多勢と行動を共にしていた。

東軍の布陣は次のとおり。

宇喜多勢の正面に福島正則の六千。その後方北に藤堂高虎の二千五百、南に京極高知《たかとも》の三千。二将の背後に寺澤廣高《てらざわひろたか》の二千四百。その背後に本多忠勝の五百。

中仙道の北、石田陣に対して北から黒田長政の五千四百、長岡忠興の五千、加藤嘉明の三千、筒井定次《つついさだつぐ》の二千八百。島津勢の正面に田中吉政《たなかよしまさ》の三千。筒井の東南に井伊直政《いいなおまさ》の三千六百と松平《まつだいら》忠吉《ただよし》の三千。長岡、加藤勢の後方に古田重然《ふるたしげなり》の一千二百、織田有楽齋《おだうらくさい》の四百五十、金森長近《かなもりながちか》の一千百、生駒一正《いこまかずまさ》の一千八百。

井伊、松平勢の後方十町（約一キロ）少々の桃配山《ももくばりやま》の本陣に徳川家康三万。同地から七町（約七百六十メートル）ほど東の野上《のがみ》に有馬豊氏の九百。五町ほど東に山内一豊《やまのうちかずとよ》の二千。同じく五町ほど東に浅野長慶《あさのながよし》の六千五百。吉川勢に対する形で池田照政の四千五百。

合計で八万八千六百五十余人。

賤ヶ岳七本鎗の平野長泰《ひらのながやす》は家康と同陣している。

兵数は東軍が上廻っているものの、東軍が布陣した地から、三成ら西軍が陣を布いた地に向かい、ゆるやかな傾斜となっている。東軍は進軍するにあたり、坂を上るという一つ余計な行程を踏まねばならなかった。

家康が陣を布く桃配山は、天武《てんむ》天皇元年（六七二）に起きた壬申《じんしん》の乱の折、大海人皇子《おおあまのみこ》（のちの天武天皇）が野上の行宮《あんぐう》（かりみや）から不破の地に出陣して名産の桃を全兵士に配り、戦いに快勝した。その奇縁により、桃配山とか桃賦野《ももくばりの》と呼ばれるようになった。家康は、この故事に倣い、桃配山に本陣を布いたという。

また家康は岡山を出立するにあたり、大垣城の攻略のため、北の曾根《そね》城に水野勝成《みずのかつなり》ほか一万五千余の兵を備えさせた。

　大垣城には福原長堯《ふくはらながたか》ら総勢七千五百余が守っていた。

　昨晩から降っていた雨は卯《う》ノ刻（午前六時頃）には上がったものの、辺りは霧《きり》で煙り、三間（約五・四メートル）先の人の顔すら定かにならぬ状態だった。

四

　卯ノ下刻（午前七時頃）、霧が靄《もや》に変わり、少しずつ視界が開けてきたので、人影や旗指物が見えだした。底冷えがするほど寒いが、戦の熱気のせいか汗が背を伝う。これも初めて裏切りの真似ごとをさせられるせいかもしれない。

　この日の安治は黒漆塗和冠形兜《くろうるしぬりわかんむりなりかぶと》をかぶり、黒漆塗伊予札縹糸威具足《くろうるしぬりいよざねはなだいとおどしぐそく》を身に着けていた。

　静寂の中、時折、馬の嘶《いなな》きが聞こえる。それだけで、はっとさせられる。このような緊張感は初陣の時以来かもしれない。

　躁心の理由は、十五日が明けても背後の松尾山新城にいる小早川秀秋が東西、どちらの陣営に所属しているのかが判らないからである。

（これは功名欲しさで安易に攻めかかるわけにはいかぬの。小早川が西軍であった場合、儂らは格好の標的じゃ。金吾が動くまで、儂らも動けぬの。とは申せ、隣の朽木や小川が仕寄ってきた時、なにもせぬではいられぬの）

　考えるほどに苛立った。

「よいか、小早川が動くまで我らは動かぬ。されど、隣の朽木らが仕寄ってきた時は容赦なく討ち取れ。但し、決して我らから手を出すまいぞ。これは厳命じゃ。万が一、破る者があれば、一族の者を磔《はりつけ》に致すと触れよ」

嘗てない難しい戦陣に立ち、安治は厳しい口調で命じた。

辰《たつ》ノ刻（午前八時頃）になると周囲が見えるようになった。

朝靄の中、徳川家臣の井伊直政は、娘婿である家康四男の松平忠吉を伴い、福島勢の横に達した。ここで同家の猛将・可児才蔵《かにさいぞう》に呼び止められたが、物見と称して事なきをえた。

最前線に進むと、同じように宇喜多勢の中から家老の明石掃部頭全登《あかしかもんのかみてるずみ》らが様子を窺いに出てきた。

「敵じゃ。かかれーっ！」

井伊直政は明石全登より早く大音声で号令をかけ、宇喜多勢に鑓を繰り出した。

松平忠吉の鑓は弾かれたが、そんなことは問題ではない。偶発的な戦闘ではあるが、鉄砲ではなく敵に鑓をつけたということは大きい。豊臣恩顧の大名ではなく、徳川家の一族が戦端を開いたのだ。徳川家にとって、これ以上の名誉はなかった。

「退け！」

目的を果たした井伊直政は、即座に退却命令を出した。

「逃すか。鉄砲衆、放て！」

明石全登の下知で鉄砲衆が前に出て、前線から離脱する井伊、松平勢に発砲した。

「井伊奴、抜け駆けか。許さん！」

抜け駆けは軍法違反。味方であっても斬り捨てても文句を言えぬ重大事であった。

（市松奴、そうとう鶏冠《とさか》にきておるの）

激昂する顔が目に浮かぶ。

忿恚《ふんい》した正則は獅子吼し、ありったけの鉄砲から火を噴かせた。直政への怒りを宇喜多勢にぶつけるように夥《おびただ》しい轟音を響かせた。

負けじと明石全登も怒号し、千挺近い筒先から火を噴かせた。

漸《ようや》く靄が消えた途端に周囲は硝煙で灰色に煙った。

福島勢の発砲を機に黒田長政、長岡忠興、加藤嘉明、筒井定次、田中吉政、生駒一正らは石田三成勢に向かって引き金を絞る。

藤堂高虎、京極高知勢は福島勢を迂回し、脇坂勢の前を素通りして大谷吉継とその支勢に迫る。

徳川家臣の井伊直政、松平忠吉、本多忠勝勢は少し奥まった島津惟新勢に向かう。

古田重勝、織田有楽齋、金森長近、寺澤廣高らは朝鮮ノ役で一番組を務めた小西行長勢に突撃する。

天下分け目、関ヶ原合戦の火蓋が切られた。

東軍のほうが兵数が多いものの、つい先ほどまで降った雨で下は泥濘《ぬかるみ》、さらに上りとなっている。加えて先に進むほどに詰まっているので、優位に戦えない。

逆に西軍は攻めてくる敵を順番に弓、鉄砲で狙えばいい。有利な展開で戦っていた。

（寡勢の西軍は押し込まれてはいない。いい勝負じゃの。戦は陣地取りが勝負か）

そういえば、野戦らしい野戦は、このたびが初めてかもしれない。秀吉の家臣でいた時は城攻めが大半だった。山崎の合戦は本隊にいて前線には物見に行っただけ。賤ヶ岳の戦いは山岳戦だったので、野戦で開けたところに布陣することは新鮮だった。

（一応、西軍の立場として布陣しているのに、東軍は仕寄ってこぬの）

赤座、小川、朽木、脇坂は寡勢。功名を挙げるにはもってこいの兵数であるが、東軍は見向きもせず、北西に向かって突き進んでいる。

（確かに悪の権化がいるゆえ、皆、目の色を変えているのであろうな）

東軍の諸将が目の仇にするのは、言わずとしれた石田三成。長岡忠興の正室を死に追いやり、伏見城で鳥居元忠を討死させた、この戦の首謀者である。また、豊臣政権の矛盾と不満を一身に背負った不憫なところもあるが、紛れもなく恩賞首第一の武将である。

（憎まれているとはいえ、あれほど狙われるというのは大したものじゃの）

感心するが、傍観していられない。

（今のところ東軍に狙われてはいない。西軍は手いっぱいで儂らに鉾先を向けることはできぬか）

西軍で戦っているのは石田三成、島津惟新、小西行長、宇喜多秀家、大谷吉継ら三万数千。対して東軍は家康の本陣より西に陣を布いた四万数千。

（南宮山の西軍と金吾が動けば、どうなるか判らない。それに隣の者ども）

朽木元綱たちも狙われずに静観している。

（よもや、此奴らも儂と同じ境遇か）

背信を演じなければならないので、精神的に困惑している。周囲の者が全て敵と思えるようになってきた。

（くそ、かようなことなれば、夜のうちに東軍に走っておけばよかったか）

胃が痛くなるような状況に、安治は気を揉んだ。

開戦から半刻と四半刻（九十分）して嶋左近が黒田家の鉄砲を受けて負傷して後退した。代わりに蒲生頼郷が奮戦している。さらに石田勢は領内の国友村で造らせた大筒を炸裂させて東軍を圧倒していた。

稲妻のような轟音が響き、地に巨大な玉が落下すると泥水が地から湧くように噴射する。一発放たれるだけで東軍の兵は恐怖におののいていた。

（船に積んだままの大筒を持ってくればよかったかの。治部は国許が近いゆえ可能じゃが、淡路からとなると簡単にはいかぬ）

遠地を所領に持つ大名の悩みであった。

思うように有利な戦いができないせいか、開戦から一刻ほどが過ぎた巳《み》ノ刻（午前十時頃）、桃配山に本陣を置いていた家康が、陣を払い、西に向かって前進した。

「いかがいたしますか」

家康が動いたのを見て脇坂玄蕃允が問う。

（内府殿が。合流致すか。いや、今動けば敵だと思われかねぬ）

動くか動くまいか、安治の心は揺れた。

「まだ動くな。下知があるまで神妙にしろ。されど、我が陣を侵す者は、何人《なんぴと》たりとも許すまじ」

今、安治が恐れるのは疑心暗鬼にかられ、朽木勢などと戦いに発展しているところを敵だと勘違いされて小早川勢に踏み潰されること。我慢の時である。

（おそらく金吾も内府殿に内応しているに違いない。金吾が動くまでは静観じゃ）

戦功を欲した小早川秀秋は秀吉の帰国命令を無視し続け、蔚山城の戦いでは自ら太刀を抜いて戦った。これを大将にあるまじき行為とし、秀秋は蟄居の上、移封を命じられたが、家康の取りなしでなんとか事なきを得た。家康に恩があるにも拘《かか》わらず、鳥居元忠に拒まれたがために、伏見入城を果たせず、逆に攻撃するはめになった。

（金吾は汚名を返上する機会を待っているはずじゃ）

安治は秀秋が東軍であることを信じることにした。殆どが願望であるが。

（内府殿が前進しても、吉川、毛利は山を降りぬか。とすれば、こちらも内応か）

大坂城での安心しきった毛利輝元の顔を思い出した。

（治部は毛利に見捨てられたのか）

毛利家の狡《ずる》さよりも三成の哀れさを強く感じた。

家康は桃配山から二十一町（約二・三キロ）ほど西に本陣を据えると、東軍の諸将は無言の圧力を覚え、攻撃は熾烈さを増す。それでも西軍は地の利を生かし、東軍の猛攻を防ぎ、押し返しもした。戦いは一進一退の攻防を繰り広げていた。

巳《み》ノ下刻（午前十一時頃）、笹尾山から狼煙《のろし》が上がった。

（治部が誰かに合図しておる。松尾山の金吾か、南宮山の毛利か、あるいは両方か）

狼煙を見た安治は、途端に緊張した。これまでの予想が外れたら脇坂家は崩壊する。

（何方《いずかた》にあろうか）

安治は周囲を見廻した。いざという時の逃げ道を探らねばならなかった。

狼煙が上がっても小早川も吉川、毛利も動かなかった。

（笛吹けど踊らず。やはり治部は殿下あっての治部。佐和山十九万余石では人は動かぬか。これだけの武将を集めた手腕は褒められようが）

安治は高飛車な三成のもの言いを思い出していた。

午《うま》ノ刻（正午頃）、東軍十数人が松尾山の麓に来た。脇坂家の陣から一町（約百メートル）ほど東である。

「鉄砲衆のようです。いかがいたしますか」

脇坂玄蕃允がこわばった顔で問う。

（よもや、内府は儂に合図をしており、儂が気づかなかったとか。これに業を煮やして敵とみなしたということはなかろうの）

背中に冷たいものを感じた。

「変わらぬ。当家に向けて来ぬば、反撃する必要はない」

口の中がからからに乾いて、よく廻らぬ舌で安治は命じた。

一行は大筒も用意していた。筒先は松尾山に向かっている。

刹那、耳を劈《つんざ》くような轟音が響き渡った。

「なんと！　金吾にか。やはり内府殿か」

またも安治の頭の中で思案が混乱する。秀秋は家康に内応していると思っていたからである。

家康は鉄砲頭の布施孫兵衛《ふせまごべえ》に命じ、福島勢の物頭の堀田勘右衛門《ほったかんえもん》ともども、小早川の陣に鉄砲を打ち込んだ。用意した大筒は特別顧問を務めるイギリス人のウイリアム・アダムズ、のちの三浦按針《あんじん》から贈られたカルバリン砲である。

カルバリン砲は三成が揃えた国友村の大筒よりも射程距離は長く、半里（約二キロ）は飛ぶ。玉は秀秋の本陣近くの樹を薙《な》ぎ倒し、見た者を驚愕させた。

「小早川が山を降りるぞ。我らも戦う時が来た。いつにても出撃できるよう用意致せ」

安治は確信した。大筒の鉄砲は、日和見をしていた秀秋に対する問い鉄砲なのだ。秀秋を敵に廻すほど家康は馬鹿ではない。家康が本気で秀秋を攻めようとは思えなかった。

カルバリン砲の発射から百と数えぬ間ののち、砲撃を打ち消すような鬨が上がった。

小早川勢は喊声《かんせい》を上げて松尾山を駆け下り、大谷吉継勢に向かった。

一万五千六百の兵は雪崩《なだ》れのごとく下山し、大谷吉継の陣に殺到した。

吉継は秀秋の行動を予想していた。吉継は神輿《みこし》に乗って家臣を指揮し、十倍以上の敵を受けても負けずに、五、六町（約五、六百メートル）も押し返した。秀吉の言葉に偽りはなかった。

「我らもじゃ。目指すは大谷刑部の首。かかれーっ！」

安治は獅子吼し、太刀を降り降ろした。

途端に一千の兵が大谷勢に向かう。

「安元《やすもと》、決して逸るな。狼狽えると命を落とす」

跡継ぎを一族の脇坂新左衛門《しんざえもん》に任せ、自身も騎乗して敵に向かう。

（紀之介、許せとは言わぬ。そちと治部との間にいかなことがあったのかは知らぬ。儂とともに江戸に向かっていれば、かようなことはなかったのじゃ。そちは儂を騙したゆえ、その罰を受けるのじゃ。儂は決して返り忠はしておらぬ。内府殿からの書状がその証《あかし》）

肚裡で言い放った安治は口を開く。

「儂は最初から東軍の脇坂甚内安治じゃ。我と思う者はかかってまいれ！」

これ以上ないほどの大声で叫び、安治は大谷家の兵を斬り捨てた。もしかしたら、屋敷で顔を合わせていた者かもしれないが、躊躇すれば己の命が危ない。容赦なく仕留めた。

脇坂家に続き、朽木、小川、赤座家も大谷、木下、戸田、平塚家に突き入った。

秀吉に認められた吉継も、小早川家だけでも手に余るところに脇坂家にも参陣されれば支えることは困難。寡勢で奮闘するものの、四半刻と持ち応えられず飲み込まれた。

〈甚内に叛かれたか、まあ相子《あいこ》じゃな。おぬしを騙したのは致し方なきこと。自家の存続のために出陣するおぬしと、豊臣のために腰を上げた治部では治部を選ばざるをえなかった。近江者、

浅井の旧臣どうし、互いに黄泉《よみ》で出会った時、真実を語ろう〉

吉継は消滅を前に家臣の湯浅五助《ゆあさごすけ》に命じた。

「汝《なんじ》、介錯して、我が首、決して敵方へ渡すべからず」

厳命した吉継は腹を十文字に搔き切ってこの世に別れを告げた。享年四十二。

天下分け目の戦いに参じ、三成への義理を果たして散った武将を、東西を問わず、時を経た人たちも称賛の言葉をかけている。ただ、どの家も兵を立て直すことは困難だった。

午ノ下刻（午後一時頃）には西軍は総崩れとなった。

小西行長に続き、宇喜多秀家も中仙道を西に逃げた。最後まで踏み止まっていた石田三成も伊《い》吹《ぶき》山方面に落ちていった。

異色は一番奥まったところに布陣していた島津惟新だった。

「猛勢の中に懸かり入れる」

と言い、家康本隊に向かって突撃し、多数の犠牲を払いながら、敵中突破を断行した。この時、井伊直政は島津家が得意とする捨《す》て奸《がまり》という殿軍《しんがり》の狙撃戦法によって、重傷を追わされた。

西軍の敗北を知ると安国寺恵瓊、長束正家、長宗我部盛親は即座に逃げ出した。

内応している吉川廣家は戦後の交渉をするため陣に残り、戦闘不参加によって本領安堵される真相を聞かされた毛利秀元は激怒して陣に止まった。

東軍はさんざんに追撃を行った。脇坂家も数十の首を並べた。安元も首を取っているので、安治は将来を楽しみにした。

（両軍合わせて十七万余の兵を集めた戦が、僅か半日で終わるとはの。おそらく内府殿とて予想しなかったであろう）

寝返りの戦をさせられた安治は、勝利したにも拘わらず胸の閊《つか》えはとれなかった。

未《ひつじ》ノ下刻（午後三時頃）、陣場野《じんばの》で首実検が行われた。東軍が討った西軍の首は三万二千六百余と言われ、東軍の戦死者は四千に満たなかったという。

安治らは朽木元綱らの四人で陣場野に足を運んだ。

床几《しょうぎ》に座す家康に向かい、安治らは立礼をした。

「こたびの戦勝、御目出度うござる」

「重畳至極《ちょうじょうしごく》」

すでに天下人の態度で、家康は鷹揚に答えた。

「これはこれは返り忠が者の方々ではござらぬか」

既に勝利の美酒に酔っている正則は安治を見るなり蔑んだ。

（おのれ！）

言い返したいが、戦勝の場を気まずくしたくないので安治は堪えた。

そこへ秀秋が訪れた。安治らよりも冷たい視線が向けられた。

「こたびの戦勝、御目出度うござる。また、手違いから伏見城攻めに参じたこと、お詫び致します」

針の筵《むしろ》に座らされているような秀秋である。

「貴殿の本日の戦功は甚大なれば、今後に遺恨はない」

寛容な態度で家康は言うが、団栗《どんぐり》のような丸い目は笑っていなかった。

「されば、こののちの佐和山攻めの先陣、某に賜《たまわ》りたく存ずる」

「某にも御下知を！」

即座に安治が続くと、朽木元綱も進言した。

「左様か、されば中納言殿らにお任せ致そう」

「有り難き仕合わせ。さればさっそく移動致す」

漸く満足そうな顔になった家康に頭を下げ、安治らは陣場野を後にした。

（儂にとっての関ヶ原は汚名を残すだけの出陣となったたな。悔いるとすれば安元を即座に江戸に向かわせなかったこと。内府殿と一緒に江戸に行かせておればよかったが、もはや後戻りはできぬ。せめて佐和山城を落として汚名を雪《すす》ぐしかないの）

尻に火がついている安治は、己の闘志をかり立てた。

佐和山城は佐和山（標高二百三十二メートル）の山頂に五層の天守閣を築き、北側には御殿丸と呼ばれる二ノ丸、三ノ丸を、南には鐘ノ丸、西には太鼓丸と山全体を要塞と化した城である。

大手は東で東山道に続き、同じ方向の小野《おの》川を外堀とし、搦手《からめて》は西で、そちらは一望に琵琶湖《びわこ》が開けていた。

この頃、三成は伊吹山中を彷徨《さまよ》っており、佐和山城には入城しておらず、兄の石田正澄が籠っていた。

安治らは十七日から二日間、猛攻を加え、十八日陥落させた。石田正澄らは自刃して果てた。

（豊臣のために起こした戦の末路か。治部は覚悟してのことか。一族、郎党は不憫よな。絶対に家を滅ぼすような真似をしてはならぬの）

落ちた城を見て、安治は自戒した。

佐和山城を落とすと、漸く家康の顔にも笑みが戻った。

三成は二十一日、近江の古橋《ふるはし》村で捕獲され、十月一日、小西行長、安国寺恵瓊ともども都の市中を引き廻されたのちに六条河原で斬首された。

戦後、論功行賞が行われ、安治は本領を安堵された。

（書状に従って働いたのに、安堵だけか。まあ取り潰しに合うよりはましか）

朽木元綱は安堵されたが、赤座直保と小川祐忠は改易《かいえき》にされた。

安治は家康の書状を手にしていたことで改易は免れた。

所領は全て家康が決めた。誰の目にも天下人に見えることであろう。

（紀之介が申したとおり、戦を起こさなければ、内府殿は年寄筆頭。されど勝利したゆえ、もはや年寄と奉行の十人衆の制度は崩壊した。こののちは内府殿の政となろう。豊臣家のためを思って兵を挙げた治部じゃが、結果、豊臣家を弱めることになった）

三成の要請を受けて豊臣家は織田信高《のぶたか》や岸田忠氏《きしだただうじ》ら秀頼麾下の黄母衣《きほろ》衆を派遣していたので、

これを咎められ、二百万石から六十五万石に削減され、天下の豊臣家は一大名になってしまった。（豊臣家への忠節を尽すということじゃが、不忠をすることになった。皆から嫌われた治部に、まこと従う者がいると思っていたのであろうか。豊臣のためではなく、自身が天下を取るための挙兵ではないのか。殿下は治部を重用したゆえ早く天下が取れた。されど、重用したがために勘違いをして戦を起こした。重用によって豊臣家は傾くことになった。とても忠義とは思えぬ。忠義は紀之介一人かもしれぬの）

関ヶ原の本戦を戦い、切腹したのは吉継ただ一人であった。

東軍に属した大名は尾張清洲二十四万石の福島正則が安芸広島及び備後鞆《とも》四十九万八千石。加藤清正は小西行長領を加えて肥後五十四万余石への加増。これをはじめとし、殆《ほとん》どの武将が一・五倍から二倍近くに所領が増えた。

西軍に属した大名はほぼ改易。毛利家は吉川廣家の奔走によって周防《すおう》、長門《ながと》の二国を安堵、上杉家は会津《あいづ》百二十万石から米沢三十万石に移減封、佐竹家は常陸《ひたち》五十四万余石から出羽《でわ》の秋田二十万余石に移減封。唯一、島津家だけは粘り強い交渉の末に本領安堵を勝ち取った。

戦後、安治は家康に仕え、慶長十四年（一六〇九）九月、二万石の加増を受けて伊予《いよ》の大洲《おおず》に移封となり、五万三千石の領主となった。

前領主の藤堂高虎は一揆を起こさぬためか国人、土豪などと呼ばれていた地侍の土地支配を認めていたが、新領主の安治はこれを認めず、家臣になるか百姓になるかの選択を命じ、直接支配をすることで年貢の二重取りをなくし、百姓の負担を軽減し、領主の取り分も増やして経済の立て直しを図った。

近世のこの体制はのちに入国する加藤嘉明にも引き継がれた。

慶長十九年（一六一四）十月、ついに恐れていた幕府による大坂攻めが行われた。この時、安治は福島正則、加藤嘉明、平野長泰らの賤ヶ岳七本鑓や黒田長政など秀吉股肱の臣とともに江戸の留守居を命じられた。平素、家康は甘い言葉を吐いても、終世、秀吉子飼いの武将は信じなかった。

大坂ノ陣には安治の代わりに安元が参陣している。

翌慶長二十年（一六一五）五月七日、大坂城は炎上、翌八日、秀頼は自刃して豊臣家は滅亡した。

安治の義弟で、脇坂の本家を名乗る安景は、伊達家の家臣として参陣。六日の道明寺《どうみょうじ》の戦いで、真田信繁《さなだのぶしげ》勢を相手に首二つ取る活躍をしたが、鉄砲を受けて落命した。

安景には九歳になる実子の久沢《ひさます》がおり、遺領五十貫文のうち二十貫文を受け継いだ。だが、久沢は九歳で夭折してしまったので、長女に伊達家家臣の谷村加兵衛《たいむらかへえ》の長男の清三郎《せいざぶろう》を迎えて脇坂姓と知行を受け継いだ。

安元がこれを聞くと、家臣の野瀬沢左衛門《のせさわざえもん》を遣わし、脇坂家から三貫文を清三郎に与えたいと政宗《まさむね》に申し出て許可された。二人の間に又八という男子が誕生して治衛門と改名。治衛門に男子がなかったので松林仲左衛門《まつばやしちゅうざえもん》の三男に後を継がせ、脇坂の家を繋いだ。

願いどおり、二つの脇坂家が保たれることになり、安治は安堵した。

同じ賤ヶ岳七本鑓の片桐且元は咳病（肺疾患）を患っており、五月二十八日、秀頼を追うように病死した。主君に遅れること二十日であった。

大坂の陣で豊臣家が滅んだのち、致仕願いが許され、家督は安元が継承。自身は京都の西洞院《にしのとういん》に住み、出家して臨松院《りんしょういん》と号し、寛永三年（一六二六）に同地で死去した。享年七十三。諡《おくりな》は臨《りん》松院殿前中書少卿平林安治大居士《しょういんでんぜんちゅうしょしょうきょうへいりんあんじだいこじ》が贈られた。

脇坂家は元和三年（一六一七）、信濃の飯田《いいだ》に移封。安元は弓馬のみならず、和漢の書を嗜み、和歌にも優れた武将であったが、子に恵まれず、堀田正盛《ほったまさもり》の次男の安政《やすまさ》が養嗣子となって脇坂家を継いだ。

内陸に移封したことで、安治の家臣になった海の民は、そのまま大洲で帰漁する者と武士として生きる道に分かれた。水軍の大将となった炬口三郎《たけのくちさぶろう》は海を選んだ。

その後、脇坂家は寛文十二年（一六七二）、播磨《はりま》の龍野《たつの》に移封。城を実戦形式の城から平和を象徴するような御殿形式の城に普請し直すと、領主交代の激しかった龍野も安定をみて、脇坂家はこの地で明治維新を迎える。

片桐家は弟の貞隆《さだたか》の家。加藤嘉明家は一度改易。加藤清正、福島正則らの家は改易。賤ヶ岳七本鑓に数えられた武将で、一度も改易を受けずに明治維新を迎えられたのは安治の脇坂家だけである。その理由は、関ヶ原の東軍参戦は裏切りに非《あ》らず、だからである。

参考文献

【史料】

『大日本史料』『浅野家文書』『毛利家文書』『吉川家文書』『小早川家文書』『細川家史料』『豊太閤真蹟集』以上、東京大学史料編纂所編『岩淵夜話』大道寺友山編『黒田家文書』福岡市立博物館編『豊公遺文』日下寛編『豊臣秀吉文書集』名古屋市博物館編『豊臣秀吉の古文書』山本博文・堀新・曽根勇二編『徳川家康文書の研究』中村孝也著『新修　徳川家康文書の研究』徳川義宣著『徳川實紀』黒板勝美編『群書類従』塙保己一編『續群書類従』塙保己一編、太田藤四郎補『續々群書類従』国書刊行会編『史籍雑纂』国書刊行会編『當代記　駿府記』続群書類従完成会『新訂　寛政重修諸家譜』高柳光寿・岡山泰四ほか編『改定　史籍集覧』近藤瓶城編『武家事紀』山鹿素行著『信長公記』太田牛一・桑田忠親校注『太閤史料集』桑田忠親校注『家康史料集』小野信二校注『北条史料集』萩原龍夫校注『島津史料集』北川鐵三校注『中国史料集』米原正義校注『毛利史料集』三坂圭治校注『新編藩翰譜』新井白石著『明智軍記』二木謙一校注『関ヶ原合戦史料集』藤井治左衛門編著『太閤記』小瀬甫庵著・桑田忠親校注『武功夜話』吉田蒼生雄訳注『信長公記』奥野高広・岩沢愿彦校注『綿考輯録』細川護貞監修『通俗日本全史』早稲田大学編輯部編『國史叢書』黒川眞道編『眞書太閤記』栗原柳庵著・國民文庫刊行會編『中国・朝鮮の史籍における日本史料集成』日本史料集成編纂会編『乱中日記』李舜臣著・北島万次訳注『懲毖録』柳成竜著・朴鐘鳴訳注『看羊録』姜沆・朴鐘鳴訳注『補註　国訳　聿脩録』多羅尾浩三郎編纂『常山紀談』菊池真一編『定本常山紀談』湯浅常山著・鈴木棠三校注『定本　名将言行録』『名将之戦略』以上、岡谷繁実著『武辺咄聞書』菊池真一編『改正三河後風土記』桑田忠親監修『伊陽安民記』伊賀古文學復刻刊行會・田中兵二良校訂

【研究書・概説書】

『日本戰史』参謀本部編『文禄・慶長の役』『黒田如水』『石田三成』『驀進　豊臣秀吉』『決戦　関ヶ原』『激闘　大坂の陣』以上、学習研究社編『織田信長』『真説本能寺』『真説関ヶ原合戦』以上、桐野作人著『明

智光秀のすべて』二木謙一編『上杉景勝のすべて』『直江兼続のすべて』『島左近のすべて』『大谷刑部のすべて』以上、花ヶ前盛明編『豊臣秀吉のすべて』桑田忠親編『浅井長政のすべて』『関ヶ原合戦のすべて』以上、小和田哲男編『黒田如水のすべて』『加藤清正のすべて』以上、安藤英男編『戦国合戦大事典』戦国合戦史研究会編『日本城郭大系』児玉幸多ほか監修・平井聖ほか編『戦国大名家臣団事典』山本大・小和田哲男編『図説　戦国合戦総覧』新人物往来社編『新編物語藩史』児玉幸多・北島正元監修『日本逸話大事典』白井喬二・高柳光寿編『戦国戦記　本能寺の變　山崎の戦』『戦国戦記　賤ヶ岳之戦』『明智光秀』以上、高柳光寿著『太閤家臣団』桑田忠親著『豊臣平和令と戦国社会』藤木久志著『織田信長　総合事典』岡田正人著『明智光秀と近江・丹波』福島克彦著『近江城郭探訪』滋賀県教育委員会編『戦国浅井戦記　歩いて知る浅井氏の興亡』長浜市長浜城歴史博物館編『明智光秀』柴裕之編『明智光秀』高柳光寿著『安国寺恵瓊』河合正治著『石田三成』今井林太郎著『片桐且元』曽根勇二著『福島正則』福尾猛市郎・藤本篤著『石田三成』小和田哲男著『小西行長　史料で読む戦国史』鳥津亮二著『大谷吉継』外岡慎一郎著『智将大谷刑部』池内昭一著『大谷吉継』歴史街道編集部編『加藤嘉明と松山城』日下部正盛著『織田信長家臣人名辞典』高木昭作監修・谷口克広著『秀吉戦記』『信長の親衛隊』『信長軍の司令官』『信長と消えた家臣たち』以上、谷口克広著『戦国時代の大誤解』『謎とき日本合戦史』『戦国15大合戦の真相』以上、鈴木眞哉著『別所氏と三木合戦』宮脇初治編『別所一族の興亡「播州太平記」と三木合戦』橘川真一著・西川卓男校訂『備中高松城主　清水宗治の戦略』多田土喜夫著『新釈備中兵乱記』加原耕作編著『近世武家社会の政治構造』『関ヶ原合戦と近世の国制』『関ヶ原合戦』『関ヶ原合戦四百年の謎』以上、笠谷和比古著『フィールドワーク関ヶ原合戦』藤井尚夫著『秀吉死後の権力闘争と関ヶ原前夜』水野伍貴著『関ヶ原前夜』光成準治著『新「関ヶ原合戦」論』『新解釈関ヶ原合戦の真実』以上、白峰旬著『「関ヶ原」を読む　戦国武将の手紙』外岡慎一郎著『壬辰戦亂史（文禄・慶長の役）』李炯錫著『文禄慶長の役』池内宏著『秀吉と文禄の役』松田毅一・川崎桃太編訳『豊臣秀吉の朝鮮侵略』『加藤清正　朝鮮侵略の実像』以上、北島万次著『明・日関係史の研究』鄭樑生著『朝鮮日々記・高麗日記』『壬辰倭乱と秀吉・島津・李舜臣』以上、北島万次著『豊臣政権の法と朝鮮出兵』三鬼清一郎著『韓国の倭城と壬辰倭乱』黒田慶一編『朝鮮の役と日朝城郭史の研究　異文化の遭遇・受容・変容』太田秀春著『豊臣政権の海外侵略と朝鮮義兵研究』『秀吉が勝てなかった朝鮮武将』以上、貫井正之著『秀吉の軍令と大陸侵攻』『戦争の日本史16　文禄・慶長の役』以上、中野等著『壬辰戦争』鄭杜熙・璟珣編・金文子監訳・小幡倫裕訳『豊臣水軍興亡史』『海賊と海城』『瀬戸内の海賊　村上武吉の戦い』以上、山内譲著『李舜臣と秀吉』片野次雄著『秀吉の朝鮮侵略と義兵闘争』金奉鉉著『太閤秀吉と名護屋城』鎮西町史編纂委員会編『海と水軍の日本史』佐藤和夫著『海の武士団』黒嶋敏著『日本の海賊』宇田川武久著『ここに人あり　淡路人物誌』田村昭治著『和船』石井謙治著『中世対外関係史』田中健夫著『丹波戦国史』芦田確次・村上完二・青木俊夫・船越昌著『龍野城物語』『秀吉からのたより・脇坂家文書集成』以上、たつの市立龍野歴史文化資料館編『たつの今昔』龍野市編

【地方史】

『岐阜県史』『滋賀縣史』『三重県史』『京都府史』『大阪府史』『兵庫県史』『岡山県史』『愛媛県史』『佐賀県史』『岐阜市史』『関ヶ原町史』『伊賀市史』『大阪市史』『三原郡史』『龍野市史』『洲本市史』『大洲市誌』


各県市町の史編纂委員会・史刊行会・史談会・教育会の編集・発行ほか

【雑誌・論文等】

『歴史群像』34「三木城大包囲網」37「激闘　賤ヶ岳合戦」39「逆襲！　山崎決戦」75「文禄大乱」100「成功した戦国の海上補給『〝朝鮮出兵〟渡海作戦』」139「講和交渉決裂！　日本軍再侵攻　慶長の役　全羅道平定作戦」

『歴史読本』六三七「完全検証　関ヶ原合戦の謎」六八三「闘将　大谷刑部」七五九「関ヶ原合戦の謎と新事実」、七八〇「関ヶ原合戦全史」八四一「炎の仁将大谷吉継の生涯」

『別冊歴史読本』「豊臣一族のすべて」「戦況図録関ヶ原大決戦」「戦況図録大坂の陣」「海の戦国史　海賊大将の栄光」

本書は書下ろしです。
装画／井筒啓之
装丁／岩瀬 聡
地図／ジェオ

[著者略歴]

近衛龍春（このえ・たつはる）

1964年生れ。大学卒業後、オートバイレースに没頭。通信会社勤務、フリーライターを経て『時空の覇王』でデビュー。戦国武将の生きざまを数多の史料を駆使し劇的に描ききる筆力に定評がある。主な作品に『毛利は残った』『長宗我部　最後の戦い』『九十三歳の関ヶ原』『武士道　鍋島直茂』『忍びたちの本能寺』『奥州戦国に相馬奔る』『将軍家康の女影武者』など多数。

脇坂安治《わきざかやすはる》　七本鑓《しちほんやり》と水軍大将《すいぐんたいしょう》

2021年9月25日　初版第1刷発行

著　者／近衛龍春

発行者／岩野裕一

発行所／株式会社実業之日本社

〒107-0062

東京都港区南青山5-4-30　CoSTUME NATIONAL Aoyama Complex 2F

電話（編集）03-6809-0473　（販売）03-6809-0495

https://www.j-n.co.jp/

小社のプライバシー・ポリシーは上記ホームページをご覧ください。

ＤＴＰ／ラッシュ

印刷所／大日本印刷株式会社

製本所／大日本印刷株式会社

ISBN978-4-408-53792-4（第二文芸）